Mord im Chalet

Weihnachtliche Krimigeschichten aus der Schweiz

Herausgegeben von Miriam Kunz

Atlantis

in der Kampa Verlag AG, Zürich
www.atlantisverlag.ch
Covergestaltung und Satz: Lara Flues
Covermotiv: Composing aus iStock
Gesetzt aus der Stempel Garamond LT / 220140
Druck und Bindung: GGP Media GmbH, Pößneck
ISBN 978 3 7152 5500 2

Inhalt

Kaspar Wolfensberger — *Gommer Weihnachten »Goggovää«* 7

Christine Brand — *Tod am Napf* 44

Peter Weingartner — *Mitternachtsmesse* 60

Philipp Gurt — *Weihnachtliches Quartett* 82

Christof Gasser — *Keine Weihnacht für Santa Klaus* 119

Silvia Götschi — *Racheengel* 144

Stephan Pörtner — *Ein geschenkter Fall* 160

Tom Zürcher — *Unter dem Weihnachtsbaum* 170

Sunil Mann — *Feliz Navidad, Señor Kumar!* 205

Michael Theurillat — *Merry X-mas, Mr. Eschenbach* 220

Benjamin Stückelberger — *An Weihnachten ist alles anders* 230

Gabriela Kasperski — *Engel ohne Flügel* 256

Nachweis 275

Kaspar Wolfensberger

Gommer Weihnachten »Goggovää«

Kauz saß in seinem Speicher am Holztisch, die Kaffeetasse vor sich, und schaute aus dem Küchenfenster.

Es schneite und schneite.

»Freu dich, Max«, sagte er. »Es gibt weiße Weihnachten.«

Max hob den Kopf und schaute ihn an.

»Aber dieses Jahr ohne Tote, ja?«, meinte Kauz weiter.

Max grunzte.

»Überhaupt keine Arbeit, einverstanden?«

Max gähnte.

»Außer Schneeschaufeln. Und Kochen natürlich.«

Max reckte und streckte sich.

»Komm!«, sagte Kauz und stand auf.

Max bemühte sich schon mal zur Tür. Dort hockte er sich hin und sah hechelnd an Kauz hoch. Der schlüpfte in seine dicke Jacke, stieg in die Stiefel, zog die Wollmütze über die Ohren und griff nach den Handschuhen.

»Schau dir das an, Max«, sagte er, als die Tür offen stand.

Es hatte die ganze Nacht geschneit. Bevor er am Vorabend schlafen gegangen war, hatte er den gut einen halben Meter hohen Neuschnee vor der Speichertür weggeschaufelt. Heute am frühen Morgen, nachdem er den Ofen eingeheizt hatte, gleich noch einmal so viel. Jetzt, nach dem Frühstück, lag der Schnee bereits wieder kniehoch vor der Tür. Alles in allem waren seit dem Vortag bestimmt eineinhalb Meter Schnee gefallen.

Max zögerte, dann wagte er sich mit eingezogenem Schwanz hinaus. Kauz ging hinter ihm her, packte die Schaufel und begann, den Weg bis zur Langen Gasse ein drittes Mal freizuschippen.

Max tollte nicht mehr so ungestüm wie früher durch den tiefen Schnee, aber er steckte seine Nase in das luftig weiche Weiß und zog so mit der Schnauze eine Furche in die Pulverschneedecke.

Kauz legte eine Verschnaufpause ein und sah sich um.

Frischer Schnee türmte sich auf der Schicht, die schon auf den umliegenden Dächern lag. Meterhoch. Dicke weiße Hauben lagen auf Wegweisern und Zaunpfählen. Die Übergänge zwischen Gärten, Straßen, Wegen und freiem Feld begannen zu verschwimmen. Die Konturen der Holzhäuser, Ställe und Stadel wurden weicher. In kleinsten Flocken sank der Schnee ununterbrochen vom Himmel. Das ganze Dorf lag hinter einem dichten weißen Vorhang.

Gommer Winter!, dachte Kauz. Wie ich ihn liebe!

Ein Wermutstropfen mischte sich in die Freude: Was, wenn die Lawinengefahr stieg und Straßen und Schienen gesperrt würden? Es wäre ja nicht das erste Mal. Dann würde ihn Xaver einmal mehr nicht besuchen können. Sein Sohn hatte sich für den Heiligen Abend angekündigt, zusammen mit der zweijährigen Seraina. Kauz freute sich darauf, die beiden endlich wieder mal zu sehen.

Im Schneegestöber kam ihm eine vermummte Gestalt entgegen.

»*Güetä Tag*«, sagte Kauz, denn im Goms grüßte man auch Unbekannte. »Und frohe Weihnachten!«

»*Eww ö*«, tönte es zurück. Euch auch, hieß das. Im Goms sagte kaum jemand »Ihnen« oder »Sie«, hier *ihrzte* man sich. »*Hibsch, där Schnee, oder nit? Entli.*«

»Ja, endlich«, bestätigte Kauz, denn noch vor wenigen Tagen war das Goms eine braungraue, unansehnliche Landschaft gewesen. Alle hatten auf Schnee gehofft. »Jetzt gibt's halt ein bisschen Arbeit.«

»So ist es«, meinte die Gestalt und stapfte weiter.

Kauz nahm das Schaufeln wieder auf. Als der Fußweg von der Tür bis zur Langen Gasse frei war, ging er zu seinem Speicher zurück und stellte die Schaufel an die Hauswand. Er warf Max, der sich neben ihn hockte, eine Handvoll Schnee ins Gesicht. Und gleich noch eine. Das erste Mal schnappte sein schwarzer Collie-Mischling nach dem Schnee, beim zweiten Mal schüttelte er sich heftig. Genau das hatte Kauz beabsichtigt. Es hatte einiges gebraucht, bis Max kapierte, dass er sich draußen vor der Tür und nicht drinnen schütteln sollte. Erst dann ließ Kauz ihn hinein. Max ging stracks zum Futternapf, aber den hatte er schon leergefressen. Verdrossen lappte er kurz im Wassernapf und legte sich dann mit einem tiefen Seufzer in seinen Korb.

Kauz räumte das Frühstücksgeschirr weg, dann setzte er sich in seinen Sessel, scrollte auf seinem Smartphone diverse Playlists durch und drehte seine kleinen, aber feinen Lautsprecher auf. An jedem anderen Tag hätte er Blues oder Jazz gehört, aber heute suchte er Weihnachtsmusik. »Stille Nacht« und »Es ist ein Ros' entsprungen« waren die einzigen deutschen Weihnachtslieder, die er gern hörte. Aber das war Abendmusik. »Ihr Kinderlein kommet« und »Oh Tannenbaum« mit seinem läppischen Marschrhythmus konnte er nicht ausstehen. Englische *Christmas Carols* hingegen gefielen ihm fast durchs Band weg, und zwar auch tagsüber. Die ließ er jetzt zur Einstimmung auf die Weihnachtstage erklingen.

Ist alles da, was es für den Coq au Vin braucht?, fragte er sich. Die zwei zerteilten Hähnchen hatte er schon am Vorabend samt Knoblauchzehe, Zwiebel, Lorbeerblatt und Kräutersträußchen in einen guten Burgunder eingelegt. Xaver hatte einen gesunden Appetit, für ihn rechnete Kauz die doppelte Menge. Nun ging er zur Sicherheit die Liste der Zutaten nochmals durch.

Speck, Pilze und Schalotten brauche ich noch, stellte er fest und schaute auf die Uhr: halb zehn. Er räumte den Speicher fertig auf, dann machte er sich für einen Gang ins Dorf bereit.

Er trat vor seinen dreihundertjährigen ausgebauten Speicher, der außerhalb des Dorfkerns von Münster am Rand eines Feldes lag. Eine Außentreppe gleich neben der Tür führte in den Oberbau hinauf. Oben hatte er bei schönem Wetter aus seiner ungeheizten Schlafkammer freie Sicht auf die Feldkapelle und auf das Weißhorn. Der Oberbau, der eigentliche Speicher, ruhte auf hölzernen Beinen auf dem Unterbau des kleinen Gebäudes. Die Stadelbeine ihrerseits standen auf großen Steinplatten. Zwischen Ober- und Unterbau klaffte, wie bei jedem typischen Walliser Speicher, eine Lücke, durch welche man bei schönem Wetter von der Straße aus in die Ferne sah. Der Unterbau des Speichers bestand aus einem einzigen Raum: die Wohnküche mit einem Tisch, einer Eckbank und zwei Stühlen, einem Schüttstein und einem Stahlholzofen mit Kochstelle und Backfach, das sich natürlich auch zum Schmoren eignete. Dieser Kaminofen, den er vor einigen Jahren angeschafft hatte, zwei zusammenklappbare Sessel und seine kleinen, aber feinen Lautsprecher waren sein ganzer Stolz und trugen dazu bei, dass er sich in seinem Reich so wohl fühlte.

Kauz hatte den Speicher vor Jahren im Nachgang eines Mordfalls erwerben können. Von den Erben seines Freundes, der damals ums Leben gekommen war. Er, Kauz, hatte dafür gesorgt, dass der Mord aufgeklärt wurde. Seit er pensioniert war, lebte er im Sommer wie im Winter je drei Monate im Goms, oft auch noch ein paar Wochen im Herbst. Nur der Gommer Frühling reizte ihn nicht besonders. Aber der lag ja jetzt in weiter Ferne.

»*Güetä Tag*«, sagte Kauz wieder, wenn er auf der Langen Gasse einen Fußgänger kreuzte oder an einem vorbeiging, der sich mit Schneeschaufeln abrackerte. Das *Grüezi*, mit dem sich jeder *Üsserschwiizer* im Wallis als Fremder verriet, hatte er sich abgewöhnt. Dennoch sah niemand einen Einheimischen in ihm. Obschon er sogar einen Gommer Familiennamen trug.

Als Alois Walpen war er zur Welt gekommen, Sohn eines in die *Üsserschwiiz* abgewanderten Gommers und einer Zürcherin, noch dazu einer Protestantin. Diesen

»Fehler« hatte man dem Vater lebenslang übelgenommen, und ein paar alte Gommer hielten sie hinter vorgehaltener Hand auch ihm, dem Sohn, der mittlerweile selber schon Großvater war, noch vor.

»*Güetä Tag*« oder »*Salü*«, tönte es jedes Mal zurück.

Jeder Einzelne, dem er begegnete, zeigte seine Freude über den ergiebigen Schneefall. Da und dort hantierten Hausbesitzer mit lärmigen Schneeschleudern. Auf der Furkastrasse hörte man Räumungsfahrzeuge vorüberdonnern. Aber die Straßen und Wege im Dorf waren noch nicht geräumt.

Kauz beschloss, mit Max einen Rundgang zu machen und erst auf dem Rückweg im Dorfladen einzukaufen. Er sank knietief ein, es war ein Gehen wie auf Watte. Das hatte er schon als Kind geliebt, wenn er im Goms die Winterferien verbringen durfte. Als dann aber die große Lawine über dem Dorf niederging, es gab Dutzende Todesopfer, war es mit Winterferien im Goms vorbei. Im Goms hole man sich den Tod, hatte Mutter gesagt und ihm verboten, je wieder bei den Großeltern in Reckingen oder bei Onkel und Tante in Ernen Ferien zu machen. Erst Jahrzehnte später verlor dieser Bann seine Kraft, und er traute sich wieder ins Goms.

Ein bisschen unheimlich war es schon, Münster so im Schnee versinken zu sehen. In erster Linie aber empfand Kauz das gedämpfte Licht, die Stille, das Weiß und die Kälte als richtig weihnachtlich. Ein Mann trug ein Christbäumchen nach Hause. Reichlich spät, dachte Kauz, denn die meisten Familien hatten ihren Baum längst an einem kühlen Platz im Haus aufgestellt und holten ihn jetzt in die warme Stube, um ihn zu schmücken. Er selber verzichtete auf einen Weihnachtsbaum. Aber er freute sich darauf, heute Abend mit Xaver und der Kleinen bei Kerzenlicht beisammenzusitzen und nach draußen zu schauen.

Heftiger Wind kam auf. *Äs guggsät*, sagte man im Goms, wenn es schneite und gleichzeitig stürmte. Er war am anderen Dorfrand angekommen und wollte gerade umkehren.

»*Mischt!*«, hörte er da eine kräftige Männerstimme rufen. »*Schiissdräck, hüerä värdammtä!*«

Kauz blieb stehen und schaute um sich. Er sah im Schneegestöber aber niemanden, der diese nicht gerade weihnachtlichen Rufe ausstieß.

»Jetzt hab dich doch nicht so!«, keifte eine Frauenstimme zurück. »Mach endlich vorwärts!«

»*Häb d Schnurä!*«

»*Hü!* Ich warte nicht ewig!«

»*Tumms hüërä Rääff!* Noch ein Wort, und ...«, gab die Männerstimme zurück, der Rest war wegen des Winds nur noch teilweise verständlich. »... den Kopf abschlagen!« Ein Krachen war zu hören. Dann Lärm, als ob einer sein Werkzeug in eine Ecke geworfen hätte. »*Schiissdräck!*«

»Oh Gott!«, rief die Frau. »Schau, *där Güggäl*, jetzt ist er ...«, den Rest verstand er nicht. »*Bisch düü än Pfiiffä!*«

»*Häb d Schnurä! Verdammtä Schiissdräck!*«

»*Ggalööri!* Du bringst aber auch gar nichts zustande!«

Worum es ging, erriet Kauz nicht. Ein Windstoß pfiff ihm um die Ohren, er hörte nur noch Bruchstücke der Tirade: »… *gschtupfti Hennä* …«, schrie der Mann, »… *verrekkä!*«

Ein höhnisches Gelächter war die Antwort der Frau.

»Selbst schuld«, hörte er, dann verstummten die Stimmen.

Kauz stand nahe bei einem Bauernhof. Er kannte den Hof. Und er erkannte die Männerstimme. Nur, sehen konnte er niemanden, die Stimmen kamen von irgendwoher, von neben oder hinter dem Haus.

Fritz, *där Güggäl*, dachte Kauz. Wer denn sonst?

Er hatte keine Lust auf eine Begegnung mit diesem Rüpel und ging weiter. Doch die Erinnerung an jene Szene vor drei Jahren war wieder da.

Alain Gsponer, der Kriminalinspektor aus Brig, war zu ihm nach Münster gekommen. Gemeinsam hatten sie an Weihnachten in einer schrecklichen Mordserie ermittelt. Kauz hatte Gsponer am Bahnhof abgeholt. Auf dem Weg ins Dorf war ihnen ein Traktor mit vorgespanntem Schneepflug entgegengekommen. Am Steuer saß Fritz Pfefferle. Der cholerische Landwirt war für seine Wutausbrüche und für seinen hochroten Kopf bekannt. Er trug deshalb den Spitznamen *där Güggäl*, der Gockel. Pfefferle schickte sich an, an ihnen vorbeizumanövrieren. Sie winkten ihm zu. Er hielt brüsk an und öffnete das klapprige Seitenfenster der Kabine.

»Alles klar?«, fragte Kauz.

»*Ä Schiissdräck* alles klar!«, raunzte der Güggäl.

»Wieso, was ist?«, erkundigte sich Kauz.

»Siehst du doch!«, schrie der Güggäl und fuchtelte mit dem Arm zum Fenster hinaus gen Himmel. Daraufhin gab er seiner Besorgnis darüber Ausdruck, dass er dem vielen Schnee auf den Straßen und Wegen des Dorfs bald nicht mehr beikam, wenn es so weiterschneie. In Güggäls *Gommertiitsch* klang das so: »*Wenn de nu mee vo däm hüerä Schiissdräck ämbrichä chunnt, bringä mär der värdammt Mischt gar nimme äwäg!*«

Kauz und der Kriminalinspektor sahen sich an.

Hatten sie richtig gehört? Hatte Pfefferle die weiße Pracht, die da vom Himmel sank, wirklich als *Schiissdräck* bezeichnet?

Grimmig fügte der Güggäl an, dass wegen der stündlich steigenden Lawinengefahr Straßen und Schienen sicher bald gesperrt würden. Er schlug das Fenster zu, senkte den Pflug wieder auf die Straße und gab Gas.

»*Ab mit dem Mischt!*«, hörten sie ihn hinter der Scheibe weiter schimpfen. »Weg mit dem *Schiissdräck!*«

Das war vor genau drei Jahren gewesen. Kauz schüttelte den Kopf. Damals hatte er mit Alain über die Begegnung gelacht, doch die Tirade, die er eben zu hören bekommen hatte, fand er weniger lustig. Der Mann schien auf Schneefall regelrecht allergisch zu sein. Dass er sich aber mit seiner Frau wegen des Schnees, oder wegen des Schneeräumens, dermaßen in die Haare geriet, wunderte Kauz trotzdem.

Nun gut, es gab im Goms eben Familien, in denen ein eher rauer Umgangston herrschte. Vielleicht sollte man die Worte nicht auf die Goldwaage legen, dachte er.

Gschtupfti Hennä, tumms hüerä Rääff, Pfiiffä, Ggalöri – verrücktes Huhn, elendes Reibeisen, Niete, Großmaul – waren ja nicht die allerschlimmsten Schimpfwörter, aber dass die beiden sich sogar an Weihnachten so titulierten, fand Kauz doch bedenklich. Und *Häb d Schnurä!* – Halt die Fresse! –, so etwas durfte ein Mann zu einer Frau einfach nicht sagen.

Vor dem Dorfladen blieb Kauz stehen, hieß Max unter dem Vordach warten und trat ein. Im Laden kannte man ihn. Überall in Münster, ja im ganzen Goms, kannte man ihn. Ihn, den alle nur *Kauz* nannten. Der ehemalige Polizist aus der *Üsserschwiiz*. Der mit den Eulenaugen. Er hatte vor Jahren der Walliser Polizei bei der Aufklärung von mehreren schweren Verbrechen geholfen. Dass er mit dem Postenchef von Fiesch, Ria Ritz – keinem Menschen wäre es eingefallen, sie Posten*chefin* zu nennen, am wenigsten ihr selber –, dass er also mit Ria Ritz und mit dem Kriminalinspektor Alain Gsponer aus Brig befreundet war, wussten alle.

Kauz ließ sich Speck abschneiden und Pilze und Schalotten abwägen.

»*Hedär keert?*«, fragte Erna, die Frau hinter der Theke.

Ob er es gehört – *keert* – habe, hieß das.

Erna weigerte sich standhaft, Kauz zu duzen, obschon er, als der deutlich Ältere, es ihr mehr als einmal angeboten hatte. *Ischt güet*, hatte sie jedes Mal gesagt, wenn er betonte, er sei der Kauz – *där Chüzz* für seine Gommer Freunde – und man könne sich doch duzen. Aber schon beim nächsten Mal kehrte sie jeweils zum Ihr oder gar zum Sie zurück. Ob aus Schüchternheit, übertriebenem Respekt oder Ablehnung, das hatte Kauz noch nicht herausgefunden. Er siezte sie also auch, nannte sie aber Erna, so wie alle ihre Kunden.

»*Waas keert?*«, fragte er zurück.

»Vom Lawinenniedergang bei Ulrichen. *D Schtraass ischt züä*«, antwortete Erna. Da sei kein Durchkommen mehr. Von Oberwald her sei das Goms auf der Straße nicht mehr erreichbar. Nur noch von Fiesch her.

Das ging ja schneller als erwartet, dachte Kauz.

»Und die Schienen?«

Die seien noch offen, die Matterhorn-Gotthardbahn verkehre nach Fahrplan. Kauz atmete auf. Aber man wisse ja, wie rasch sich das ändern könne, fuhr Erna fort. Stimmt, dachte Kauz, vielleicht wird doch wieder nichts aus Xavers Besuch.

»Wer ist hier im Dorf eigentlich für die Schneeräumung zuständig?«, fragte er.

»Der Pfefferle Fritz, wie jedes Jahr.«

»*Där Güggäl?*«

»Ja, der. Wieso?«

»Weil die Straßen noch nicht geräumt sind. Und weil ich ihn habe schimpfen hören. Und wie!«

»Der schimpft doch immer, besonders wenn es ans Schneeräumen geht.«

»Er schimpfte aber mit seiner Frau. Oder sie mit ihm.«

»*Nëi, nëi*«, meinte Erna. »Das war nicht seine Frau. Die wohnt nämlich nicht mehr hier. Sie ist ihm im Herbst davongelaufen.«

»Wusste ich nicht. Mit wem hat er sich dann gestritten?«

»Mit seiner Mutter. Die lebt jetzt wieder auf seinem Hof. Er hat sie aus dem Altersheim zurückgeholt, dabei ist sie doch schon über achtzig. Aber ohne ihre Hilfe wäre er aufgeschmissen.«

»Was?!«, rief Kauz. »Der Güggäl holt seine alte Mutter aus dem Altersheim auf den Hof zurück, weil er dringend auf ihre Hilfe angewiesen ist?«

»Ja, genau.«

»Und dann beschimpft er sie derart unflätig!«

»Sie ist eben auch nicht besser. Sie war schon immer ein *Rääff*. Die streiten sich die ganze Zeit. Das war auch früher so.«

»Wegen des Schnees?«

»Wegen allem. Die sind nichts anderes gewohnt. Sie können gar nicht normal miteinander reden.«

Fritz, *där Güggäl*, selber nicht mehr der Jüngste, beschimpft seine noch ältere Mutter, die ihm doch aus der Patsche helfen soll!, dachte Kauz. Und das an Weihnachten. Unsäglich!

Er ließ sich noch ein paar weitere Kleinigkeiten geben, dann packte er seine Einkäufe in die mitgebrachte Tragtasche und verließ den Laden. Er hieß Max voraustrotten und stapfte hinter ihm her. Auf Max war Verlass, wenn man die Wege, wie gerade jetzt, kaum mehr erkannte.

Wieder im Speicher stellte er die Schüssel mit den zerteilten und in Burgunder eingelegten Hähnchen auf den Küchentisch, legte Speck, Zwiebel und Pilze bereit und karamellisierte schon mal die Schalotten. Bald war alles so weit vorbereitet, dass er die Hähnchen hätte anbraten und den Coq au Vin in den Ofen schieben können. Aber dafür war es noch zu früh. Er wärmte einstweilen bloß den gusseisernen Bräter vor.

Dann machte er sich einen würzigen Tee, tat Zucker und einen Schuss Milch hinein und rührte um. Er fläzte sich in seinen Sessel, stellte die dampfende Tasse neben sich auf den Holzboden und drehte die kleinen, aber feinen Lautsprecher auf.

»*O Come, All Ye Faithful ...*«, klang es aus der Stubenecke.

Eine Push-Nachricht riss ihn aus der weihnachtlichen Stimmung: *Schienenverkehr Andermatt–Oberwald wegen Lawinengefahr eingestellt.* Xaver reist immer über Andermatt an, dachte Kauz und schickte ihm sofort eine Nachricht: *Goms nur noch via Lötschberg-Brig-Fiesch erreichbar.*

Wir machen uns auf den Weg, war Xavers Antwort.

Erneut wurden ungute Erinnerungen an jenen Höllenwinter vor drei Jahren in Kauz wach. Nur dank Max war er damals mit dem Leben davongekommen. Als habe der Hund seine Gedanken erraten, hockte Max sich vor ihn hin und schaute ihn treuherzig an. Kauz tätschelte seinen Kopf, dann kraulte er dort, wo der weiße Fleck auf dem schwarzen Fell leuchtete, seine Brust.

Immer wieder musste er an den Güggäl und dessen Mutter denken. Wie würden die zwei wohl den Heiligen Abend verbringen? Im Streit, keifend und fluchend? Irgendwie taten sie ihm leid.

Kurz nach Mittag kam die nächste Push-Nachricht: *Straße Binn–Imfeld wegen Lawinengefahr gesperrt.* Das betraf Münster zwar nicht, bedeutete aber, dass nun im ganzen Goms erhöhte Lawinengefahr bestand.

Hoffentlich kommt Xaver noch rechtzeitig an, dachte Kauz.

Er beschloss, mit Max trotz Wind und Schneefall einen längeren Ausmarsch zu machen, damit der Hund abends richtig müde wäre und Ruhe gäbe. Diesmal ging er in Richtung Rotten. So hieß hier die junge Rhone. Er marschierte durch das Schneegestöber bis zur *Briggä*, zur Brücke also, dorthin, wo vor drei Jahren die erste von drei Toten gelegen hatte. Damals, im Höllenwinter.

Auf dem Rückweg, er war noch ein-, zweihundert Meter von den Gleisen entfernt, näherte sich von rechts – dort, wo im Sommer ein Feldweg einmündete – im tiefen Schnee ein Traktor. Er hatte eine Ladeschaufel montiert.

Nun, dachte Kauz, manchmal benützten die Bauern eben eine Ladeschaufel statt eines Pflugs, um den Schnee wegzuräumen. Die Scheinwerfer des Traktors brannten nicht, obschon das bei dem dichten Schneefall angebracht gewesen wäre. Kauz riss Max beiseite, denn der Fahrer des Traktors machte keine Anstalten, seine Fahrt zu verlangsamen. Im Gegenteil, er gab Gas. Vielleicht hatte der Lenker ihn im Schneegestöber gar nicht bemerkt. Kauz konnte nicht erkennen, wer am Steuer saß. Was er aber sah, war, dass sich in der Ladeschaufel kein Schnee befand, sondern ein eingepacktes ballenförmiges Ding. Das Ding hatte die Größe jenes toten Kalbs, das ein Bauer im Sommer in der Ladeschaufel seines Traktors von der Weide gekarrt hatte. Sicher war sich Kauz nicht, aber ihm war, er habe einen Kopf aus der Decke ragen sehen. Den Kopf eines Kalbs? Oder den eines Schafs?

Brachte der Mann – wer immer es war – am Heiligen Abend ein verendetes Stück Vieh zur Kadaversammelstelle? Aber die befand sich doch im Nachbardorf. Fuhr einer trotz Lawinengefahr dorthin? Was für ein Leichtsinn!

Schon war der Traktor vorbei und verschwand hinter dem Vorhang aus Schneeflocken. Nur die Spuren von dessen riesigen Reifen waren noch zu sehen. Bald würden sie unter dem Neuschnee verschwinden.

Zurück im Speicher, arrangierte Kauz zum Klang der *Christmas Carols* seine schlichte Weihnachtsdekoration: Tannenzweige, eine große Bienenwachskerze, eine gläserne, eine silberne und eine goldene Kugel und einen hölzernen, bunt bemalten Engel, den er auf dem Wohltätigkeitsbasar zugunsten einer peruanischen Schule erstanden hatte.

Nun war es Zeit, das Hähnchen anzubraten. Für ihn war das Routine. Zum Glück, denn er war nur halb bei der Sache. In Gedanken war er mal bei Xaver und der kleinen Seraina, mal beim Güggäl und dessen Mutter.

Er schickte sich eben an, den gut gefüllten Bräter zum Schmoren ins Backfach zu schieben, da hob Max den Kopf und knurrte. Einen Augenblick später polterte es an der Speichertür.

Kauz beschlich ein mulmiges Gefühl. Erinnerungen an jenen Höllenwinter stiegen auf.

Er ging zur Tür und öffnete.

Erna, die Frau aus dem Dorfladen stand da. Sie sah aus, als hätte sie eben ein Gespenst gesehen.

»Erna!«, rief Kauz. »Was ist? Kommen Sie herein.«

»Nein!«, keuchte die Frau.

»Wieso nicht?«

»Es ist etwas Schlimmes passiert. Kommen Sie. Bitte!«, flehte sie außer Atem und drehte sich um.

»Moment!«, sagte Kauz. »Was ist denn passiert?«

»Es ist alles voller Blut«, presste die Frau heraus.

»Was ist voller Blut? Wo?«

»Auf Pfefferles Hof. Kommen Sie sofort. Bitte!«

»Beim Güggäl? Noch einmal: Was ist passiert?«

»Das weiß ich doch nicht. Die Marie ist verschwunden …«

»Welche Marie?«

»Seine Mutter. Die Mutter vom Güggäl, meine ich.«

»Mit der er sich gestritten hat?«

»Davon haben Sie mir doch erzählt.«

»Ja, ja, schon. Und wo ist der Güggäl?«

»Auch weg. Und rund ums Haus ist alles voller Blut. Bestimmt hat er sie umgebracht!«

»Nun mal langsam. Haben Sie die Polizei gerufen?«

»Gerufen schon, aber die kann nicht kommen.«

»Wieso nicht?«

»Die Straße ist gesperrt.«

»Wie? Auch ab Fiesch?«

In Fiesch war die Walliser Kantonspolizei für das Goms stationiert.

»Ja. Lawinengefahr. Da darf keiner mehr durch. Auch die Polizei nicht. Hat Ria gesagt.«

Wenn Ria sagte, die Polizei dürfe nicht fahren, dann war es so.

»Seit wann?«

»Seit einer halben Stunde.«

Kauz zückte sein Smartphone. Tatsächlich, da war eine Push-Nachricht, die er noch nicht gesehen hatte:

Straße Oberwald-Münster wegen Lawinenniedergang weiterhin gesperrt. Straße Fiesch-Münster ab 14 Uhr vorsorglich wegen Lawinengefahr gesperrt, Dauer unbestimmt. Schienenverkehr zwischen Niederwald und Oberwald wegen Lawinengefahr eingestellt. Autoverlad in Realp und Oberwald eingestellt.

Eingeschneit!, dachte Kauz. Das Goms ist von der Außenwelt abgeschnitten. Oje, dann kann Xaver nicht kommen. Ich feiere Weihnachten wieder mal allein.

»Die Polizei sagte, ich solle Sie holen.«

Soso, dachte Kauz. Bin ich also der, den man ruft, wenn die Polizei mal gerade nicht kann.

»Gut, gehen wir«, sagte er und zog seine Wintersachen an. Dann steckte er seine Powerlite-Taschenlampe ein, die ihm in jener schrecklichen Winternacht einst gute Dienste geleistet hatte. »Komm, Max!«

Der Wind hatte nachgelassen, es schneite nur noch spärlich. Dafür war es deutlich kälter geworden. Die Straßen waren immer noch nicht geräumt. Seite an Seite kämpften sie sich so rasch sie konnten durch den tiefen Schnee bis ans andere Ende des Dorfs. Schwer atmend erklärte Erna, wieso sie auf Güggäls Hof gewesen war: Marie, die Mutter, habe Knie- und Hüftarthrosen und könne kaum mehr gehen. Erna hatte ihr deshalb angeboten, ein paar Einkäufe auf den Hof zu bringen.

»Machen Sie das immer für sie?«, fragte Kauz.

»Wo denken Sie hin?«, rief Erna. »Sicher nicht.« Marie sei *ä Beeschi*, eine Böse, der helfe niemand freiwillig, erklärte sie. »Aber sie hat mich extra angerufen und ganz anständig gefragt. Und heut ist Heiliger Abend, da erfüllt man einen solchen Wunsch natürlich.«

»Schön. Wann waren Sie dort?«

»Kurz nach Mittag, etwa halb zwei. Ich wollte rechtzeitig zurück sein, um bei Ladenschluss pünktlich dichtmachen zu können.«

Es war gegen drei Uhr nachmittags, als sie auf Güggäls Hof ankamen. Es schneite nun gar nicht mehr, und der Wind hatte aufgehört zu blasen. Aber es war seltsam düster, also ob die Nacht schon bald anbrechen würde.

»Schauen Sie da!«

Außer Atem zeigte Erna auf die Türschwelle.

Große dunkelrote Blutstropfen lagen darauf. Eine Blutspur verlor sich dort, wo das Vordach aufhörte, im Schnee.

»Und da«, keuchte die Frau.

Sie deutete zur Hausecke und zum seitlichen Vordach.

»Platz!«, befahl Kauz.

Max legte sich neben die Haustür. Weit genug von der Türschwelle entfernt, damit er dort keine Blutspuren verwischte.

»Warten!«, wies ihn Kauz weiter an, damit er sich auch ja nicht vom Fleck bewegte.

Erna fasste Kauz am Arm und zog ihn auf den kleinen Platz neben dem Haus, auf dem der Güggäl das Brennholz spaltete. »Als niemand öffnete, bin ich ums Haus gegangen und habe das da gesehen«, damit ließ sie seinen Arm los und zeigte auf den Spaltblock. »Da hab ich alles stehen und liegen gelassen und bin ins Dorf zurückgelaufen. So rasch ich konnte. Hier stehen noch die Sachen, die ich mitgebracht habe«, erklärte sie und zeigte auf die Einkaufstasche, die an der Hauswand stand.

Kauz warf einen Blick auf den Spaltblock. Angetrocknetes Blut war darauf zu sehen. Die Axt war an die Hauswand gelehnt. Kauz zog sein Taschentuch und fasste sie vorsichtig am hölzernen Stiel, ohne sie anzuheben. Er neigte sie bloß ein wenig, um sich den Axtkopf anzusehen, und bückte sich über das Werkzeug. Mit bloßem Auge war das Blut an dessen Schneide erkennbar.

»Sehen Sie das?«, rief die Frau.

»Sicher«, sagte Kauz. Der Güggäl wird sich mit der Axt verletzt haben, dachte er. In die Hand gehackt, vermute ich mal. Hoffentlich hat er noch alle Finger.

Erna stand verdattert an der Hausecke und beobachtete ihn.

Kauz ging zur Haustür zurück. Erna folgte, die Einkaufstasche in der Hand. Mit dem Ellbogen stieß Kauz die Tür auf und ging zwei Schritte ins Haus hinein.

»Bleiben Sie hinter mir«, befahl er und ging vorsichtig in den düsteren Flur. »Hallo!«, rief er. »Jemand da?«

Niemand antwortete. Er fand den Schalter und machte Licht.

»*Äm Gottswillä!*«, rief Erna und starrte auf die Blutlache, die auf dem Steinboden zwischen Küche und Treppe lag.

»Blutlachen erschrecken einen immer«, sagte Kauz. »Sieht aber meistens nach mehr aus, als es ist.«

»Und was bedeutet das?«

»Nun«, sagte Kauz und griff sich in den Nacken, »verblutet ist hier niemand. Dafür liegt zu wenig Blut da.«

»Aber verletzt …«

»Wahrscheinlich.«

»Schwer?«

»Das kann man nicht beurteilen. Ich schau mich mal um«, sagte er weiter. »Setzen Sie sich auf den Stuhl dort.«

Kauz knipste sein Powerlite an und leuchtete in die Küche.

Tadelloses *Mise en Place*, stellte er fest, denn auf dem Küchentisch stand und lag alles fürs Kochen bereit: Gefäße mit Salz und Mehl, eine kleine Schüssel mit halb geschmolzener Butter, eine aufgeschnittene Knoblauchknolle, Schalotten, ein Bund Schnittlauch, Gläser mit allerlei Gewürzen und getrockneten Ingredienzien, eine Literflasche Rotwein, ein Rüstbrett und ein großes Küchenmesser. Es sah aus, als wäre jemand von der Arbeit weggelaufen oder weggerufen worden. Eine Bratpfanne mit Deckel stand auf dem Herd. Kauz lüftete den Deckel, die Pfanne war, bis auf etwas Bratfett, leer.

Kauz nahm, immer mit dem Taschentuch bewehrt, das Küchenmesser vom Tisch und sah sich die Klinge an. Blut klebte keins daran, jedenfalls war keines zu erkennen.

Die Spurensicherung würde natürlich genauer hinsehen, dachte Kauz. Aber mit der Kripo war einstweilen nicht zu rechnen. Und ob überhaupt etwas Strafbares vorgefallen war, stand längst nicht fest. Sich beim Holzspalten ins eigene Fleisch zu hacken, war ja kein Delikt. Auch wenn Erna in ihrer panischen Aufregung von einem Mordfall ausging.

Kauz ging in die Stube – und staunte: Der Tisch war für zwei Personen gedeckt. Ein fertig geschmücktes Christbäumchen stand in einer Ecke. Der Großteil des Raums aber war mit einer aufwändig aufgebauten Weihnachtskrippe belegt. Die Krippe mit dem Jesuskind,

Maria und Josef, Ochs und Esel und Hirten – alles war da, nichts fehlte. Ein ausgehöhlter Baumstrunk diente als bescheidene Unterkunft der Heiligen Familie. Aus Tüchern, Ästen und Moosen war die Umgebung modelliert, im Hintergrund waren die Heiligen Drei Könige im Anmarsch. Der Stern von Bethlehem hing über allem, Engel schwebten an silbernen Schnüren von der Zimmerdecke herab. Alles schien genau auf dem seit Generationen vorgegebenen Platz zu stehen.

Nun ging Kauz ins Schlafzimmer, streckte den Kopf ins Badezimmer, in die Speisekammer und andere Nebenräume, schließlich in den Keller mit der Waschküche und leuchtete mit seinem Powerlite in jeden Winkel und unter die Betten. Menschen fand er nirgendwo vor. Da dem Bauern Fritz Pfefferle, dem Güggäl, die Frau davongelaufen war, hatte Kauz erwartet, im Haus ein Chaos anzutreffen. Doch das war nicht der Fall. Die Betten waren zwar nicht gemacht, ein Haufen ungewaschener Wäsche lag in der Waschküche, und es war nicht bis in die hinterste und letzte Ecke geputzt, aber alles in allem sah es im Haus recht ordentlich aus. Mutter Marie Pfefferle musste eine tüchtige Person sein, eine richtige *Chrampferi*. Wenn auch eine mit losem Mundwerk.

Kauz ging nach draußen und schaute sich in Stall und Scheune um. Die Kühe muhten nicht, es war Ruhe im Stall. Ob die Tiere um diese Zeit schon gemolken waren?

»Wie viele Traktoren besitzt der Güggäl?«, fragte Kauz, als er wieder hereinkam.

»Einen, glaube ich.«

»Es steht aber keiner da, weder im Schuppen noch im Freien. Dann ist er wohl am Schneeräumen.«

»Gesehen haben wir ihn aber nicht auf der Dorfstraße.«

»Vielleicht fängt er mit den Nebenstraßen an.«

»Nein, nein. Er fängt immer mit der Dorfstraße an. Aber wenn er nicht am Schneeräumen ist, wo ist er dann?«, fragte Erna.

Plötzlich fiel Kauz der Traktor mit dem großen verpackten Ding in der Ladeschaufel ein. War das der Güggäl gewesen? Erkannt hatte er ihn nicht. Aber der Traktor war aus der Richtung von Güggäls Hof gekommen. Was hatte er wohl geladen gehabt? Oder musste man fragen: *wen* oder was?

Kauz behielt diese Gedanken für sich.

»Glauben Sie auch, dass der Güggäl im Zorn seine Mutter umgebracht hat? Mit der Axt erschlagen oder so?«

»Ich weiß es nicht«, sagte Kauz, aber völlig abwegig kam ihm der Gedanke auf einmal nicht mehr vor. »Möglicherweise hat er sich beim Holzspalten selbst verletzt. Wir haben ja weder eine Verletzte noch eine Leiche gefunden.«

»Vielleicht hat er sie, ähm, entsorgt. In den Rotten gekippt, irgend so etwas.«

»Moment! Wir wissen doch gar nicht, ob Marie tot ist. Wir haben keine Ahnung, von wem das Blut da stammt.«

Kauz zeigte auf die Blutlache im Flur und auf die Türschwelle.

»Wenn sie nicht tot ist, dann würde sie jetzt ja in der Kälte umherirren.«

»Sie haben recht, Erna. Kommen Sie, wir gehen sie suchen.«

Kauz ging vors Haus, rief Max und schaute um sich.

»Woher sind Sie gekommen, als Sie heute Mittag hierherkamen?«, fragte er.

»Von da«, sagte Erna und zeigte dorthin, wo auch die Fußstapfen waren, die Kauz und sie selbst hinterlassen hatten.

»Und dann gingen Sie in *der* Richtung ums Haus herum?«

Kauz zeigte auf die Hausecke, hinter der der Spaltblock stand.

»Ja.«

»*So* rum gingen Sie nicht?«, fragte Kauz weiter und zeigte in die andere Richtung.

»Nein.«

»Dann sind die Fußspuren dort drüben vermutlich entweder vom Güggäl oder von seiner Mutter«, meinte er und zeigte auf die Stapfen, die unter dem Vordach noch erkennbar waren. Der Wind von heute früh hatte eine ansehnliche Menge Schnee unters Vordach geweht. Später hatte er nachgelassen. Deshalb waren die Fußstapfen, die jemand dort hinterlassen hatte, nicht zugeschneit worden. Das Vordach hatte es verhindert.

Vorsichtig näherte sich Kauz den Stiefelabdrücken. Er ging dicht an der Hauswand, wo kein Schnee lag. Dann blieb er stehen und betrachtete lange einen Abdruck.

»Dieser Stiefelabdruck ist tiefer als unsere eigenen dort drüben«, stellte er fest und schaute Erna an.

»Was bedeutet das?«

»Dass die Person, von der dieser Abdruck stammt, entweder sehr viel schwerer ist als ich oder eine schwere Last trug.«

»Eine Leiche, zum Beispiel?«

Kauz antwortete nicht.

»Kommen Sie, wir schauen, wo die hinführen«, sagte er stattdessen und folgte den Spuren um die Ecke auf der Seite des Hofs, die dem Platz mit dem Holzspaltblock gegenüberlag.

»Da steht sonst der Traktor«, sagte Erna.

»Klar«, meinte Kauz, denn schon leuchtete er mit seinem Powerlite in den Unterstand, in welchem außer einem Schneepflug weitere zum Traktor gehörende Gerätschaften, Ersatzreifen und allerlei Werkzeug herumstanden. Er richtete den Lichtstrahl auf eine metallene Werkzeugkiste mit Klappdeckel, die neben der Front des Traktors gestanden haben musste. Mehrere dunkle Tropfen klebten auf dem Deckel der Kiste.

»Blut?«, fragte Erna.

Kauz ging näher heran, Max immer an der kurzen Leine festhaltend, und bückte sich über die Kiste.

»Ja, Blut«, bestätigte er. »Ich glaube, wir müssen Marie nicht suchen gehen. Die irrt nirgendwo umher.«

»*Äm Gottswillä!*«, rief Erna. »Ihr denkt das also auch.«

»Wo wohnen Sie, Erna?«

»Mitten im Dorf.«

»Gut, wir gehen zurück. Hier gibt es einstweilen nichts mehr zu tun.«

Schweigend stapften sie auf der noch nicht geräumten Dorfstraße durch den Schnee. Man sah in einzelne erleuchtete Fenster hinein. Da und dort war in einer Stube ein festlich geschmückter Weihnachtsbaum zu sehen. Tische wurden gedeckt, in den Küchen wurde hantiert. Kinder in warmen Jacken waren in Begleitung Erwachsener, vielleicht der Großeltern, im Dorf unterwegs. Sie wurden wohl spazieren geführt, damit Vater und Mutter in Ruhe den Weihnachtsbaum fertig schmücken und die Geschenke bereitlegen konnten.

»*Güetä-n-Abänd*«, lautete jetzt der Gruß, wenn ihnen jemand entgegenkam. »Und frohe Weihnachten!«

Kauz malte sich aus, was in den Häusern vor sich gehen mochte: Friede, Freude, Weihnachtslieder in den einen. Streit, Tränen und Enttäuschung in den andern. Alle Jahre wieder, dachte er. Auch Xaver würde wegen des Schnees heute *wieder* nicht anreisen können.

Schüssdräck!, dachte er und musste unwillkürlich lachen.

»Was ist?«, fragte Erna und sah ihn von der Seite an.

»Nichts«, behauptete Kauz. »Hab bloß an etwas gedacht.«

»Ich auch«, sagte Erna. »Aber nichts zum Lachen.«

»Klar, an Marie und den Güggäl, nicht wahr?«

»Allerdings. Müssen wir nicht …«

»Ist nicht mehr Ihre Sache, Erna. Es ist doch so: Wenn Marie tot ist, wie Sie denken, dann können wir daran nichts ändern. Dann wird die Polizei sich den Güggäl schnappen. Weit kommt er ja nicht, bei dem vielen Schnee.«

Erna blieb vor einem Mehrfamilienhaus an der Straße stehen.

»Und wenn er auch noch andere umbringt?«

»Hmm«, machte Kauz. »Ist das Ihr Haus?«

Erna nickte.

»Allein?«

»Ja.«

»Gut, dann gehen Sie jetzt in Ihre Wohnung und verriegeln die Tür«, wies Kauz sie an. »Ich schaue dann später nochmals vorbei. Frohe Weihnachten, trotz allem.«

»Ich weiß nicht …«, sagte Erna und ging ins Haus.

Wieder in seiner Küche stehend, überlegte Kauz hin und her: Sollte er den *Coq au Vin* jetzt ins Schmorfach schieben? In der Hoffnung, dass Xaver und Seraina es vielleicht doch noch ins Goms geschafft hatten und bald bei ihm auftauchen würden. Dann wäre das Gericht in einer guten Stunde fertig. Oder sollte er zuwarten? Vielleicht würden später am Abend die Lawinen gesprengt und die Sperrung würde morgen früh aufgehoben. Er konnte den Coq ja über Nacht in der Marinade kühl stellen und ihn am nächsten Tag schmoren.

Ich warte noch zu, entschied er.

Dann sah er auf die Uhr: halb fünf, es war schon fast dunkel. Zeit für einen weihnachtlichen Apéro, beschloss er, wir sind ja im Wallis. Er öffnete eine Flasche Rèze, die er sich für eine besondere Gelegenheit aufgespart hatte, und schenkte sich ein. Er stellte die selbst gemachten Gemüsechips und Gewürzmandeln vor sich hin, zündete die Weihnachtskerzen an und setzte sich, das Glas in der Hand, in seinen Sessel.

»Hark! The Herald Angels Sing …«, klang es aus seinen kleinen, aber feinen Lautsprechern.

Max schlief in seinem Korb, zappelte mit den Beinen und schnaufte aufgeregt. Dann wurde er wieder still.

Er kämpft sich durch den Schnee, dachte Kauz und schaute seinem Hund beim Träumen zu.

Aber auf einmal ging ihm die Schimpftirade, die er am Vormittag gehört hatte, wieder durch den Kopf.

Häb doch d Schnurä ..., Noch ein Wort ...!, hatte der Güggäl gedroht. Etwas von *Grind abhöwwä*, Kopf abschlagen, und von *verrekkä!* hatte er gerufen.

Ggalööri, hatte sie zurückgegeben, *Pfiiffä* hatte sie ihn genannt und noch dazu höhnisch gelacht.

Was, wenn Erna doch recht hat?, dachte er.

Und schon sah er die Szene vor sich:

Wie der Güggäl, am Spaltbock stehend, die Axt in der Hand, außer sich vor Zorn zuerst auf seine keifende Mutter und dann mit der blutigen Axt auf den Spaltblock schlug. Wie er die Erschlagene in Panik zuerst ins Haus und, als er feststellte, dass sie tot war, zum Traktor schleppte, die Leiche in die Ladeschaufel hievte und mit ihr im Schneegestöber davonbrauste, um sie am Rottenufer in den Fluss zu kippen.

Ich muss noch einmal auf Güggäls Hof!, dachte er.

»Komm, Max!«

Widerwillig stand der Hund auf und trottete hinter ihm her. Im Eilschritt – so eilig, wie es der tiefe Schnee eben zuließ – zog Kauz durchs Dorf.

Pfefferles Hof lag vollkommen im Dunkeln. Kauz knipste sein Powerlite an. Frische Reifenspuren, sie mussten von einem Traktor stammen, führten zum Hof. Es war aber weit und breit kein Fahrzeug zu sehen. Kauz ging zum Spaltblock neben dem Haus. Da stand er, mitsamt dem Blut darauf. Aber die Axt war weg. Kauz eilte zur Haustür, sah das Blut auf der Schwelle und ging ins Haus. Er machte Licht: Die Blutlache, die auf dem Fußboden gelegen hatte, war weggewischt worden. Er ging in die Küche und richtete den Lichtstrahl auf den Küchentisch. Er sah sofort: Das Küchenmesser fehlte! Er leuchtete in die papierne Einkaufstasche, die Erna mitgebracht hatte. Alles noch drin, stellte er fest.

Donnerwetter, dachte er, was hat das zu bedeuten?

Er knipste die Powerlite aus und horchte.

Es war nichts zu hören. Er horchte minutenlang.

Nichts.

Soll ich durchs Haus gehen?, fragte er sich.

Tu das nicht!, sagte eine innere Stimme. Spiel nicht den Helden! Oder willst du abgestochen werden? An Weihnachten? Nein, willst du nicht.

Er ging nach draußen, postierte sich etwas weiter weg und observierte das Haus aus der Distanz. Es brannte nirgendwo Licht. Nichts war zu hören, nichts bewegte sich. Nach einer Viertelstunde war er sich ziemlich sicher, dass niemand drin war. Er ging trotzdem nicht hinein, sondern machte sich auf den Heimweg.

Es war sechs Uhr abends. In den meisten Häusern von Münster wurde jetzt gefeiert. Christbäume und Kindergesichter leuchteten, Weihnachtslieder wurden angestimmt. Familien setzten sich zu Tisch, das Weihnachtsessen wurde aufgetragen. Zwischen den Gängen gab es Bescherung. Um Mitternacht würden viele Familien die Messe besuchen. Kauz war etwas melancholisch – so ganz allein in seinem Speicher sitzend. Xaver hatte eine Nachricht geschickt: Er sitze in Fiesch fest. Wenn die Sperrung aufgehoben werde, könne er im besten Fall am Weihnachtstag in Münster eintreffen. Aber wenn nicht, müsse er mit Seraina nach Zürich zurück.

Auf einmal fing es wieder an: Der Wind rüttelte an den Läden seines Speichers. Ihm war, jemand polterte an seine Tür. Aber da war niemand. Trotzdem wurde es ihm unheimlich zumute. Die Erinnerung an den Höllenwinter holten ihn ein. Bilder tauchten auf. Die unheimliche Stimmung. Der Schreck. Die lähmende Angst. Todesangst. Litt er an einem Trauma?

Jetzt stell dich nicht so an!, rief er sich zur Besinnung.

Das war damals, sagte er sich. Heute ist heute.

Er riss sich zusammen und ließ sich alles noch einmal durch den Kopf gehen, was er gesehen und gehört hatte.

Die Schimpftirade, die übrigen Geräusche.

Der Spaltblock, die Axt, das Blut.

Der Traktor, die Ladeschaufel, das große Ding, der Kopf.

Die Blutlache im Flur.

Die Küche, der Küchentisch, das Messer.

Die Tasche mit den Einkäufen, die Erna mitgebracht hatte.

Da ging ihm plötzlich ein Licht auf.

»Max, wir gehen!«

Max hob schlaftrunken den Kopf.

Muss das sein?, schien er zu fragen.

»Komm schon, ich brauche dich!«

Jacke, Mütze, Handschuhe, Powerlite – zum dritten Mal machte sich Kauz mit seinem Hund zum Hof der Pfefferles auf. Es war mittlerweile stockdunkle Nacht.

Bei Güggäls Hof ging er schnurstracks zum Spaltblock. Er ließ Max an der blutigen Oberfläche schnuppern.

»Such!«, befahl er.

Max fing sofort zu suchen an. Es dauerte nicht lange,

und er apportierte, was Kauz erwartet hatte: den abgetrennten Kopf des Mordopfers.

»Brav!«, sagte Kauz.

Aber wo ist der Rumpf?, fragte er sich und leuchtete die Umgebung mit dem Powerlite ab. Wahrscheinlich längst vom Schnee zugedeckt, dachte er.

In diesem Moment klingelte sein Handy.

Doktor Kalbermatter, stand auf dem Display.

Der alte Dorfarzt mit dem silbernen Rauschebart praktizierte immer noch.

»Kauz«, meldet sich Kauz.

Dann horchte er.

»Ich?«, fragte er. »Wieso ich?«

Er hörte sich die Erklärung an.

»Gut, ich komme«, sagte er und schlug den Weg Richtung Dorfarztpraxis ein.

*

Ein Ohrenschmaus war es nicht gerade, als zwei Stunden später auf Pfefferles Hof in der geheizten Stube, die Kerzen am Weihnachtsbaum brannten, Weihnachtslieder gesungen wurden. »Oh Tannenbaum«, tönte es, »oh Tannenbaum …«

Das sei ihr allerliebstes Weihnachtlied, erklärte Marie. Und singen könne sie immer noch, sagte sie lachend, auch wenn sie einen Verband am *Grind* trage.

Kauz beugte sich seinem Schicksal und sang mit. Erna ebenso. Geduldig hörten sie sich danach an, was Marie über ihre Krippe zu erzählen wusste. Die Erzählung dauerte geraume Zeit, denn sie flocht die Geschichte ihres Vaters, der ein Säufer gewesen sei, und ihrer Mutter, die sich zu Tode gerackert habe, mit ein. Ganz allein habe sie als Älteste ihre sieben Geschwister aufziehen müssen. Nur gerade vier Jahre habe sie zur Schule gehen können. Ihr Leben lang habe sie geschuftet, aber das halte einen jung. *Wer rastet, der rostet*, habe sie immer gesagt, und das gelte für sie auch heute noch.

»*Gäll, Fritz?*«, schloss sie.

»*Ja, Müetter*«, bestätigte der Güggäl und tätschelte ihre Hand.

Der Mann, den sie geheiratet habe, sei auch nicht besser gewesen als ihr Vater. Davon könne der Fritz, genau wie ihre übrigen Kinder und die Kindeskinder, auch ein Liedchen singen.

Der Güggäl nickte.

Das Leben habe sie gelehrt sich zu wehren, erklärte Marie und sah den beiden Gästen in die Augen.

Sie wisse schon, dass alle Welt finde, sie sei *ä Beeschi*. Aber Leisetreterei liege ihr nun mal nicht im Blut. In ihrer Familie sei man es gewöhnt, deutsch und deutlich miteinander zu reden. Schmeicheln sei nicht ihre Stärke. »*Gäll, Fritz?*«

»*Nëi, scho nit gad*«, bestätigte der, »aber gibt's jetzt endlich *Goggovää*? Ich hab Hunger. Es ist schon bald zehn Uhr.«

»*Äwa!*«, machte seine Mutter. »Wirst wohl noch warten können. Zuerst hören wir die Weihnachtsgeschichte.«

»*Gugus*«, maulte der Güggäl.

»Hier«, sagte Marie an Kauz gewandt und reichte ihm die Familienbibel. »Lest Ihr. Ihr habt die besseren Augen.«

Das Siezen beherrschte die alte Frau nicht, sie ihrzte Kauz.

Kauz nahm ihr die Bibel aus der Hand.

Doch gleich griff Marie wieder nach dem Buch.

»Halt!«, rief sie und fragte skeptisch: »Seid Ihr überhaupt katholisch? Man sagt, Eure Mutter sei eine *Üsserschwiizeri* gewesen. Und dazu noch eine Protestantin. Stimmt das?«

»Was glaubt Ihr eigentlich?«, gab Kauz aufgebracht zurück. Er war nicht wirklich wütend, er tat nur so. »Wir *Üsserschwiizer* feiern auch Weihnachten, *hüerä Siäch nomaal!*«

Offensichtlich hatte er den Ton getroffen.

»Also, los«, sagte Marie nämlich und bedeutete ihm mit einem Wink, endlich anzufangen.

Kauz öffnete die Bibel beim Buchzeichen und las: »Es begab sich aber zu der Zeit …«

Er hatte die Weihnachtgeschichte seit Jahrzehnten nicht mehr gehört. Und vorgelesen schon gar nicht. Drei Augenpaare hingen an seinen Lippen.

Als die Geschichte zu Ende war, klappte er die Bibel zu.

»*Güet. Hibsch* gelesen«, lobte Marie. »*Gäll, Fritz?*«

»*Ja, ja. Hüërä hibsch*«, murrte der. »Aber jetzt wäre dann der *Goggovää* fällig.«

»*Limmel, uliidigä!*«, wies ihn die Mutter zurecht.

»*Häb doch d Schnu …*«, fing der Güggäl an. Gerade noch rechtzeitig hielt er sich zurück. »Entschuldigung«, wandte er sich an die zwei Gäste. »*Häbs Mül*, halt den Mund, wollte ich bloß sagen.«

Erna sah ihn trotzdem missbilligend an.

Marie sah den Blick.

»Er meint es nicht so«, entschuldigte sie ihren Sohn. »*Är ischt këi Beeschä.*«

Da mag sie sogar recht haben, dachte Kauz, er ist kein Böser. Und sie, Marie, auch nicht. Mit ihrem weißen Kopfverband, noch dazu mit einer Gazehaube, die den ganzen Kopf einhüllte und unter dem Kinn fixiert war, sah sie aus wie eine liebenswürdige alte Klosterfrau.

»Wir singen noch ein Weihnachtslied«, bestimmte sie und fing schon wieder zu krächzen an:

»Ihr Kinderlein kommet, oh kommet doch all ...«

Der Güggäl brummte mit, Erna und Kauz stimmten wohl oder übel mit ein. Alle blickten sie beim Singen auf die Krippe.

»So«, sagte Marie, als sie mit allen Strophen durch waren. »Jetzt ist der *Goggovää* glaube ich *paraat*. Oder was meint Ihr, Herr Walpä?«

»*Chüzz*«, sagte Kauz. »Darf ich Du sagen?«

»*Fiiwohl. Ich bin ds Marie.*«

Kauz stand auf und schenkte jedem ein Schlückchen vom Rèze ein, den er mitgebracht hatte.

»Frohe Weihnachten, Marie«, sagte er und stieß mit ihr an. »Frohe Weihnachten, Fritz.« Mit dem Güggäl war er seit Jahren per Du, aber wenn er mit ihm sprach, nicht über ihn, nannte er ihn Fritz, nicht Güggäl. »Frohe Weihnachten, Erna. Wollen wir uns endlich auch Du sagen?«

»*Ischt güet, ja*«, sagte Erna.

Kauz ging in die Küche, nahm mit einem Topflappen den Bräter aus dem Ofen und hob den Deckel ab. Es duftete köstlich. Er trug das Gericht in die Stube und stellte es auf den Tisch.

Erna hatte Weißbrot mitgebracht, Marie zwei weitere Gedecke aufgelegt.

Nun ließen sie sich den Coq au Vin schmecken. Die sämige Soße tunkten sie mit dem Brot auf. Dazu gab es ein Glas Burgunder.

»*Goggovää! Äns güet, gäll Fritz?*«, schwärmte Marie.

»*Hüerä güet.* Besser als deiner!«, lautete das Urteil des Güggäls. »Der *Chüzz* nimmt eben guten Wein, richtigen Burgunder, nicht diesen billigen Dôle. Und er legt ihn über Nacht ein, nicht nur eine halbe Stunde.«

»*Ggalööri!* Fang nicht schon wieder an!«

»Marie!«, mahnte Erna. »Es ist Weihnachten.«

»Eben«, sagte Marie. »Und bei uns gibt's an Weihnachten immer *Goggovää*, das ist Familientradition.«

»Ja, ja. Wenn mir das verdammte Viech nicht abhaut.«

Marie fing laut zu lachen an.

»Das hättet ihr sehen sollen«, sagte sie, an Erna und an Kauz gewandt. »Schlägt der doch dem Hahn den Kopf ab …«

»Es war kein Hahn, es war ein Huhn«, korrigierte der Güggäl seine Mutter. »*Und äs het guggsät wie läzz*«, schob er das Schneegestöber als Erklärung für sein Versagen vor.

»*Ja, ja, äs het guggsät.* Aber trotzdem: Diese *Pfiiffä*«, sie zeigte mit dem Finger auf ihren Sohn, »schlägt dem Huhn den Kopf ab und lässt es dann davonflattern. Ihr glaubt's nicht! Man muss ein Huhn doch festhalten, wenn man ihm den Kopf abschlägt, sonst flattert es weg. Auch ohne Kopf kann es noch dreißig, vierzig Meter weit fliegen. Wahrscheinlich hockt das Viech jetzt oben auf dem Hausdach.«

»Ist ja gut, Marie«, fuhr Erna dazwischen. Sie war auf Einzelheiten der Schlachtung nicht erpicht.

»Ich will bloß sagen: Hätte Fritz die Henne an den Füssen festgehalten, als er ihr auf dem Spaltbock den Kopf ab…«

Erna sah sie scharf an.

»Ich mein ja nur: dann hätten wir jetzt unseren eigenen *Goggovää* auf dem Teller.«

»Hätte, hätte«, begehrte der Güggäl auf. Hätte seine Mutter Schuhe an den Füßen gehabt statt ihrer ausgetretenen Pantoffeln, und hätte sie im Flur Licht gemacht, dann wäre sie nicht auf dem glitschigen Steinboden ausgerutscht, wäre nicht hingefallen und hätte sich nicht den *Grind* aufgeschlagen. Und er wäre nicht zu Tode erschrocken, als er sie da liegen sah.

Nicht zum ersten Mal an diesem Abend erzählte er, was vorgefallen war. Sofort zum Arzt, habe er sich gesagt. Aber wie, bei dem vielen Schnee? Er habe die Mutter kurzerhand in eine Wolldecke gewickelt, zum Traktor getragen und in die Ladeschaufel gelegt. So sei er mit ihr zum Doktor gefahren.

»*Gäll, Müetter?*«, schloss der Güggäl.

»*Fiiwohl.* Wie ein totes Kalb hast du mich durchs Dorf gekarrt. Hast wohl gedacht, ich sei *am verrekkä, gäll? Niggs daa*, Unkraut verdirbt nicht.«

»Red doch nicht solchen *Schiissdräck, Müetter*. Laut geheult habe ich, vor lauter Angst um dich.«

»*Äwa!* Wer's glaubt. *Ggalööri!*«

So derb und so wenig weihnachtlich die Sprache der beiden auch war, in Kauz' Ohren klang, was sie sagten, auf einmal gar nicht mehr so schlimm. Ein bisschen gewöhnungsbedürftig vielleicht, aber schon fast irgendwie normal.

Doktor Kalbermatten hatte es nicht zugelassen, dass die alte Frau in der Ladeschaufel des Traktors nach Hause transportiert wurde. Er fragte nach Bekannten oder Verwandten, die die Patientin nach Hause begleiten könnten, derweil der Güggäl mit seinem Traktor die Straßen im Dorf räume und dann auf den Hof zurückfahre.

Den beiden war nur gerade Erna eingefallen, die Frau aus dem Dorfladen, und Kauz, der pensionierte *Üsserschwiizer* Polizist. Man habe halt nicht mehr so viele Freunde, erklärten sie. Der Dorfarzt rief die Genannten an, bat sie, in seine Praxis zu kommen, organisierte einen Transporter mit Allradantrieb und entließ die Patientin mit einbandagiertem Kopf – er hatte eine stark blutende Rissquetschwunde nähen müssen – in Begleitung von Erna und Kauz nach Hause.

Beim Nähen der Wunde hatte der Güggäl nicht zusehen wollen. Er hatte sich verdrückt – er müsse dringend auf den Hof, hatte er behauptet –, war auf den Traktor gestiegen und nach Hause gefahren. Dort hatte er pro forma ein bisschen Ordnung gemacht, die Axt verstaut, die Blutlache weggewischt, in der Küche das eine oder andere verräumt und war dann wieder in Doktor Kalbermatters Praxis gekommen.

Als die alte Frau während der Fahrt über das Weihnachtsessen zu lamentieren begann, das nun ausfallen würde, weil der Fritz *so ä Pfiiffä* sei, fackelte Kauz nicht lange, fuhr einen kleinen Umweg zu seinem Speicher und lud den Bräter mit seinem Coq au Vin und zwei Flaschen Wein ein. Zufrieden, dass er die doppelte Menge zubereitet hatte.

Marie genehmigte sich einen Schluck Burgunder und holte mit einem Bissen Weißbrot den letzten Rest Soße aus ihrem Teller.

»So schöne Weihnachten haben wir noch nie gehabt, *gäll* Fritz? *Äns güet und äns fridlich.*«

Sehr, sehr gut und sehr, sehr friedlich, hieß das.

»*Fiiwohl*«, bestätigte der Güggäl, »*hüerä güetä Goggovää. Und hüerä fridlichi Wienächt*«, tätschelte seiner Mutter noch einmal die Hand und fuhr sich mit dem Handrücken über die Augen.

Christine Brand

Tod am Napf

Ich bin am 24. Dezember gestorben. Obwohl ich gar nicht hätte sterben sollen. Wir hätten es beide rückgängig gemacht, wäre es möglich gewesen. Doch das war es nicht. Ich weiß, das klingt nach einer komplizierten Geschichte. Ist es auch. Und eine traurige, zumindest aus meiner Sicht. Aber lassen Sie mich von vorne beginnen.

»Alles eingepackt? Proviant, Regenschutz? Wanderschuhe, und zwar die richtigen?«

Agnes konnte es nicht lassen, immer ließ sie eine Bemerkung fallen. Ich konnte es nicht mehr hören. Nur weil ich damals, als wir über die Sieben Hengste wandern wollten, die falschen Schuhe mitgenommen hatte, und zwar nicht meine, sondern seine. Als es noch einen »Ihn« in meinem Leben gab. Etwa drei Nummern zu groß waren sie ausgefallen. Eine Stolperpartie war das geworden, damals, vor ungefähr elf Jahren. Agnes hatte es nicht vergessen. Sie vergaß nie etwas.

An diesem Tag, der zum letzten meines Lebens werden sollte, stand der Berg Napf auf dem Programm. Ein Tag, zum Sterben schön. Jemand hatte in großzügigen Schwüngen Zirruswolken an den Himmel gemalt, um dem eintönigen Blau die Langeweile auszutreiben. Felder und Hügel lagen wie ein welliger Teppich vor den verschneiten Bergen, die sich Zähnen gleich auf den Horizont gesetzt hatten. Als wären sie ein Gebiss, der Himmel der Rachen – und die Wolken der Atem.

Agnes und ich standen oben an der Treppe und warteten auf Brigitte. Paul, der uns von Burgdorf nach Trubschachen chauffieren sollte, war nicht ausgestiegen. Seinem Gesicht nach zu urteilen, war es eher ein Müssen als ein Wollen. Gelangweilt schaute er zu uns herüber und trommelte mit seinen beiden Zeigefingern einen stummen Rhythmus aufs Lenkrad. Er würde nicht mitwandern. Er wanderte niemals mit. Undenkbar.

Von jenem Paul mit wilden Locken, Schlaghosen und Wollstrickpulli, der Agnes einst im Berner Gaskessel Samstag für Samstag tanzend umworben und dank einer unerschütterlichen Ausdauer letztlich auch erobert hatte, war nicht viel übrig geblieben. Siebzehn waren sie gewesen, damals, siebenundvierzig waren sie heute, aber sie wirkte fünf Jahre älter. Er fünf Jahre jünger. Banker war er geworden, einer von der Teppichetage. Man sah es ihm an. Kopfform, Haarwuchs wie auch seine Art, sich zu bewegen und zu geben, schienen sich seiner beruflichen Tätigkeit angepasst zu haben. Aufrechter Gang. Die Haare kurz-, die Locken weggeschnitten. Ein auswechselbares Durchschnittsgesicht.

Wandern war für Paul »Weiberzeugs«, für Agnes war es Frauensache. Wandertag war Frauentag, einmal im Monat, im Sommer wie im Winter, seit Jahren schon. Stets wir drei, Agnes, Brigitte und ich, die bereits in der Schule gemeinsam unterwegs gewesen waren. Die Unzertrennlichen, wie Agnes manchmal sagte. Sie, die immer recht hatte, lag damit falsch. Doch wer sollte das an diesem weihnachtlichen Wintermorgen ahnen?

Brigittes Zug war eingefahren. Herzogenbuchsee nach Burgdorf, dreizehn Minuten Fahrt, weit hatte auch sie es nicht gebracht. Nur knapp über die Talgrenze hinaus. Für einen Moment verwandelten die Pendler die Unterführung in einen Menschenteich. Brigittes Kopf stach aus den vielen Häuptern hervor, die sich durch den Betontunnel schoben. Ihr langes, glattes, schwarzes Haar, die herausfordernd hellen Augen. Selbst in ihren Winterklamotten strahlte sie eine Eleganz aus, die mir völlig abging. Und Agnes sowieso. Brigitte war schon immer die Schönste gewesen von uns dreien, das hatte sich bis heute nicht geändert. Im Gegenteil: Die Jahre hatten für sie gearbeitet – und gegen uns.

»Da bist du ja! Blendend siehst du aus …«

»Hallo ihr beiden. Was für ein Tag! Das hast du wieder mal bestens organisiert, Agnes.«

»Wie schön, dich zu sehen!«

»Wunderbar, dass es geklappt hat.«

»Ja, ein ganz besonderer Tag soll es werden. Ihr werdet ihn nie vergessen!«

Eine Drohung?, frage ich mich im Nachhinein. Eine Drohung, die niemand als Drohung verstand?

Während der Fahrt durchs Emmental, den Bergen entgegen, Eiger, Mönch und Jungfrau zum Greifen nah und doch nicht näher kommend, schwieg einer und drei redeten. Nichts Besonderes also, alles wie immer. Paul war gegenwärtig und doch nicht da. Erst Stunden später, als plötzlich alles anders war, fiel mir ein, was mir nicht aufgefallen war. Diese Blicke während der Fahrt. Er schaute hin und wieder in den Rückspiegel, als wollte er sich vergewissern, dass wir noch immer hinter ihm saßen. Agnes, auf dem Beifahrersitz, blickte zwei oder drei Mal zu ihm hinüber. Doch warum hätte ich mir dabei etwas denken sollen? Ich, die Ahnungslose. Die Ahnungsloseste von allen.

In Trubschachen angekommen, stiegen wir aus. Drei Küsschen, zwei links, eines rechts, drückte Paul mir und Brigitte auf die Wangen. Seiner Frau gab er einen Kuss auf den Mund. Keine Herzlichkeit. Das hingegen hatte ich registriert. Wie die Gewohnheit die Herzlichkeit verdrängt, hatte ich gedacht. Dann fuhr er weg, der Paul.

Tock, tock, tock. Das Klopfen der Stockspitzen auf den Steinen gab uns den Rhythmus vor und mir ein vertrautes Gefühl. Die Sonne hatte den Schnee auf dem Weg geschmolzen, das machte uns das Wandern leichter. Agnes bestimmte Route und Tempo. Schon in der Schule hatte sie stets das Kommando übernommen, keine hatte es ihr streitig gemacht. Es war uns gerade recht gewesen. Agnes, die Anführerin, damals wie heute. Sie war immer perfekt vorbereitet, hatte die passende Wanderkarte zur Hand, worauf sie den Weg, den wir zu gehen hatten, mit rotem Filzstift eingezeichnet hatte. Es gab schon viele rote Striche in ihrer Kartensammlung, zahllose gewanderte Kilometer. Wahrscheinlich hatten wir einmal die ganze Welt umrundet.

»Wahrscheinlich haben wir schon die ganze Welt umrundet.« Ich setzte dem Schweigen ein Ende.

»Haben wir nicht. Ich hab sie gezählt, unsere Wanderkilometer. Wir haben drei Komma sieben Mal die Schweiz durchquert.«

Brigitte und ich tauschten einen Blick. Agnes, die Buchführerin. Über alles und jeden.

Sonderbar, eigentlich, wie ausgeprägt meine Erinnerungen sind. Jedes Detail tief in mein Bewusstsein eingraviert. Als hätte ich den Tag aufgezeichnet und mir den Film schon fünf Mal in Zeitlupe angesehen. Dabei hatte ich zeit meines Lebens nie ein gutes Gedächtnis. Aber vielleicht ist das so mit unseren letzten Tagen. Dass man sie nie vergisst.

Am Anfang des Schlussaktes meines persönlichen Dramas stand ein Fehltritt. Als hätte ich mit dem Abrutschen meines Fußes über einen Stein mit dem darauffolgenden Umknicken des Knöchels dem Geschehen einen Schubser versetzt, um es in eine fatale Richtung zu lenken.

»Autsch, verflucht!« Ich stolperte zwei, drei Schritte weiter, setzte mich auf einen Baumstrunk am Wegrand und zog den Schuh aus, um meinen Fuß zu untersuchen. Agnes verdrehte genervt die Augen.

»Aufpassen solltest du!« In ihrer Stimme versteckte sich Hektik. Unvorhergesehene Ereignisse fanden in ihrem Programm keinen Platz.

»Hast du dir wehgetan?« Brigitte begutachtete meinen Knöchel, der sich gerade daranmachte, sich bläulich zu verfärben und einen Kontrastpunkt zur heruntergeschobenen roten Socke zu setzen.

»Wird nicht allzu schlimm sein.«

Ich stand auf und belastete meinen linken Fuß, so vorsichtig, als drohe er abzuknicken wie ein angesägtes Stuhlbein. Zuckte zusammen. Versuchte es erneut. Der Knöchel hielt, was er nicht versprach.

»Der Schmerz wird sicher rasch nachlassen.« Der Versuch eines Lächelns missglückte, ich verzog das Gesicht.

»Hoffentlich. Du kannst uns jetzt nicht die Wanderung verderben!« Agnes strich sich mit einer nervösen Geste eine Haarsträhne aus dem Gesicht. Sie sah nicht gut aus, das fiel mir jetzt erst auf. Zu bleich.

Der kleine Zwischenfall, der an einem Tag wie jedem anderen nicht mehr als ein kleiner Zwischenfall gewesen wäre, vermochte unsere zufriedene Stimmung hinwegzufegen. Vielleicht lag es am Tonfall in Agnes' Stimme. An ihrer Wortwahl. Keine Ahnung. Auf jeden Fall nahm ein unangenehmes Gefühl den Tag gefangen, der so gut begonnen hatte. Wie programmiert passte sich das Wetter unserer Laune an. Auf einmal blies uns ein eisiger Wind ins Gesicht. Schwere Wolkensäcke hatten die Zirren weggeschoben und sich träge über den Hügeln an den Himmel gesetzt. Ein undurchsichtiges Weiß-Grau hat sein Blau verdrängt.

Tock, tock, tock. Unbeirrt stapften wir weiter. Doch die zuvor angenehme Stille war einem bedrückten Schweigen gewichen. Keine von uns dreien mochte es brechen. Keine Bemerkungen. Keine Erzählung. Kein Wort. Etwas Unausgesprochenes hatte sich zwischen uns gedrängt und blieb ungesagt, weil es nichts Gutes bringen würde. Was war bloß los mit uns heute, wir wollten es doch gut zusammen haben? Was stimmte nicht mit Agnes? Ich versuchte, meine Gedanken in eine andere Richtung zu lenken. Darin war ich immer gut gewesen, im Mich-weg-Denken. Ja nicht zu viel grübeln.

Natürlich. Jetzt, im Nachhinein, sind sie plötzlich da, all die Fragen, die ich mir nie gestellt hatte. Die Frage, ob ich diese beiden Frauen, die ich so lange zu kennen glaubte, wirklich kannte. Agnes – mit ihrem scheinbar makellosen Leben. Eine Villa mit Pool, ein angesehener Job, ein erfolgreicher Mann an ihrer Seite. Und Brigitte, die es weder im Beruf noch mit Männern je gut getroffen hatte und die ihre Zufriedenheit erst im Alleinsein fand. So zumindest schien es mir, die ich ihre Leben nur von außen betrachtete. Das waren die Bilder, die sie mir hingemalt hatten und mit denen ich mich zufriedengab. Jetzt aber frage ich mich, ob die Freundschaft, von der ich meinte, sie hätte all die Jahre überdauert, wirklich Freundschaft geblieben war. Oder ob wir sie aus Gründen der Bequemlichkeit nur vorgaben. Weil die Zeit zwischen den Perioden zerfloss, wenn wir uns zu unseren Wanderungen trafen. Als hätte jemand das Rad der Geschichte zurückgedreht und uns an einem längst vergangenen Punkt abgesetzt, an dem wir es ganz gemütlich und das Leben noch so einfach fanden. Dabei hatten wir wohl übersehen, wie sehr sich jede von uns verändert hatte. Dass die Bande zwischen uns nur noch Schatten der Erinnerungen waren und nicht mehr wirklich existierten. Ich weiß nicht, warum ich es nicht schon früher erkannte. Aber im Nachhinein ist man immer gescheiter als zuvor. Wäre dem nicht so, sähe das Danach vielfach anders aus. In meinem Fall hätte es dann noch ein Danach gegeben.

Tock, tock, tock. Schon setzten sich fette Flocken auf die Steine. Der Wind verwandelte den Wald in ein Blasorchester und trieb uns die eisigen Graupeln wie Nadeln ins Gesicht. Der Pfad wurde steiler. Und schmaler.

»Es könnte glitschig werden.« Brigitte hatte angehalten, um ihren Regenschutz hervorzuklauben, der sich irgendwo ganz unten in ihrem Rucksack versteckte.

»Wird schon gehen!« Agnes, die Unerschütterliche. Sie wirkte noch immer mürrisch. Unfreundlich ihr Ton. Doch es war ein ungeeigneter Moment, um darüber nachzudenken. Ich war zu sehr auf mich selbst konzentriert.

»Das ist kein guter Weg für mich.« Ich hörte, was die Angst mit meiner Stimme anstellte, und ärgerte mich darüber. Erbärmlich klang sie. Und fremd.

Links vom Pfad ging der Wald steil hinauf, rechts davon noch steiler hinab. Und das bei diesem Wind. Ein Grenzfall für eine wie mich, bei der Höhe Beklemmungen auslöste. Agnes wusste um meine Höhenangst. Bisher hatte sie bei ihrer Routenwahl stets Rücksicht darauf genommen. Doch heute schien irgendwie alles ungut zu laufen.

»Stell dich nicht so an!«, sagte Agnes barsch.

Ich schwieg. Blickte angestrengt nach links, an den Hang. Bloß nicht rechts hinunter in den Abgrund schauen. Agnes schritt voran. Ich folgte in der Mitte. Brigitte bildete das Schlusslicht. Am liebsten wäre ich gekrochen. Ich versuchte mir einzubilden, auf einer breiten Straße zu gehen. Doch es nutzte nichts. Schon wurde mir schwindlig. Die Unsicherheit verdrängte meine Standfestigkeit, die Knie veränderten ihre Konsistenz. Meine Augen gehorchten mir nicht mehr und schweiften immer wieder nach rechts, blickten in die Tiefe, die mich hinabziehen, aufsaugen, verschlingen wollte.

Der Schnee fiel jetzt so dicht, dass er uns beinahe blind machte. Das tote Laub am Boden und die Erde vermengten sich zu Schmierseife.

Agnes marschierte.

Brigitte fluchte.

Und ich fiel.

Sosehr ich mich auch bemühe, ich kann nicht erklären, warum ich gestürzt bin. Offenbar hat jemand die letzten Sekunden vor dem Fall von meiner Festplatte gelöscht. Ob ich gestolpert bin? Wegen meines instabilen Knöchels? Oder über einen Wanderstock? Über meinen eigenen oder über den von Agnes? War ich wegen ihr gestolpert? Vielleicht bin ich auch einfach so gefallen, weil mir die Furcht vor der Höhe den Gleichgewichtssinn geraubt hatte. Ich weiß es nicht. Aber ich erinnere mich, wie ich fiel.

Der Boden näherte sich in unbegreiflicher Langsamkeit meinem Gesicht. Die Zeit hatte sich entschlossen, träger voranzuschreiten. Noch während des Fallens wägte ich ab, ob es sich empfehlen würde, meinen Körper abzudrehen. Ich schien in der Schwerelosigkeit hängen zu bleiben, wartete auf den Aufprall, der sich verzögerte.

Und dann doch kam. Mein Körper verursachte ein eigenartiges Geräusch, als er auf dem Boden aufschlug. Wie ein Walross, das nach Luft schnappt. Der Schlag ließ in mir Knochen ächzen, von deren Existenz ich zuvor nichts gewusst hatte. Ich fühlte mich wie ein hingeworfener Lappen. In meinem Kopf rotteten sich die wüstesten Begriffe zu Schimpftiraden zusammen. Doch nur ein jämmerliches »Verflucht!« kam über meine Lippen.

»Typisch!« Agnes stand vor mir und blickte auf mich herab. »Niemand sonst ist so ungeschickt wie du!«

Sie machte keine Anstalten, mir zu helfen. Verwundert blickte ich von unten zu ihr hinauf, vage hoffend, dass sie nur scherzte, auch wenn sie nicht danach klang. In ihren Augen sah ich nichts als Kälte. Sie kam mir vor wie eine fremde, feindselige Frau. Ich verstand es nicht.

Es war Brigitte, die mir die Hand reichte, um mir aufzuhelfen. Und die für mich Partei ergriff.

»Agnes. Was ist heute bloß in dich gefahren?«

»Frag doch sie. Sie soll es dir erklären!«

Brigitte blickte mich an. Ich zuckte mit den Schultern und wusste keinen Text. Das Drehbuch, das Agnes mir vorhalten wollte, war mir völlig unbekannt.

»Was soll sie mir sagen?« Brigitte wurde langsam grantig.

»Warum es mir beschissen geht! Soll sie dir doch erklären, was mit mir los ist!«

Warum es ihr beschissen ging? Weshalb sollte ich wissen, warum es Agnes beschissen ging? Mir ging es doch grad selbst ziemlich dreckig! Ich stand hier, nass bis auf die Haut, die Kleider verschmutzt, das Gesicht dreckverschmiert, der Knöchel schmerzhaft angeschwollen. Das Gefühl, ich sei im falschen Stück gelandet, steigerte sich zur Überzeugung. Alles verkehrt in dieser Welt.

»Ich habe keine Ahnung, warum es dir schlecht gehen sollte«, sagte ich und staunte, wie sachlich ich mich anhörte.

»Du! Wie scheinheilig du tust! Du weißt es haargenau. Du allein bist an allem schuld!« Agnes spuckte die Worte aus wie Gift. Sie zeigte mit dem Finger auf mich, als wollte sie mich damit erstechen.

»Ich weiß nicht, wovon du sprichst!« Auch ich wurde jetzt laut.

Und plötzlich waren da Tränen. Agnes weinte. Agnes! Es war das erste Mal, dass ich meine Freundin weinen sah. In den neununddreißig Jahren, die wir uns kannten. Erst jetzt, als ich nicht mehr mit Sicherheit wusste, ob sie wirklich eine Freundin war. Ich fühlte mich unbeholfen, überfordert auch. Brigitte legte den Arm um Agnes' Schulter.

»Lass uns drüber reden.«

Agnes stieß sie beiseite und drehte sich weg.

»Lass uns darüber reden!« Noch einmal Brigitte, eindringlicher jetzt.

»Nicht hier.«

»Wo dann?«

»Lass uns weitergehen.«

»Ich möchte verstehen!«

»Später.«

Die beiden schienen mich nicht mehr wahrzunehmen. Ich war in die Rolle der Beobachtenden geschlüpft, obwohl ich gleichzeitig im Mittelpunkt stand – ohne zu wissen, warum.

»Wir gehen rauf. Oben gibt es ein Berghotel.« Agnes hatte sich gefasst. Schon gab sie wieder die Richtung vor.

Wir müssen ein sonderbares Bild abgegeben haben, wir drei Frauen, die wir da hintereinander durch Schnee und Matsch den Berg hinaufstapften. Mein ganzer Körper tat mir weh. Die Nässe und der Schmutz machten meine Kleidung schwer. Es fühlte sich an, als hätte sich eine Hand auf meinen Rücken gelegt, die versuchte, mich niederzudrücken. Zum Glück dauerte es keine halbe Stunde, bis wir oben waren, auf dem Gipfel, der so sanft gerundet ist, dass der Begriff Gipfel gar nicht passt. Zuoberst auf dem Napf, der seinen Besuchern an einem klaren Tag die Freiheit verspricht, ihnen eine Weite bietet, die das Leben groß macht und den Menschen klein. Doch an diesem vermaledeiten Tag strahlte der Napf nur Bedrückung aus. Nichts Gutes. Die Landschaft war mit einem undurchdringbaren Grau übermalt. Die schneebeladenen Wolken hingen tief in den Gräben, als wollten sie die Welt ersticken. Sie machten mir das Atmen mühsam.

Das Berghotel war geöffnet. Wenigstens das. Die Wärme, die uns empfing, täuschte Geborgenheit vor. Erst jetzt spürte ich, wie die Kälte meinen Körper in Besitz genommen hatte, sodass ich schon fürchtete, sie gebe ihn nie wieder preis. Kaum eingetreten, steuerte ich direkt die Toilette an. Am Waschbecken musste ich das Wasser eine Weile laufen lassen, bis es sich erwärmte. Ich benetzte ein paar Papierhandtücher mit Wasser und wusch mir den Schmutz aus dem Gesicht. Blickte mir im Spiegel in die Augen, sah die Müdigkeit. »Was ist nur passiert?«, fragte ich flüsternd mein Spiegelbild. »Was wird hier gespielt?« Keine Antwort. Ich musste mich überwinden, den engen Raum wieder zu verlassen.

Wäre ich doch einfach dringeblieben!

Der Tee stand schon da, dampfte aus den Tassen. Wir waren die einzigen Gäste. Ich setzte mich zu Agnes und Brigitte an den Tisch. Wir schauten uns an. Das Schweigen wurde schwer.

»Nun.« Brigitte ließ dieses eine Wort allein im Raum stehen.

Agnes räusperte sich. Ihre Stimme klang rauer als sonst. »Paul betrügt mich.«

Der Satz war zu gewaltig, ein Brocken, der erst heruntergewürgt werden musste.

Brigitte hatte sich als Erste gefasst. »Paul? Unmöglich!« Sie klang ehrlich überrascht.

»Das kann nicht sein! Bist du sicher?«, fragte ich. Damit hatte ich zuallerletzt gerechnet. Ich versuchte, meine Hand auf jene von Agnes zu legen. Sie schreckte zurück, als hätte sie sich verbrannt.

»Ja, ich bin sicher.«

»Wie kannst du dir denn sicher sein?«, wollte Brigitte wissen. Sie hörte nicht auf, mit dem Teelöffel in ihrer Tasse zu rühren.

»Ich habe ihn erwischt.«

Der Löffel fiel scheppernd auf den Holztisch.

»Was heißt: Du hast ihn erwischt?«

»Das heißt: Ich habe ihn erwischt.«

»Dann weißt du, wer sie ist?«

»Ja, ich weiß ganz genau, wer sie ist. Ich kenne sie sogar sehr gut.« Agnes sah mich direkt an und wirkte völlig gefasst. Doch ihre Stimme war zu Eis gefroren. Ich hielt die Tasse mit beiden Händen umschlossen und nahm einen großen Schluck, damit ich ihrem Blick nicht standhalten musste. Sogar der Tee schmeckte eigenartig an diesem Tag. Bitter.

»Das tut mir leid.« Das tat es mir wirklich.

»Dir tut es leid? Ausgerechnet dir will es leidtun?« Agnes schrie mir ins Gesicht. Unwillkürlich rutschte ich von ihr weg.

»Natürlich tut es mir leid!« Blut schoss mir in den Kopf. Am liebsten wäre ich aufgestanden und gegangen. Sie ging zu weit. Doch ich hielt meine Wut zurück. Versuchte mich selbst zu beschwichtigen. Dies hier war nicht die Agnes, die ich kannte. Sondern eine tief verletzte Agnes, die neben sich stand.

»Verlässt du ihn?«, wollte Brigitte wissen.

Mich hätte mehr interessiert, wer Pauls Geliebte war, doch ich wagte nicht zu fragen. Ich fühlte mich plötzlich elend. Mein Kopf war auf einmal fiebrig, als würde er glühen. Ein Schmerz pochte von innen an meine Stirn.

Agnes beantwortete Brigittes Frage nicht. Stattdessen begann sie, in ihrem Rucksack zu wühlen. Schließlich kramte sie ein Necessaire hervor und stellte es auf den Tisch.

»Es ist Zeit«, sagte sie und blickte mir in die Augen. »Es ist Zeit, endlich ehrlich zu sein.«

Etwas an ihrem Gesicht irritierte mich. Die Proportionen schienen sich verschoben zu haben.

»Du sagst also nichts?«, legte Agnes nach.

»Ich weiß nicht, was du von mir erwartest.« Mir wurde übel. Ich nahm einen weiteren Schluck Tee.

Agnes öffnete den Reißverschluss des Necessaires und zog einen Ohrring heraus, der mir vage bekannt vorkam. Das Stück war nicht nach meinem Geschmack, völlig überdimensioniert, es bestand aus einem schwarzen Drahtgeflecht und bunten Perlen. Der Anhänger verschwamm vor meinen Augen.

»Den hier habe ich unter unserem Bett gefunden.« Agnes hielt ihn in die Luft wie einen Pokal, den sie gerade errungen hatte.

Mir war schwindlig. Der Boden setzte sich in Bewegung. Auch mit meinen Augen schien etwas nicht zu stimmen.

»Ich habe dir genau diesen Ohrring vor acht Jahren aus Burkina Faso mitgebracht. Erinnerst du dich?« Agnes wedelte mit dem Anhänger vor meinem Gesicht herum.

Doch das war nicht meiner. Plötzlich begriff ich. Agnes meinte, ich sei die Frau, die ihr den Paul genommen hatte. Ich! Den Paul! Am liebsten hätte ich laut losgelacht. Aber es ging nicht. In meinem Hals wurde es eng. Jemand schien mir die Kehle zuzudrücken. Doch da war niemand. Ich rang nach Atem. Mein ganzer Körper fühlte sich eigenartig an. Die Haut wurde taub. Ich verlor jegliches Gefühl.

»Ich werde dir das nie verzeihen.« Agnes wartete meine Antwort nicht ab. »Damit kommst du nicht davon!«

In diesem Augenblick war mir alles klar. Fragen Sie mich nicht, warum ich es auf einmal wusste. Ich wusste es einfach. Und im gleichen Moment realisierte ich, dass dies mein Ende war. Agnes hatte mich vergiftet. Der Tee! Sie hatte mir etwas in den Tee getan. Natürlich! Ich war nicht mal überrascht. Irgendwie passte so ein Vorgehen zu Agnes. Sogar das.

Ich wollte ihr sagen, dass sie sich irrte. Doch die Leitungen zwischen meinem Gehirn und dem Körper waren gekappt. Er gehorchte mir nicht mehr. Ich wollte schreien: »Ich war es nicht!« Ich wollte flehen: »Helft mir!« Doch nichts geschah. Ich fühlte mich hilflos und leer.

»Ich muss dir etwas sagen.« Brigitte hörte sich nicht mehr an wie Brigitte. Sie sah auch nicht mehr aus wie Brigitte. Ihr Gesicht hatte die Konturen verloren, war nur noch ein fleischfarbener Fleck. »Nicht ihr – *mir* hast du diesen Anhänger geschenkt.« Brigittes Stimme kam von sehr weit weg. »Sie ist es nicht gewesen. Ich bin's. Ich hab was mit Paul.«

Die Welt stand einen Herzschlag lang still.

»Du?«

Meine letzte Erinnerung ist das Entsetzen in Agnes' Stimme. Ich spürte nicht mehr, wie meine Stirn mit einem dumpfen Geräusch auf der Tischplatte aufschlug. Ich war schon weg.

So bin ich also gestorben. Obwohl gar nicht ich hätte sterben sollen. Wäre es möglich gewesen, hätten wir es rückgängig gemacht. Doch das war es nicht.

Peter Weingartner

Mitternachtsmesse

Trudi Anderhub, die Gattin des Anselm Anderhub, leitender Mitarbeiter der Kriminalpolizei Luzern, Gruppe Delikte gegen Leib und Leben, hat einen Wunsch mit zutiefst psychologischer, vielleicht sogar tiefenpsychologischer Dimension: Sie möchte wieder einmal eine Mitternachtsmesse besuchen. So wie sie versucht, Ängsten in die Augen zu blicken, um sie dereinst überwinden zu können, so riskiert sie einen Kirchenbesuch, obwohl er sie belastet, in der Hoffnung auf Befreiung just von dieser Last.

Probleme und Lösungsstrategien, die ihr Selmi nicht teilt. Er versucht sich als Agnostiker durchs Leben zu schlagen. Jedem seine Art, sich etwas vorzumachen, denkt Trudi dazu. Sie ist, im Gegensatz zu ihrem Mann, der vor drei Jahren nach einem Missbrauchsfall zuschulden eines Mitglieds der lokalen katholischen Kirche seinen Austritt aus dieser Institution gegeben hat, Kirchensteuerzahlerin geblieben. Mit seinem Austritt riskiert Anselm, dass er für eine eventuelle kirchliche Abdankung finanziell selber aufkommen müsste. Ihn braucht das nicht zu kümmern. Sollen seine Hinterbliebenen machen, was sie wollen. Er lässt ihnen freie Hand. Muss Anselm das testamentarisch festlegen?

Trudi möchte also eine Mitternachtsmesse besuchen. Und zwar nicht irgendwo, nicht in ihrem Wohnort Sursee, nein, in Aberwil, dem Kaff, in dem sie aufgewachsen ist und wo sie als junges Mädchen einem glüstelnden Theologiestudenten, der im Blauringlager der Existenz eines zweiten Geschlechts empirisch auf den Grund gehen wollte, nur dadurch entkommen konnte, weil der, wie sich später herausstellte, ein anderes Opfer gefunden hatte.

Das ist eine Strategie: dem Übel ins Auge blicken, um es zu überwinden. Weiß der Geier, wo sie das herhat, denkt Anselm. Trudis Wunsch ist ihm nicht Befehl, wohl aber willkommener Anlass und Gelegenheit, seine Toleranz unter Beweis zu stellen. Und seine Neugier zu stillen.

»Ich komme mit«, sagt er, noch bevor Trudi eine entsprechende Bitte hätte formulieren können.

Wird nicht schaden, denkt er und schmunzelt in sich hinein: Gratistheater mit Tiefenwirkung weit in seine Vergangenheit als ehemaliger Ministrant hinein, und er riecht schon beim Gedanken den Weihrauch, die Sinne betörend, aber voll legal. Die schwere Kirchentür, das Weihwasserbehältnis, das Antonius-Kässeli, der Taufbrunnen, die harten Bänke, an den Wänden die Stationen des Kreuzwegs: Anselm wird die Prägungen seiner Jugend nicht los, Hinterlassenschaften, die wohl Generationen auf dem Buckel tragen, und er ist nicht sicher, ob der Mensch nicht bereits mit Kerben im Gehirn auf die Welt flutscht. Da kommt fein etwas zusammen, spöttelt der Polizist innerlich, seit Adam die Eva schwängerte und der eine Sohn den anderen umbrachte.

Da sitzen sie nun, Trudi und Anselm, in der Pfarrkirche von Aberwil, in der drittvordersten Reihe, denn die Kirche füllt sich, im Gegensatz zu den meisten anderen Theatersälen, von hinten nach vorne, und es kommt vor, dass Menschen die hintersten Ränge früher als nötig besetzen, um nicht Spießruten laufen zu müssen. Anselm, Fluchttier, besetzt den Randplatz gangseits auf der ehemaligen Frauenseite, also links, und er erinnert sich an die symbolische Bedeutung von rechts und links beim Jüngsten Gericht, hebt den Kopf und erkennt genau diese Szene, an die Kirchendecke gemalt. Eigentlich, denkt der Polizist, dürfte sich niemand wundern über die Stellung der Frau in der katholischen Kirche und die Mühen der hohen Herren, etwas daran zu verändern. Nicht, dass man die Kirche neu bemalen müsste. Wer blickt schon nach oben. Aber halt: Links und Rechts können unterschiedlich bestimmt werden. Das Bild zeigt die Hölle rechts, also vom Richter aus links. So wird's gemeint sein. Also säßen die Frauen auf der Position des Bärtigen an der Decke, aber auch aus jener des Zelebranten gesehen, zu dessen Rechten. Was, so gesteht sich Anselmus Agnosticus ein, tieferen Sinnes nicht entbehrt.

Trudi ihrerseits interessieren die Kirchgänger mehr als die Bilder und Statuen, Altäre und Säulen; Letztere kennt sie seit ihrer Jugend. Sie sind gleich geblieben. Der Pseudomarmoranstrich noch stärker abgeblättert als damals schon. Aber die Menschen? Kontakte hat sie keine mehr in Aberwil, obwohl das Dorf so nahe liegt. Sie hat gebrochen mit dem Kaff. Die heutige Weihnachtsaktion soll zur nachträglichen Versöhnung beitragen. (Dabei ist sie eine Tochter des Dorfes, kein Sohn, denkt sie, hält den Begriff Vertöchterung nach kurzer Prüfung aber für nicht mehrheitsfähig.) Ihre Suche nach bekannten Gesichtern spart sie sich für die Kommunion auf, wo sich alle im Mittelgang nach vorne begeben, um vor dem Altar eine Hostie zu erhalten. Die Spießrute trifft jene, die sitzenbleiben, Anselm zum Beispiel. Zudem gilt: Jemanden erkennen zu wollen, birgt das Risiko, von anderen erkannt zu werden.

Die Ritualisierung eines Gottesdienstes frappiert Anselm. Dabei war das schon immer so: aufstehen, sitzen, knien. Die Arme des Pfarrers sprechen die Einladungen aus, ärmliche Sprache, fällt ihm dazu ein, und am liebsten ist ihm die Einladung zum Sitzen. Das Stück, ein ausgewachsener Einakter, ist schon ziemlich weit fortgeschritten; die reflexartigen Antworten des Volkes auf Äußerungen altarseits kommen ihm automatisiert vor, zumindest bei den älteren Menschen. Die Jüngeren können derweil nicht verstecken, dass ihr Besuch der heutigen Vorstellung allein dem Tag geschuldet ist: Weihnachten.

Der Konzelebrant, ein Laientheologe, das müsse der Gemeindeleiter sein, flüstert Trudi Anselm zu, Urban Pfäffli sein Name, sie habe im Internet recherchiert, ist ziemlich erkältet. Er hustet und schnäuzt sich die Nase, was Anselm an seine Ministrantenzeit erinnert, als der Pfarrer sein Taschentuch jeweils in den weiten Ärmel des Priestergewands steckte, und wenn es herausfiel, was mehr als einmal passiert ist, konnte er, der vor dem Altar kniete, sehen, dass Pfarrherren durchaus auch menschliche Auswürfe produzierten. Der Ekel: Ministranten sind Diener, wie es sie in der profanen Welt die Minister sein müssten, und der ältere der beiden verurteilte mit seinem strengen Blick den jüngeren zum Auflesen des zusammengeknüllten feuchten Stofftuchs. Und sei's mit zwei Fingerspitzen.

Es überrascht den Polizisten, wie schnell er wieder im Ritual drin ist; gewisse Sätze oder Satzfolgen kommen unwillkürlich, reflexartig. Die verbleibende Unsicherheit – Details haben sich durchaus verändert, so ist nicht mehr nur von Brüdern die Rede, sondern sogar von »verstorbenen Schwestern und Brüdern«, in dieser Reihenfolge – drückt sich darin aus, dass Anselm seine Stimme schont und sich auf Lippenbewegungen beschränkt. Lippenbekenntnisse: Endlich erkennt er den wahren Sinn des Wortes.

»Ob der einen Coronatest gemacht hat«, fragt Trudi, als der Gemeindeleiter Pfäffli erneut niest und hustet und sich ein Bonbon in den Mund schiebt.

Anselm verbietet sich einen blöden Spruch, obwohl ihm Ketzerisches auf der Zunge liegt. Und während der Kirchenchor singt, blickt der Polizist auf seine Uhr. Eigentlich hätte er bereits genug von der Spiritualität dieser Art. Er findet Besinnung weniger in Prunkbauten, in unbequemen Bänken, eher im Wald, beim Spazieren. Und manchmal beim Grübeln über die einfachsten Dinge, die sich zu oft als kompliziert entpuppen. Das Zusammensetzen eines simplen Ikea-Möbels beispielsweise lässt ihn der Verzweiflung so nahe kommen, dass nur die Flucht in die Natur Abhilfe schaffen kann. In dieser frischen, aber schneelosen Nacht vom 24. auf den 25. Dezember muss er keine Möbel zusammensetzen.

Am Altar wird das Brot gebrochen, die Hostie, von der es, wie Trudi gelesen hat, inzwischen auch für Allergiker eine Version gibt. Glutenfrei. Wenn Anselm Gluten hört, kommt ihm nicht nur sein Holzgrill in den Sinn; er blickt nach oben und sieht rechts angedeutet das Höllenfeuer, wo unter anderem Heulen und Zähneknirschen zu hören sein werde. Die Hostie knackt im Mund des Chef-Zelebranten, des Priesters, berechtigt, Sakramente zu spenden.

»Vogel heißt er«, flüstert Trudi, die Rechercheuse, »Andreas Vogel.«

Dann bedient Vogel die Menschen um den Altar herum, Ministranten inklusive. Nur der Wein, kein Zelebranntwein, bloß vergorener Traubensaft, bleibt den exponierten Erwachsenen vorbehalten. So viel Jugendschutz muss sein, denkt Anselm, und sein Kopf wehrt sich gegen die Bilder aus seiner Jugend, wo im Nachbardorf ein Vikar mit einer Vorliebe für Buben in der Sakristei sein Unwesen getrieben haben soll.

Der Kelch macht die Runde. Da kommt erst der Sigrist zum Zug, zum Schluck, gefolgt von der Frau, die bei der Verteilung der Kommunion an die Besucherinnen und Besucher der Mitternachtsmesse mithilft, und auch der verschnupfte Pfarreileiter nippt am goldenen Gefäß, bevor er dieses dem Priester gibt, der zweimal ansetzen muss, so viel Wein ist noch drin. Ein Ministrant reicht Wasser; Andreas Vogel schwenkt es im Kelch, routiniert, kein Überschwappen der Flüssigkeit, und spült mit dem Gemisch aus letzten Weintropfen und Wasser nach.

Dass der Priester eine knappe Viertelstunde später, kurz, bevor er die Christengemeinde, versammelt in der Aberwiler Pfarrkirche, mit dem Segen in die Weihnachtsnacht hätte entlassen sollen, am Altar zusammensackt und sich dabei das Kinn am steinernen Tisch anschlägt, sodass sein Körper nach hinten katapultiert wird, wo ihn der Gemeindeleiter Pfäffli erfolglos, da in seiner Reaktionsfähigkeit – ist's die Erkältung, ist's der Alkohol? – eingeschränkt, aufzufangen versucht, konnte niemand erwarten.

Der Sturz löst keine Panik aus, obwohl der Priester liegen bleibt. Entsetzen schon, Angst auch. Stumm, ein paar Sekunden. Es ist die freiwillige Helferin mit Sinn fürs Praktische, jene, die beim Austeilen der Kommunion mitgeholfen hat, die ans Mikrophon geht und hörbar erregt die Frage stellt: »Ist vielleicht ein Arzt anwesend?«

Dann kümmert sie sich um den Mann auf dem Boden. Sie macht auch im Samariterverein mit, checkt den Grobzustand des Zusammengebrochenen: Ansprechbarkeit, Atmung, Blutungen, Puls. Platzwunde am Hinterkopf, trotz Teppich, blutendes Kinn. Schwache Atmung, dito Puls. Bewusstlosigkeit, also keine verbale Reaktion. Zusammen mit dem Sigrist bringt sie den Priester in eine mustergültige Seitenlage.

Auf ihre Frage an die versammelte Gesellschaft erhält sie keine Antwort. Der Dorfarzt, wäre er hier, könnte sich nicht entziehen. Banknachbarinnen mustern

Banknachbarn und umgekehrt. Der Dorfarzt glänzt durch Abwesenheit. Aha, denkt manch ein guter Katholik, gut zu wissen. Die Zahnärztin macht sich klein, und es ist der Sigrist, der auf dem Gang in die Sakristei, das Handy bereits am Ohr, die Notfallnummer wählt. Das Spital Sursee bietet einen Pikettdienst rund um die Uhr. 24/365. In einem Schaltjahr sogar 24/366.

Anselm schaut seine Frau an. Die zuckt mit den Schultern, sieht dabei ein leises Flackern in den Augen ihres Ehegesponses.

»Herzversagen?«, fragt Trudi.

Anselm ist kein Arzt, Anselm ist Kriminaler und es gewohnt, sich nicht mit erstbesten Erklärungsversuchen zufrieden zu geben. Er will es wissen, und zwar genau. Auch wenn er es nicht gerne zugibt: Der sanftmütige Anselm Anderhub aus Sursee kann zum Bluthund mutieren, eine Mutation, die er als Pflichtbewusstsein positiv umdeutet.

»Den Segen hätte der Vogel vor seinem Absturz uns wenigstens noch geben können«, murmelt ein Mann in der Reihe hinter Anderhubs, und in der Kirche hebt ein Geraune an.

Relativ schnell erholt hat sich Gemeindeleiter Pfäffli. Er begibt sich zum Mikrophon, das immer noch eingeschaltet ist. Nachdem ihm der Sigrist, zurück aus der Sakristei, mit einem Daumenhoch bestätigt hat, dass die Ambulanz alarmiert und auf dem Weg nach Aberwil sei, hebt er den Blick.

Er räuspert sich, hustet ab die Kröte im Hals, den Erkältungsschleim, und lässt verlauten: »Wir bedauern diesen Zwischenfall zutiefst. Sie können jetzt nach Hause gehen; ich wünsche Ihnen trotz allem ein frohes Weihnachtsfest. Und zur Beruhigung: Die Ambulanz ist unterwegs.«

Dann gibt er den Segen mit dem gleichen Wortlaut, wie der Priester es getan hätte, und langsam verlassen die Teilnehmenden der Mitternachtsmesse die Kirche, freilich bloß, um sich draußen in Grüppchen zu versammeln. Man versucht sich einen Reim zu machen auf den unerwarteten Zwischenfall. Und Anderhub hat, als der Laientheologe das große Kreuz schlug, am Ringfinger der linken Hand einen Ehering gesehen.

»Er ist halt nicht mehr der Jüngste«, sagt einer draußen auf dem Kiesweg.

»Dass er zu viel Wein erwischt hat, glaube ich kaum; der ist geeicht«, versucht sich ein Mann aus der vielköpfigen Fraktion der Schockwitzler, die ihre Betroffenheit nicht anders ausdrücken können.

»Kunststück! Da würde ich auch krank, wenn der Herr Kollege in diesem Gesundheitszustand neben einem derart hustet«, meint die Frau des Kirchenchorleiters.

»Beinahekollege«, korrigiert die jüngst zurückgestufte ehemalige erste Sopranistin, der die Brüchigkeit der Stimme mehr und mehr zu schaffen macht, der Meinung Ausdruck gebend, dass wenigstens die klerikale Hierarchie noch gelten sollte.

»Und dann noch aus dem gleichen Kelch trinken! Das ist mehr als fahrlässig; das ist Gott versucht«, sagt der erste Bass; er hat sich während der Pandemie an alle vorgeschriebenen Maßnahmen gehalten und kommt sich durch das verantwortungsferne Verhalten des Theologen durchaus persönlich verarscht vor.

»Die sollen das Heu eh nicht auf der gleichen Bühne gehabt haben, der Priester und der Gemeindeleiter«, meint eine Alt-Stimme der mittleren Generation, die Aktuarin des Kirchenrates, und erhält gestisch-mimische Zustimmung.

»Pass auf, was du sagst«, erwidert ein zweiter Tenor und meint damit nicht nur die Verwendung der grammatischen Zeit, die einen Todesfall insinuiert, »hast du Trudi nicht erkannt, die mit uns zur Schule gegangen ist?«

»Trudi?«

»Mit ihrem Mann, der demonstrativ sitzen geblieben ist, als Trudi zur Kommunion ging.«

»Die Trudi …, wie heißt sie? Anderhub?«

»Genau. Und ihr Mann ist doch bei der Polizei.«

Anselm Anderhub ist in der Tat bei der Polizei. Und er weiß, was er zu tun hat. Seine Einsatzbereitschaft hält sich nicht an Bürozeiten. Der Aufforderung des Gemeindeleiters Urban Pfäffli, nach Hause zu gehen, leistet er nicht Folge; dessen Blicke versucht er zu ignorieren, als er sich in die Nähe des ehemaligen Beichthäuschens auf mittlerer Höhe des Kirchenschiffes begibt. Dort ruft er seinen Chef an. Der ist ziemlich ungehalten.

»Es ist schon nach Mitternacht. Sag mal, spinnst du?«

»Nein, aber ich wurde eben Zeuge eines ziemlich schrägen Vorfalls«, sagt Anselm und erklärt, was passiert ist.

»Mir wird's bei Weihrauch auch anders«, sagt Max

Hunziker, der Chef der Abteilung für Delikte gegen Leib und Leben.

Da kann Anderhub nur lachen: Der sei doch abgehärtet, ja mehr noch, der Priester selber habe das Weihrauchfass geschwungen, genüsslich, hin und her und rundherum, der Altar in Nebelschwaden, als ob's das letzte Mal wäre. Was es vielleicht auch gewesen sei. Aber Spaß beiseite: Er, Anselm, glaube nicht an einen Schwächeanfall aus dem Nichts. Er erbete sich die Erlaubnis, eingreifen zu dürfen im Sinne einer kriminologischen Routine.

Hunziker ist nicht erfreut, vertraut aber der Intuition seines besten und sicher ältesten Pferdes im Stall und verspricht, umgehend die Staatsanwaltschaft zu informieren.

»Danke, Max. Ich muss los, bevor sie den Mann abtransportieren und möglicherweise entscheidende Spuren beseitigen«, sagt Anselm, und seine Frau, peinlich berührt vom Aktivismus ihres Mannes, verdrückt sich in den hinteren Teil des Gotteshauses, wo die letzten in der Kirche verbliebenen Messebesucher aus der Ferne beobachten, was da vor sich geht, und die Wärme im Gotteshaus genießen. Unter ihnen sind auch die Eltern der beiden ministrierenden Jugendlichen.

Die Rettungssanitäter rasen mit der Bahre die fünzehn Stufen zum Kircheneingang hoch. Die Grüppchen stieben auseinander; sie haben die Ambulanz gar nicht heranfahren hören, denn in der Weihnachtsnacht geziemt es sich nicht, die Sirene einzuschalten, zumal der Verkehr zwischen Sursee und Aberwil zu dieser Zeit überschaubar ist. Der erste Bass öffnet dem Trupp die Kirchentüre; den Sanitätern schlägt die würzige Wärme der Mitternachtsmesse entgegen, was den Mann vorne an der Bahre, vermutlich reformiert und deshalb ohne Weihraucherfahrung, beinahe umhaut.

Anselm Anderhub hat sich inzwischen vorgestellt. Den skeptischen Blick teilt Gemeindeleiter Pfäffli nun mit Konstantin Müller, dem Sigrist. »Was soll das? Das ist ein Krankheitsfall, ein Unfall, unerfreulicher Zwischenfall, aber doch bestimmt kein Kriminalfall.«

Der Frage, was ihm überhaupt einfalle, da einzugreifen, nimmt Anderhub mit der vorsorglichen Präsentation seines Polizistenausweises jegliche Berechtigung, und der Gemeindeleiter niest sich Rotz zentigrammweise aus der Nase, als ob das einen Ermittler beeindrucken müsste. In die Flucht schlagen könnte. Sollte.

»Herzversagen reicht uns in diesem Fall als Todesursache, so es denn eine solche festzustellen gilt, nicht«, sagt Anderhub zum Arzt an der Bahre, »wir erwarten eine detaillierte Analyse des Mageninhalts.«

Der Doktor der Medizin drängt zur Eile; er möchte Menschenleben retten und verspricht dem Polizisten, seinen Wunsch zu erfüllen.

Nicht nur meinen, denkt Anselm, der bewusst den Plural gewählt hat, um seiner Forderung mehr Nachdruck zu verleihen. Ein eigentlicher Plural (Max und Anselm mindestens, dazu das Gesetz, Recht und Ordnung und Sicherheit, die Bevölkerung des Kantons Luzern), kein Pluralis Majestatis. Und nicht Wunsch. Auftrag, Befehl!

Und weg sind sie.

»Sursee?«, ruft Anderhub der Bergungstruppe nach.

»Sursee«, sagt der begleitende Arzt, bevor er die Kirchentür wieder öffnet und in die Kälte tritt, wo sich die Grüppchen, der Temperatur und der Erschöpfung des Diskussionsstoffes geschuldet, langsam zu zerstreuen beginnen.

Im Gotteshaus drin fängt Anselm Anderhub an, Beweismaterial zu sichern. Hostien braucht er nicht, aber den Kelch, so wie er ist, ja nicht ab- und ausgewaschen, nimmt er zu sich, ebenso das Wasserkännchen und die angebrochene Weinflasche samt Zapfen, die ihm der Sigrist auf seine Aufforderung hin aus der Sakristei heranschafft und irgendwie feierlich überreicht.

Er winkt Trudi zu sich, die ihm Flasche und Wasserkännchen abnimmt, denn Anselm kennt seine Tendenz zur Schusseligkeit in Stresssituationen, und wenn er die Weinflasche fallen ließe, bräuchte er für den Spott nicht zu sorgen. Und die Reinigung des Teppichs fiele zu seinen Lasten. Beziehungsweise zu Lasten seiner Haftpflichtversicherung.

»Darf ich bitte Ihren Spagyrik-Spray auch noch haben«, sagt Anderhub zum Gemeindeleiter Pfäffli.

Er hat nämlich beobachtet, dass jener ein Fläschchen benutzte, kurz vor der Wandlung, ein Fläschchen, wie Anselm es auf Anraten Trudis selber verwendet, wenn er spezifische Erkältungssymptome zeigt: rauer Hals, trockener Schnupfen, laufende Nase, verstopfter Riecher. Die Drogerie in Sursee mischt selber solche Zaubertränke, die, bei allzu häufigem Gebrauch, eine Alkoholfahne entstehen lassen.

Urban Pfäffli will sich wehren, er brauche den Spray

gegen seine Erkältung, er hüstelt, stottert, doch Anderhub bleibt stur. »Lassen Sie sich Essigsocken montieren oder Zwiebelwickel, die wirken mit Sicherheit.«

Worauf der Mann ihm das Fläschchen aushändigt. Ha, von der gleichen Surseer Drogerie, erkennt der Polizist. Anderhub nimmt rasch die Personalien aller noch Anwesenden auf, samt Telefonnummern. Und er verteilt sein Kärtchen. »Falls Ihnen noch etwas einfallen sollte, Sie kennen das ja.« Mit dem Hinweis, alle, auch die Ministrantin und der Ministrant, hätten sich für Befragungen zur Verfügung zu halten, entlässt Anderhub die letzten Anwesenden aus der Aberwiler Pfarrkirche.

Trudi hätte auf der Heimfahrt genügend Argumente gehabt: Kannst du einen kleinen Schwächeanfall eines Pfarrers kurz vor der Pensionierung nicht als solchen akzeptieren? Musst du daraus echt einen Kriminalfall machen? Weihnachten, und du kannst es nicht lassen. Wenn du zu Hause geblieben wärst, wüsste die Luzerner Kriminalpolizei rein gar nichts von diesem Vorfall in Aberwil. Du nimmst dich einfach zu wichtig!

Aber Trudi schweigt. Und Anselm schweigt. Trudi will keinen Ehestreit vom Zaun brechen. Anselm hat die Sicherheit verlassen; die Überzeugung, das einzig Richtige getan zu haben, bröckelt: Was, wenn er sich täuscht, sich der Lächerlichkeit preisgeben und damit für ein Fasnachtssujet am Aberwiler Umzug am Güdismontag sorgen würde? Was, wenn das noch das kleinste Übel wäre? Verglichen mit dem Schaden für das Ansehen der Luzerner Kriminalpolizei.

Immerhin fährt er zu Trudis Beruhigung – es ist weit nach Mitternacht, Heiligabend vorbei, also Weihnachtstag, Weihnachtsnacht, Weihnacht – nicht noch nach Luzern, um die eingezogenen Gegenstände, den Kelch, das Wasserkännchen, die Weinflasche und vor allem das Medikamentenfläschchen, daselbst zu deponieren, auf dass sie umgehend untersucht werden. Diesen Akt spart er sich für den Morgen auf, wenn Trudi den Braten in den Ofen schiebt, denn Anderhubs erwarten Besuch, die Tochter mit Familie. Anselm weiß nicht, welche Geschenke Trudi für die beiden Enkelkinder gekauft hat. Trudi ärgert das. Sie vermisst ein Engagement seitens Anselms. Irgendwann wird sie's ihm sagen, aber jetzt ist Weihnachten, der Himmel offen, die Sterne fern, und als Anselm das Auto in die Garage versorgt hat und die beiden mit den Beweismitteln in den Händen – was für ein Bild, sähe sie jemand, müsste man auf ein Kapellenknackerpaar tippen – dem Hauseingang zustreben, freuen sie sich auf die Wärme ihres geheizten Eigenheims.

Ein Weihnachtstag zum Vergessen. Anderhubs, unausgeschlafen. Anselm traumhalber von Horrorszenarien gepiesackt. Zweifel an der Opportunität des Einsatzes vom Vorabend plagen nicht nur den Polizisten. Und wenn's am Ende doch bloß ein temporärer Schwächeanfall war? Ein blutiges Mitternachtsmesser wäre eindeutiger. Trudi will die Zweifel ihres Selmi nicht noch füttern. Sie hält sich zurück und an ihre Aufgabe: das Festtagsmenü.

Hunzikers Anruf am Vormittag ist kein Aufsteller: Die Staatsanwältin hält Anselms Vorgehen für überrissen.

Was, wenn bei jedem Kreislaufkollaps die Kripo eingeschaltet würde? Nun denn, der Schaden wäre angerichtet, sollte sich Anselms Vorstoß als nichtig herausstellen. Was Anderhub ziemlich unter Erfolgsdruck setzt.

Die Fahrt nach Luzern, eine Form von Flucht. Im Labor arbeitet an diesem Tag niemand. Anselm deponiert die Behältnisse auf dem erstbesten Arbeitsplatz und schreibt, auf dass niemand auf die Idee komme, jemand halte sich da einen Privataltar, auf einen Zettel: *Fall Kirche Aberwil, ein Fall fürs Labor, besonders das Spagyrik-Fläschchen.* Danach schickt er eine Mail an den Laborchef.

Einer Eingebung folgend, macht der Polizist bei der Heimfahrt einen kleinen Umweg und stattet dem Kantonsspital Sursee einen Besuch ab. Dieses Labor ist besetzt; die Analyse des Mageninhalts des Aberwiler Priesters harrt noch der Vollendung. Eine schwer bestimmbare Flüssigkeit sei offenbar dem Wein beigemischt worden; er tippe auf das, was man gemeinhin volkstümlich unspezifisch als K.o.-Tropfen bezeichne, sagt der untersuchende Laborant, was bei Anselm Anderhub den Groschen fallen lässt. Hatte seine olfaktorische Nasenprobe, das Abschrauben des Plastikaufsatzes mit der Spray-Öffnung, beim spagyrischen Heilmittelfläschchen doch nicht die artspezifische, ziemlich penetrante Alkoholnote entweichen lassen.

Anselms geistige Abwesenheit beim Mittagessen fällt nicht sonderlich auf. Beim Spielen mit den Enkelkindern kann er die K.o.-Tropfen kurz aus seinem Hirn verbannen, während ihm beim Kartenspiel der Erwachsenen ungewohnt zahlreiche Fehler unterlaufen. Er schmiert nicht, wenn es offensichtlich ist, dass er sollte, und wenn er Trumpf anzusagen hat, fehlt ihm der Mut zum Risiko, eine Eigenschaft, die man ihm sonst zu Recht nachsagt.

Tausend Dinge irren und schwirren in seinem Kopf herum. Sollte er den Ministranten oder die Ministrantin anrufen? Für Gemeindeleiter Pfäffli einen Haftbefehl beantragen? Und das an Weihnachten? Oder ist Konstantin Müller, der Sigrist, auch nicht ganz sauber? Mit der Frau des Gemeindeleiters reden? Wer hat welche Motive, einen Priester auszuschalten?

Dabei sei Andreas Vogel auf dem Weg der Besserung, wie Anderhub im Spital erfahren hat; eine Befragung hat der Arzt angesichts seines Schwächezustandes, an dem er, Anderhub, durch die Veranlassung einer Untersuchung des Mageninhalts nicht unschuldig ist, freilich frühestens für Stephanstag für angezeigt erachtet.

Beim Dessert beruhigt sich Anselm, die Meringues, mit ausreichend Schlagrahm befeuchtet, lassen für süße Augenblicke seinen Fall in den Hintergrund gleiten.

Die Meldung am nächsten Morgen kommt für Anselm Anderhub nicht überraschend, auch wenn die letzte Gewissheit noch aussteht. Ein Zug, ein Toter. Er hätte es erwarten müssen. Urban Pfäfflis Blick, als Anselm dessen Spagyrik-Fläschchen requirierte. Angebrochene Augen. Sie sahen aus wie die Frontscheibe eines Autos nach einer Frontalkollision, noch nicht zusammengestürzt, aber bis zur Undurchsichtigkeit verletzt. Ein müder Schlag genügt.

Als er den Laientheologen Pfäffli am Stephanstag sprechen will, hebt dessen Frau den Hörer ab und sagt ihm unter Tränen, sie wisse nicht, wo ihr Mann sei; er sei am Morgen in aller Herrgottsfrühe aufgestanden, wortlos. Da steigt beim Polizisten der Grad an Gewissheit. Er weiß, seine Trostworte fallen kümmerlich aus. Was ihn nicht daran hindert, in der Wunde zu wühlen. Professionalität geht vor. Immerhin bringt er Frau Pfäffli so weit, ihre Last abzuladen, denn in Anderhub hat sie einen ausgesprochen guten Zuhörer.

Was er erfährt: Die Kantonalen Vorgesetzten hatten vor zwei Jahren Andreas Vogel, den geweihten Priester, ihrem Mann vorgezogen, als es um die Wahl des Leiters des Pastoralraums Aberwil und Umgebung gegangen war. Ein Affront, den ihr Mann nur schwer akzeptieren konnte. Dabei sei ja die Pensionierung Vogels damals schon ein Thema gewesen; und nächstes Jahr werde er 65. Die Realität freilich, das weiß auch Anderhub, ist eine andere. Wer als Pfarrer mit 65 in Rente geht, riskiert böse Gedanken. Wie kann er bloß, bei solch akutem Priestermangel!

Ihr Mann, sagt Frau Pfäffli, hätte wohl noch Jahre warten müssen, ohne Garantie. Vielleicht würde man ihm Jahre später erneut eine andere Person vor die Nase setzen. Natürlich hätte man für die paar Franken mehr Lohn schon Verwendung gehabt, ergänzt die Frau. Anderhub schweigt.

»Wäre eine schöne Nebenerscheinung gewesen«, sagt sie, »aber der Hauptgrund ist doch der: Die Kirche braucht eine Verjüngungskur, wenn sie überleben will.«

»Haben Sie Kinder?«, will der Polizist wissen.

»Wir haben einen Sohn, ja, Lukas«, sagt Frau Pfäffli.

»Alter?«

»Dreizehn.«

Und dann, Anderhub kommt sich vor wie ein Beichtvater, äußert die Frau in einem Anfall von rücksichtsloser Ehrlichkeit, wohl einer abgrundtiefen Verzweiflung geschuldet, fertig Theater gespielt, ihr Mann sei krankhaft eifersüchtig, er suche seit geraumer Zeit, von einer fixen Idee besessen, nach körperlichen Ähnlichkeiten zwischen Lukas, ihrem Sohn, und Andreas Vogel, dem Priester. Die Nase-Mund-Partie.

Starker Tobak, der über die Telefonleitung bis nach Sursee zu riechen ist, wo ein Polizist keine Absolution erteilen möchte. Wem denn auch, einer untreuen Ehefrau? Vielmehr wäre er froh und dankbar, er selbst erhielte sie, die Absolution.

Anderhub ruft den älteren der beiden Ministranten an.

»Wie oft hast du an der Mitternachtsmesse gesehen, wie Herr Pfäffli den Spray benutzt hat?«

»Er hat ihn überhaupt nicht benutzt, bis ganz kurz vor der Kommunion.«

»Hast du das Fläschchen dann also zum ersten Mal gesehen?«

»Ja, und zum einzigen Mal, abgesehen von der Szene, als er es Ihnen abliefern musste.«

Szene, sagt er, denkt der Polizist, und sieht den Ministranten als Bruder im Geiste. Komplizen.

»Und er hat keinen Wein getrunken.«

»Hä?«
»Sein Adamsapfel, keine Bewegung.«

Eine Mail aus Luzern. Anderhub öffnet sie hastig. Der forensische Pikettlaborant in Luzern meldet, dass das besagte Spagyrik-Fläschchen kein Heilmittel enthalte, jedenfalls nicht das auf der Etikette angegebene gegen nassen Schnupfen. Mit großer Wahrscheinlichkeit enthalte es – er kenne sich in diesen Dingen, Fasnachtsgeschichten, berufshalber einigermaßen aus – sogenannte K.o.-Tropfen. Hätte jemand das Fläschchen leer getrunken, wäre die Person vermutlich daran gestorben.

Anselm Anderhub geht es nicht gut an diesem Nachmittag des Stephanstags. Hat er einen Fehler begangen? Das Rechte getan, aber nicht das Richtige. Eins ist gewiss: Er hat das Recht auf seiner Seite. Urban Pfäffli hat versucht, Andreas Vogel zumindest für einige Zeit aus dem Verkehr zu ziehen. Mag sein, dass er auf ein späteres Einsetzen der Wirkung spekuliert hat: Wenn Vogel auf der Rückfahrt im Auto nach Willisau, wo er wohnt, das Bewusstsein verloren hätte? Gegenverkehr, Baumallee, Kreisel, Häuser.

An der Staatsanwaltschaft würde es gewesen sein, eine Anklageschrift zu formulieren. Mordversuch wäre wohl angebracht. Oder bloß versuchte fahrlässige Tötung? Nein, da steckte schon ein Vorsatz dahinter. Darin liegt der Unterschied, weiß Anselm, der ein paar Semester Juristerei studiert hatte. Dennoch nicht seine Baustelle, die Anklageschrift, die nicht geschrieben werden muss.

Oder, zugunsten des Angeklagten: Wollte Pfäffli den Priester vor seinen Schäfchen als schwachen Menschen erscheinen lassen, unfähig, das Amt des Pastoralamtsleiters auszuüben? Ihm öffentlich einen Denkzettel verpassen? So hätte ein Verteidiger argumentieren können. Hätte können, wenn.

Fragen, die sich erübrigen. Juristisch wird man Anderhub keinen Strick drehen können. Lorbeeren holt er sich aber auch keine. Das Recht, ja. Aber das Richtige? Ein Mensch ist tot, in Teile zerlegt vom Schnellzug aus Basel, seine Frau Witwe, der Sohn Halbwaise. Würde Anselm Anderhub nach allem, was er jetzt weiß, erneut so handeln? Pfäffli hat sich vor den Zug geworfen. Ausgangs Sursee. Der Schnellzug aus Basel, der in Sursee nicht hält. Deshalb todsichere Geschwindigkeit. Wie viele Menschen bringen sich um, weil die Scham sie dazu treibt?

Indem er der Frage nachsinnt, wie die üblen Tropfen ihren Weg in den Weinkelch gefunden haben, verdrängt Anderhub seine Not ob der wuchernden Schuldgefühle. Er hat eine Idee. Nachdem der ältere Ministrant ausgesagt hat, Pfäffli habe sich mindestens zehn Stöße, dabei sind in akuten Fällen höchstens drei empfohlen, in den Mund gejagt, kurz bevor er zu seinem Schluck ansetzte, gerinnt in Anselms Kopf ein Szenario:

Urban Pfäffli hat, statt vom Wein zu kosten, die im Mund gehortete, also nicht geschluckte Flüssigkeit aus dem Fläschchen, dem Wein zugefügt. Lingual-feinmotorische Meisterleistung; er wird geübt haben. Mundspülung mit Wein, an den Kelch retourniert. Und den Polizisten wundert nicht, dass Hauptzelebrant Andreas Vogel zweimal ansetzen musste, um den Kelch zu leeren.

»Was sinnierst du?«, fragt Trudi Anderhub ihren Mann.

»Ich bin von Mitternachtsmessen geheilt«, sagt Anselm.

Philipp Gurt
Weihnachtliches Quartett

22. Dezember

Das Churer Rheintal versank in der Dunkelheit. Der Feierabendverkehr drückte stoßweise durch die vom Weiß bedeckten Straßen, während das orange Licht eines Schneepfluges hektisch in den abertausenden von Flocken reflektiert wurde. Im Rheinquartier läutete die einzige Glocke im unspektakulären Kirchturm siebzehn Uhr. Der sonst schon bescheidene Klang wurde von den Schneemassen und dem Wintersturm fast gänzlich verschluckt. Die Bogenfenster des Kirchenschiffs leuchteten gelblich. Gleich daneben, vor dem dunklen Pfarrhaus, stand eine mittelgroße Tanne, die mit einer blinkenden LED-Girlande geschmückt worden war, und trotzte der Eiseskälte, die die Stadt bereits seit zwei Wochen fest im Griff hielt. Der Schnee fiel nicht wie in den Tagen zuvor in großen flauschigen Flocken. Seit dem Morgen hatte er sich in wütende kleine Körner verwandelt, die begleitet von stürmischem Wind herunterstürzten und sich auf die sich auftürmenden Schneemassen warfen.

Im Lichtkegel einer Straßenlaterne tauchte schemenhaft ein Junge im Gestöber auf. Gian, ein Drittklässler, der einen gefühlt fünf Meter langen Schal um den Hals gewickelt hatte, eilte so schnell er konnte zur Kirchentür.

Kurz bevor er diese erreicht hatte, blieb er wie angewurzelt stehen und starrte in den Pfarrgarten, dorthin, wo das alte Gartenhaus stand. Eine dunkle Gestalt zeichnete sich zwischen den schwarzen Gerippen der Sträucher und Obstbäume ab. Das Schneetreiben verzerrte das Bild, doch Gian schien es, als verharre die dunkle Gestalt nur seinetwegen dort. Er musste sich von deren Anblick regelrecht losreißen, damit ihm seine Füße wieder gehorchten. Er flüchtete die wenigen Meter zur hölzernen Kirchentür und zog diese mit aller Kraft, dem Sturmwind trotzend, auf. Durch die geöffnete Pforte wehte Wärme, der Geruch von Weihrauch und der helle Gesang eines Kinderchors hinaus in die Kälte.

Advent, Advent, ein Lichtlein brennt.
Erst eins, dann zwei, dann drei, dann vier,
dann steht das Christkind vor der Tür.

Kaum war der Drittklässler im Innern verschwunden und die schwere Tür wieder zu, drangen die Stimmen nur noch leise auf die Quartierstrasse, in der kaum ein Mensch unterwegs war, und wenn, dann nur nach vorn gebeugt, weder links noch rechts schauend.

Der Pfarrer Schelm, der seinen Nachnamen noch weniger mochte als Kinder, die zu spät kamen, blickte grimmig zur Tür, während sich der Eingemummelte auswickelte, um sich danach so unauffällig wie möglich in den Chor einzureihen.

In der katholischen Kirche, die in den frühen Siebzigern erbaut worden war, roch es muffig nach alten

Gesangsbüchern, nach Weihrauch und Kerzen und nach nassem Boden und den steinharten Holzbänken. Neben dem Altar hing ein schwerer aus Tannenreisig gebundener Adventskranz, an dem vier dicke rote Kerzen brannten.

Als das Lied zu Ende war, richtete sich Pfarrer Schelm aus seiner leicht gebeugten Dirigierhaltung auf, blickte streng zu Gian und sagte: »Kinder, ihr wisst doch, es ist eine Sünde, den Herrgott warten zu lassen.« Für wenige Sekunden ließ er seinen Blick über die Kinderschar schweifen. »Voll der Sünde sind auch diejenigen, die meinen, die letzte Strophe sei nicht die letzte, und es lustig finden, zu singen *Und wenn die fünfte Kerze brennt, dann hast du Weihnachten verpennt.*« Wieder hielt er inne, als müssten die an den Kirchenwänden widerhallenden Worte erst auf die Kinder fallen. »Weihnachten ist das Fest der Liebe, der Demut, der Dankbarkeit. Wir feiern immerhin die Geburt Christi. Das hat Respekt verdient!«

Aus der Schar ertönte Gekicher, und Schelm brauchte seinen Blick nicht in die hinterste Reihe zu werfen. Alle Kinder drehten sich bereits zu Gian um, der sich, scheinbar unbeeindruckt, ebenfalls nach hinten drehte.

Schelms kräftige Brust hob sich mit einem langen Atemzug, bevor er mit einem tiefen »Hmm« ausatmete. »Also dann, nochmals alle Lieder und danach die Gedichte. Wir wollen doch, dass sich eure Religionslehrerin Frau Matter morgen freut, wenn sie mit euch die letzte Probe macht.« Er hob die Hände mit dem kleinen Dirigentenstab an.

Leise rieselt der Schnee,
still und starr ruht der See,
weihnachtlich glänzet der Wald

Während die Schar den letzten Durchgang für das Weihnachtskonzert probte, das übermorgen aufgeführt werden sollte, stand draußen im Dunkeln noch immer die dunkle Gestalt. Dem Sturm trotzend, der zunehmend stärker um das Gotteshaus fegte, behielt sie weiter die Tür im Auge.

Pfarrer Schelm verabschiedete die Kinder an der Pforte und drückte jedem eine Mandarine und einen kleinen blauen Schokoladentannzapfen in die Hand. Gian hatte sich als Letzter eingereiht, da er mit dem langen Schal zu kämpfen hatte.

»Also bis Morgen und seid alle pünktlich. Die letzte Probe fängt um sechs Uhr an«, mahnte Pfarrer Schelm. Als Gian an der Reihe war, richtete der Pfarrer seinen strengen Blick auf ihn. »Für dich gibt's nichts. Wer zu spät kommt, den bestraft der Herrgott und sonst halt der Pfarrer persönlich.« Er schloss den Jutesack. »Und jetzt geh.«

»Adieu, Herr Pfarrer«, sagte Gian, und als dieser keine Antwort gab, verschwand der Junge in der Kälte, während die Tür hinter ihm vom Wind zugedrückt wurde. Der Geistliche drehte sich um und schritt durch die Kirche.

»Was für ein saufrecher Rotzbengel, dieser …«, murrte er und fragte sich, wie der Bub eigentlich hieß. Als er soeben die Kerzen des Adventkranzes auslöschen wollte, hörte er die Tür hinter sich wieder aufgehen. Das war bestimmt wieder eins der Kinder, das schon wieder irgendetwas vergessen hatte, dachte er, ohne sich umzudrehen. Wie er diese Goofen hasste. Früher war das anders gewesen. Die heutigen Primarschüler sind die Jugendlichen von gestern, dachte er: unpünktlich, rotzfrech, und sie glauben, alles besser zu wissen, von Respekt gegenüber Erwachsenen schon gar keine Rede. Er selbst hatte damals, in den Siebzigern, als er noch in Bivio zur Schule ging, den Pfarrer im Dorf respektvoll mit »Grüazi, Herr Pfarrer« angesprochen und war auf der Straße etwas zur Seite getreten. Seine Mutter buk sogar manchmal einen Sonntagszopf, den sie in ein Tuch eingewickelt nach dem Gottesdienst dem Herrn Pfarrer überbrachte.

Und heute? Es war ihm ein Rätsel, wieso in der Bibel stand, dass nur, wer mit den Augen eines Kindes sieht, Einlass in das Himmelreich finden werde.

Er wollte nicht ketzerisch sein, aber nach einer Stunde mit dieser Bande oder auch nur fünf Minuten mit diesem Lümmel, wie hieß er doch noch mal, und jeder normale Mensch käme zur selben Ansicht.

Nun ärgerte sich Schelm, die Kirchentür nicht sogleich hinter sich verschlossen zu haben, damit derjenige, der hier wieder was vergessen hatte, endlich lernte, beim Anziehen nicht immer nur von diesen vermaledeiten Pokémons zu reden.

»Herr Pfarrer?«, tönte eine tiefe Stimme hinter seinem Rücken. Schelm drehte sich erschrocken um.

23. Dezember

Die Religionslehrerin Matter betrat am frühen Abend die Kirche wie vereinbart um Viertel nach vier, um die letzten Vorbereitungen mit Pfarrer Schelm abzusprechen und selbst noch Hand anzulegen, wo es vonnöten war. Der gestrige Sturm war vorüber, der Schnee fiel zwar weiter, doch nun wieder in großen weichen Flocken. Sie freute sich, die Kinder wiederzusehen und mit ihnen zu üben, waren ihr die Mädchen und Buben im vergangenen Schuljahr doch sehr ans Herz gewachsen. Für morgen hatte sie zudem zwei große Kuchen gebacken.

Pfarrer Schelm, von dem sie wusste, dass er Pünktlichkeit überaus schätzte, war irritierenderweise nicht zu finden. Die Kirche war unverschlossen, doch vom Pfarrer fehlte jede Spur. Auch auf das Klingeln an der Tür des Pfarrhauses reagierte niemand. Möglicherweise, dachte Matter, ist die Haushälterin Frau Sommer bereits im Weihnachtsurlaub.

Die vierzigjähre Matter, in deren dunkelbraunen Locken sich Schneeflocken verfingen, mochte nicht länger in der Kälte rumstehen. Sie ging zurück in die warme Kirche, klopfte den Schnee von ihren Schuhen und wartete zwischen den Bankreihen. Nach einer Viertelstunde wurde es ihr zu bunt. Sie rief um halb fünf in der Geschäftsstelle der katholischen Landeskirche Graubünden an und bat um die Handynummer des Pfarrers.

Sie wählte die Nummer und vernahm sofort ein leises Surren. Irritiert blickte sie sich um und schritt die leeren Bankreihen ab. Das Surren wurde lauter. Hatte der Pfarrer sein Telefon hier irgendwo liegen gelassen, es verloren?

Nach einigem Hin- und Hergehen und erneutem Anwählen des Telefons, da sich zwischenzeitlich der Anrufbeantworter eingeschaltet hatte, blieb sie vor dem geschlossenen Beichtstuhl stehen. Das Vibrieren kam aus dem hölzernen Ungetüm. Sie legte auf.

Nahm Pfarrer Schelm gerade eine außergewöhnlich lange und ungeplante Beichte ab, und sie störte ihn mit ihren Anrufen? Doch dann hätte er sein Mobiltelefon wohl vorher ausgeschaltet. Sie wählte seine Nummer von Neuem und trat näher an den Beichtstuhl heran. Sie war perplex. Das Surren kam nicht von der rechten Seite, wo der Pfarrer für gewöhnlich saß – es kam von links, vom Platz der Sünder!

Langsam öffnete sie die Holztür, das Surren wurde lauter, während sie einen Schrei ausstieß, der durch Mark und Bein ging.

Die von der aufgelösten Religionslehrerin alarmierte Kantonspolizei war wenige Minuten später vor Ort. Die junge Ermittlerin Everita Barrazza übernahm die Leitung des Falls. Während sie als Erste durch die Kirche schritt, schwoll die Sirene des herannahenden Rettungswagens an, ehe sie vor der Kirche verstummte. Nur die blaue Warnleuchte drehte sich weiter und warf ihr grelles Licht auf die Kirche und die nahe Umgebung.

Schnee wurde in den groben Schuhprofilen der Beamten und Helfer ins Gotteshaus getragen. Notarzt samt Sanitäter zogen nach zehn Minuten und unverrichteter Dinge wieder ab. Stattdessen kam kurz darauf der Leichenwagen und der grauweiße Bus der Spurensicherung vorgefahren.

Everita Barrazza stand vor dem Kircheneingang, als um zehn vor fünf Uhr ein Junge auf dem nun abgesperrten Kirchenvorplatz ankam. Sie hielt ihn auf: »Tut mir leid junger Mann, du darfst jetzt nicht in die Kirche.«

»Wieso nicht? Der Pfarrer Schelm hatte gestern ausdrücklich gesagt, dass es Sünde sei, den Herrgott warten zu lassen, und dass der einen sonst straft. Ich dachte, wenn ich heute als Erster komme, mache ich das von gestern vielleicht wieder gut. Wissen Sie, wir üben für morgen noch ein letztes Mal die Weihnachtslieder, und ich will diesmal auch eine Mandarine und vor allem einen Schokotannzapfen. Der ist in so blaues Alupapier eingepackt.«

»Stopp, Stopp, Stopp …«, unterbrach Barrazza den Redeschwall des Buben. »Also, als Erstes sei dir gesagt, dass Gott nicht sofort straft. Und sicher nicht wegen Zuspätkommens. Ich bin auch katholisch und muss es daher wissen. Also glaub nicht alles, was du hörst.« Barrazza schüttelte den Kopf über die Worte des Pfarrers. Sie blickte den Jungen an, der einen für ihn zu großen Schal um den Hals gewickelt trug. Seine etwas altmodische Mütze mit der großen Zottel war von Schnee bedeckt.

»Meinen Sie? Ich bin mir da nicht mehr so sicher. Strafen bleiben ja nie aus, ob sie nun gerecht oder falsch sind. Und gestern gab's schon erste Vorzeichen, dass der Pfarrer recht haben könnte.«

»Zeichen? Wie meinst du das?«

»Der schwarze Mann war gestern bereits hier, als ich kam, und immer noch, als ich ging. Wenn das kein Zeichen ist.« Die aufgeweckten braunen Augen des Jungen blinzelten, weil er im dichten Schneefall zur Beamtin hochschauen musste.

»Nun aber mal langsam. Ihr hattet also gestern die Probe, zu der du zu spät gekommen bist, habe ich das richtig verstanden?«

»Ja.«

»Und als du ankamst, hast du hier draußen einen Mann gesehen?«

»Ja, und groß war er.«

»Und wo genau hast du ihn gesehen?«

Gian zeigte zum Vorgarten des Pfarrhauses, der ebenfalls mit einem rot-weißen Polizeiband abgesperrt war.

»Und als du gegangen bist, was genau hast du gesehen?«

»Natürlich tat ich so, als würde ich schnell nach Hause laufen, doch ich habe mich hinter dem Zaun dort versteckt.« Der Junge drehte sich seitlich weg und zeigte darauf. »Ich sah von dort aus, wie der Mann sich aus der dunklen Ecke direkt in die Kirche schlich.«

»Und hast du noch mehr gesehen? Beispielsweise, ob er alleine oder mit dem Pfarrer gemeinsam rauskam. Oder hast du etwas gehört, etwas Ungewöhnliches?«

»Nein, denn ich musste schnell nach Hause. Aber ich habe mir die Nummernschilder aller Autos gemerkt, die hier an der Straße standen. Es waren ja nur vier«, sagte er so unaufgeregt, als sprächen sie über ein langweiliges Schulfach.

Barrazza war erstaunt. »Okay, dann brauche ich jetzt deinen vollständigen Namen und bitte die Autokennzeichen, dann kannst du wieder nach Hause gehen. Eure Probe muss heute leider ausfallen.«

Gian kritzelte seinen Namen, Gian Bernett, und die Kennzeichen auf einen Zettel, den Barrazza ihm gereicht hatte.

»Was ist denn überhaupt passiert?«, fragte der Junge, während er vergeblich versuchte, seinen Schal zu richten.

»Das kann und darf ich dir nicht so genau sagen. Aber ich bin sicher, du wirst es bald in irgendeiner Form, die auch für Kinderohren bestimmt ist, erfahren. Okay?«

»Ich bin mir sicher, der Pfarrer ist mausetot.« Gian blickte Barrazza mit großen Bubenaugen an.

»Wie kommst du jetzt auf diese Idee?« Barrazza war irritiert.

»Ihr kommt doch bestimmt nicht wegen einer toten Kirchenmaus mit all dem Zeugs hier angefahren. Der Krankenwagen ist ja weggefahren, als ich kam, und zwar ohne jemanden mitzunehmen, und der hier«, er zeigte auf den Leichenwagen, »heißt so, weil er Leichen holt. In der Serie *Fringe*, die ich schaue, passiert das genauso, außer bei den Monstern, die stehen manchmal auch nach ihrem Tod wieder auf.«

»Was guckst du denn für schräge Sachen, und das in deinem Alter? Kein Wunder, dass du dich fürchtest, wenn du im Dunkeln jemanden vor dem Pfarrhaus stehen siehst.«

»Nein, nein. Ich hatte gar keine Angst. Von wegen. Ich würde das Respekt nennen. Sie hätten den Mann sehen müssen! Der war ganz nervös und hatte todsicher was vor, so was fühlt man.«

»Soso, ich glaube eher, du hast zu viele Episoden dieser Serie geschaut.« Barrazza wusste nicht, ob sie lachen oder besorgt sein sollte. Etwas war mit dem Jungen nicht ganz richtig.

»In der Serie ermittelt auch eine Frau, so eine wie Sie. Nur ist die blond, aber trotzdem auch cool und auch so ähnlich hübsch.«

»Hmm« Trotz der Umstände und dem, was sie im Beichtstuhl gesehen hatte, konnte Barrazza sich ein Lächeln nicht verkneifen.

»Aber ich sage Ihnen noch eins: Falls ich morgen nicht mehr leben sollte, weil mich dieser Mann ausfindig gemacht hat, dann werden sie es lebenslang mit sich rumtragen müssen, und das ist kein schönes Gefühl, das kann ich Ihnen sagen. Ich habe nämlich heute noch Gewissensbisse wegen Sebastian.«

Eine große Schneeflocke fiel auf die Nase des Jungen, der weiter zu Barrazza hochschaute.

»Wer ist Sebastian? Was ist mit ihm passiert?«

»Er ist einem Raubtier zum Opfer gefallen und das nur, weil ich ihn frei rumlaufen ließ.« Gian musste das Stirnrunzeln im Gesicht der Ermittlerin gesehen haben. »Sebastian war der Hamster meines Bruders. Die Katze hat ihn geholt, und es war ganz allein meine Schuld. Und Ihnen würde es noch schlimmer gehen.«

»Jetzt aber halblang, du Schlaumeier. Wie kommst du jetzt darauf?«

»Weil Sie ein Gewissen haben und Polizistin sind und Jungs wie mich beschützen müssen.«

»Nein, nicht das, ich meine, warum du glaubst, dass der unbekannte Mann dir an den Kragen will?« Barrazza wusste nicht so recht, wie sie mit der Situation umzugehen hatte.

»Entschuldigen Sie, meine Mama sagt andauernd, man soll anständig zu Erwachsenen sein, aber jetzt frage ich mich, wieso Sie das nicht verstehen. Der hat doch gesehen, dass ich ihn gesehen habe. Der ist nicht blöd und beobachtet uns wahrscheinlich beide in diesem Moment.«

»Und du meinst, dass er bereits plant, dich aus dem Weg zu räumen?« Barrazza hatte beschlossen, das Spiel mal mitzuspielen, um zu schauen, wo es hinführte.

»Das ist so was von *safe*.« Er nickte. »Und Sie müssen zudem noch wissen, dass ich noch nicht so groß bin, wie ich noch werden möchte. Meine einzigen Waffen sind mein Gehirn, meine Beine und mein lautes Geschrei. Meine Stimme ist wie eine Sirene, das können Sie mir glauben.«

»Oh, das kann ich mir lebhaft vorstellen.«

»Kriege ich jetzt Polizeischutz oder so was, oder wollen Sie mich wirklich meinem Schicksaal überlassen?«

»Du meist es wirklich ernst? Der Mann weiß ja nicht mal, wer du bist.«

Der Bub schüttelte seinen Kopf und griff sich mit seiner Hand an die Stirn. »Oh Mann, wir sind fünfzehn Kinder im Chor. Zehn davon sind Mädchen, drei Buben sind größer als ich und einer ist dick. Alles klar?«

Barrazza blickte nach links und rechts. Wo blieb nur ihre Verstärkung? Steckte wohl im Schnee fest. »Sag, was ist los mit dir, Kleiner? Veräppelst du mich?«

»Wieso glauben Erwachsene immer, dass sie klüger sind als Kinder? Herr Hummel sagt immer, den Unterschied mache bloß der Blickwinkel, der nun mal verschieden ist.«

»Wer ist denn jetzt Herr Hummel?« Barrazza war hin und her gerissen und wusste nicht, ob ihr die frischfreche Kinderart und die naseweisen Kommentare auf die Nerven gingen oder süß waren.

»Das ist der Psychiater, zu dem meine Mama geht.«

»Aha ... zu dem deine Mutter geht ...«

»Sie müssen wissen, ich habe noch einen älteren Bruder, den Max, der ist siebzehn.«

»Ach, und mit dem zusammen guckst du solche Krimifilme?«

Gian nickte.

»Und deine Mutter weiß davon?«

»So indirekt weiß sie es schon.«

»Wie meinst du das?«

»Also können Sie sich denn das nicht denken?«

Barrazza nahm einen tiefen, aber unhörbaren Atemzug. »Nein, so viel Zeit habe ich nicht.«

»Das ist Psychologie, müssen Sie wissen. Herr Hummel nennt es soziales Ausblendverhalten. Mama weiß es, tut aber so, als wüsste sie nichts davon. Aber das heißt nicht, dass sie keinen Mutterinstinkt hätte. Werfen Sie nur mal einen Blick auf meinen Schal. Ich meine, wie krass ist der denn? Eine zehn Meter lange Anakonda wäre praktischer. Aber der soll mich vor einem Schnupfen schützen, behauptet sie.«

Barrazza hob die Augenbrauen. »Wie alt bist du eigentlich?«

»Zehn, aber bald elf.«

»Und du gehst in eine normale Schule?«

»Wollen Sie mich dissen? Was soll das denn nun wieder heißen?«

»Kannst du dir das nicht denken?«

»Sie meinen, weil ich so ein paar *Special effects* habe? Sehen Sie, auch wir Kinder haben es nicht leicht. Auch wir müssen mit Vorurteilen klarkommen. Also, was geschieht jetzt mit mir?«

»Hast du einen Vater?« Barrazza wollte wieder rein, hören, was die Spurensicherung zu berichten hatte.

»Das ist jetzt aber eine seltsame Frage. Jedes Kind hat doch einen Vater, sogar die im Reagenzglas gezeugten. Meiner wohnt einfach nicht mit uns zusammen. Meine Schwester wohnt aber bei ihm, nur vier Häuserblocks entfernt vom Haus meiner Mama.«

»Und wo wohnen du, Max und deine Mama?«

»Drei Straßen unterhalb von hier.«

»Also gut, dann gehst du jetzt nach Hause und falls du dort alleine bist …«

»Bin ich …«

»Dann schließt du die Tür hinter dir ab.«

»Tue ich immer, sofort, und das aus gutem Grund. Jetzt erst recht!«

»Und du wartest dort, bis deine Mutter oder dein großer Bruder heimgekommen sind. Okay? Sei unbesorgt. Das hier hat bestimmt nichts mit dir zu tun. Du machst dir viel zu viele Gedanken und das, wie mir scheint, nicht erst seit gestern.«

»Wenn Sie sich da nur nicht zu sicher sind. Also ich gehe jetzt, aber vergessen Sie meine letzten Worte nicht:

Ich bin erst ein Drittklässler, der noch sein ganzes Leben vor sich hat … verstehen Sie?«

»Aber auf den Mund gefallen bist du ja nicht, junger Mann.«

»Das heißt nicht, dass ich nicht die Gefühle eines Kindes habe und Schutz, Liebe und Wärme benötige.«

Der spinnt doch, dachte Barrazza und presste ihre Lippen einen Moment lang zusammen, damit sie ihr Temperament zügeln konnte. Dann rief sie dem Jungen hinterher: »Also, wenn du wirklich Schiss hast, dann gib mir die Nummer von deinem Vater oder deiner Mutter. Dann bitte ich einen der beiden, dich hier abzuholen. Und bis dann bewache ich dich. Deal?«

»Nein, das käme nicht gut. Zu viele Fragen, verstehen Sie nicht? Meine Serienabende mit meinem Bruder wären futsch. Mütter halt.«

Nun erkannte Barrazza eine Unsicherheit im Blick des Buben, der es plötzlich eilig zu haben schien und sich nach zwei Schritten kurz umdrehte. »Also ich gehe jetzt, und ich hoffe Sie erwischen den Mörder so schnell wie möglich und vor allem bevor er mich …«

Barrazza blickte ihm kopfschüttelnd hinterher, als müsste sie erst begreifen, was geschehen war, ehe sie sich unter dem Absperrband hindurch wieder in die Kirche aufmachte. In der Jackentasche hatte sie die Kennzeichen der vier Wagen.

Die Spurensicherung hatte den Beichtstuhl bereits unter die Lupe genommen, als Barrazza endlich wieder in die Wärme der Kirche trat.

Eggenschwiler, ein dickbäuchiger Forensiker, der die

Nähte seines weißen Overalls bis zum Äußersten strapazierte, kam auf Barrazza zu. »Ziemlich sicher Selbstmord und nicht der erste in dieser Weihnachtszeit. Ich weiß nicht wieso, aber dem einen oder anderen hängt es bei dem ganzen heiligen Bimbam im Oberstübchen gehörig aus, so, als gäbe es nach Heiligabend gar nichts mehr. Und übrigens: Der schmelzende Schnee auf Ihrem dunklen Haar steht Ihnen.«

Barrazza war es gewohnt, angebaggert zu werden, aber im Beisein einer Leiche und erst noch der eines Pfarrers empfand sie Eggenschwilers Kommentar erst recht als unpassend.

»Was ist passiert?«, fragte sie.

»Riechen Sie den Geruch nach bitteren Mandeln denn nicht?«

»Oh doch. Zyankali?«

Eggenschwiler nickte. »Auf der Sünderseite des Beichtstuhles musste er das Gift geschluckt haben und ist dann tot zwischen Bank und Wand gefallen. Er hätte es definitiv bequemer haben können.«

Der Forensiker trat einen Schritt zurück, über ihnen hing einer der massiven Leuchter, die auf drei Meter Höhe an den Seiten der Kirche brannten.

Barrazza sagte: »Ich nehme an, das hat Symbolkraft, dass er auf der Sünderseite liegt.« Ihr pechschwarzes Haar glänzte nass. »Habt ihr Spuren von einer weiteren Person in dem Zusammenhang gefunden? Von einem Mann, groß und kräftig könnte er sein?«

»Frau Barrazza, das hier ist ein Gotteshaus, ein viel besuchter Ort. Hier wimmelt es nur so von Spuren. Wir müssen noch einige Fotos schießen, dann transportieren wir die Leiche ab. Wir melden uns. Aber ich würde trotzdem eine Mordakte eröffnen. Wer weiß, ob der wirklich freiwillig gegangen ist.«

Barrazza erhielt eine SMS, drehte dem Beichtstuhl den Rücken zu und verzog sich in eine stille Ecke der Kirche. Sie hatte zuvor die Autonummern der Zentrale durchgegeben und erhielt nun von dieser die Namen und Adressen, samt Telefonnummern der Halter.

Es handelte sich bei den Fahrzeugen ausnahmslos um Kleinwagen. Sie waren allesamt auf Frauen im Alter über fünfzig zugelassen.

Erst bei der dritten angewählten Nummer hob jemand ab und erklärte, dass sie gestern ganz in der Nähe der Kirche einen Vortrag zum Thema Vorsorge im Alter besucht hätte. Des Sturmes wegen hätte sie den erstbesten freigeschaufelten Parkplatz genommen.

Die vierte Telefonnummer gehörte einer Hildegard Mutzner. Auf dem Festnetzanschluss hob ihr Mann ab. Barrazza spürte eine gewisse Unruhe in dessen Stimme, nachdem sie sich vorgestellt und erklärt hatte, dass sie im mysteriösen Todesfall des Pfarrers Schelm ermittelte. Sie fragte ihn direkt, warum er gestern Abend in der Kirche gewesen sei. Sie tat dabei so, als wäre dies eine ihr bekannte Tatsache. Sie erhielt nicht sogleich eine Antwort – aber ein in ihren Ohren bejahendes Schweigen. Mit gesenkter Stimme bat Herr Mutzner auf den Posten kommen zu dürfen.

Barrazza verzichtete daher auf weitere Fragen und vereinbarte sofort ein Treffen im nahen Hansahof, in dem die Fahndung der Kriminalpolizei Graubünden untergebracht war.

Zwanzig Minuten später erschien Peter Mutzner um kurz vor achtzehn Uhr in ihrem Büro. Er war überraschend stattlich, hatte die Hände eines Bürolisten, wie ihr schien. Mittlerweile hatte sie sich in der Datenbank informiert: Er arbeitete als Revisor beim Kanton Graubünden, in der Steuerverwaltung.

Er drehte nervös seinen nassen Hut in den Händen, den Mantel wollte er erst gar nicht ablegen.

Barrazza, die ihm im überwärmten Büro in einem sportlich geschnittenen Damenhemd und mit umgeschnalltem Waffenhalfter gegenübersaß, klärte ihn etwas detaillierter über die Umstände der Befragung auf, sagte aber nicht mehr, als dass sie den Pfarrer tot im Beichtstuhl aufgefunden hätten.

Mutzner schien dies nicht zu erstaunen, und er gab unvermittelt zu: »Ich bin schuld, dass der Pfarrer tot ist.« Er senkte den Kopf. Sein dichtes Haar war etwas durcheinander. Als hätte er es bemerkt, fuhr er sich mit einer Handbewegung über den Kopf.

»Bitte erklären Sie mir das. Haben Sie ihn umgebracht?«

»Ich fürchte schon. Aber ich muss etwas ausholen, denn alles begann bereits im Sommer ...«

Es war Ende Juli, die Kirche lag in den weichen goldenen Strahlen der Abendsonne, die sich durch eine der letzten Lücken der aufziehenden Gewitterfront schoben. Der Kirchturm warf seinen Schatten einem Mahnfinger gleich über den kleinen Vorgarten des Pfarrhauses hinweg auf die Parkplätze, als Peter Mutzner aus seinem Wagen stieg.

Die drückend schwüle Luft ließ sein frisch gewaschenes Hemd, das er vor einer halben Stunde erst angezogen hatte, am Körper kleben. Der Duft von Kölnischwasser umhüllte ihn. Sein dichtes, an den Schläfen grau meliertes Haar trug er sorgsam nach hinten und zur Seite gekämmt. Seine Rasur war tadellos, die Fingernägel sorgsam zurückgeschnitten.

Die Hitze der letzten zwei Wochen hatte auch an den Abenden und in den Nächten nicht nachgelassen. Die wenigen im Blau schwebenden Schönwetterwolken hatten sich aufgelöst, bevor auch nur die Hoffnung auf ein kühlendes Gewitter aufzukeimen vermocht hatte.

Nicht so heute.

Heute türmten sich seit dem frühen Nachmittag Wolkenberge vom Bündner Oberland her auf, schossen wie Pilze riesenhaft in den Himmel und schoben sich Bergmassiven gleich ineinander. Eine gespenstische Ruhe lag über dem Churer Rheintal; noch mochte sich kein Windhauch regen. Nur leise war weit weg ein mattes Grollen zu hören. Weit im Süden, vielleicht im Engadin oder im nahen Österreich, tobte das Gewitter bereits und rollte nun heran.

Mutzners Blick richtete sich hilfesuchend nach oben. Nicht zu Gott, wie vor der Kirche vielleicht zu vermuten wäre, sondern zum Himmel, denn er konnte dessen noch nicht entfesselte Kraft förmlich spüren. Die Spannung, das Vorspiel der Natur, das hoffentlich in einem gehörigen Gewitterregen und der damit einhergehenden Abkühlung seinen Höhepunkt finden würde, war fast mit Händen greifbar.

Heute würde sich Entscheidendes für ihn ändern. Es

war ein alles andere als angenehmer Gang, den er vor sich wusste, doch er konnte so nicht länger Sonntag für Sonntag den Gottesdienst besuchen. Nicht mit dieser Last, dieser Sünde auf seinen Schultern, die er mit sich herumschleppte, als wäre er ein altes, überladenes Maultier. Diese Last würde er heute – wie Pfarrer Schelm es gestern gepredigt hatte – ans Kreuz werfen. Die Worte »ans Kreuz werfen« waren so inbrünstig laut aus dem Pfarrer hervorgebrochen, dass einige Kirchgänger aus ihrem Dämmerdasein hochschraken und sich sogleich bekreuzigten, als säße der Gehörnte in der Bankreihe direkt hinter ihnen.

Ja, alle Schuld könne ans Kreuz geworfen werden, hatte Pfarrer Schelm eindringlich wiederholt, dabei die Augenbrauen hochgezogen und den Blick über seine Schäfchen schweifen lassen, die schon lange keine Herde mehr ergaben. Die meist betagten Kirchgänger, die nach der Predigt jeweils still auf dem Friedhof hinter der Kirche vor den Grabsteinen innehielten, saßen teilnahmslos auf den unbequemen Holzbänken. In ihren faltigen Händen, die aussahen, als wäre die ledrige Haut unsorgfältig über die spröden Knochen gespannt worden, lagen die alten Gesangbücher, die ihren modrigen Geruch der Jahrzehnte verströmten.

Gestern in der Sonntagspredigt hatte Peter Mutzner das Gefühl gehabt, dass Pfarrer Schelm genau ihn gemeint hatte mit seinem »ans Kreuz werfen« und mit dem Versprechen, dass es egal sei, mit welcher Sünde Last man zu Kreuze krieche. Der allmächtige Herr im Himmel würde in seiner unendlichen Güte die Hand einem jeden zustrecken.

Mutzner war überzeugt, dass die Sünde, die er sich aufgeladen hatte, schwer wog und sie ihm niemand auf der Welt zugetraut hätte. Er war schließlich der »Füdlibürger« schlechthin – gewesen.

Am späten Abend nach der Predigt, hatte er sich zu Hause im Bett hin und her gewälzt. Der ersehnte Schlaf tanzte wie eine Feder im Wind vor ihm auf und ab, aber war einfach nicht zu erhaschen. Der mahnende Blick des Pfarrers durchdrang seine geschlossenen Lider, gleichsam ertönte seine Stimme so laut wie aus tausend Mündern – »Ans Kreuz werfen!« –, dass Mutzner hochschreckte. Sein Gesicht glänzte vor Schweiß und die elende Hitze machte alles auch nicht besser.

Seine Frau Hildegard, die in der Pfarrei die gute Seele war und bei jedem Anlass als Freiwillige mithalf, brachte ihm ein Glas Wasser. Sie war wirklich eine liebe und herzliche Frau und so beständig wie ein Kirchengesangsbuch. Ihre grauen Haare, die sie tagsüber immer hochgesteckt trug, fielen offen über ihre schmalen Schultern, als sie gegen Mitternacht am ehelichen Bett stand und ihrem Mann das Glas hinstreckte.

»Aber Peter, was zum Kuckuck träumst denn du bloß für Sachen?«, fragte sie ihn fürsorglich. Er hatte, als sie ihn nach dem Traum gefragt hatte, gelogen und gesagt, dass er von einer riesigen Walze aus Stein geträumt hätte, die jeden Steuerbeamten wie ein Blatt so dünn zusammendrückte. Er sei bereits mit einem Fuß daruntergekommen, bevor er endlich hochschreckte.

Nach ein paar Schlucken war Peter klar: Er musste endlich handeln und zum Pfarrer gehen. Gleich am nächsten Tag wollte er diesem sein Verbrechen offenbaren, die Schuld damit ein für alle Mal ans Kreuz werfen. Er war ein Sünder vor dem Herrn geworden. Und was für einer. Herrgott Sakrament. Noch immer konnte er es nicht fassen. Er wollte sich endlich davon befreien, um vom überladenen Maultier zu dem Mann zu werden, der er nie war.

Irgendwann erhaschte er dann doch noch ein paar Stunden Schlaf, aber die wirrsten Träume plagten ihn die ganze Nacht.

Das helle, warme Sonnenlicht des nächsten Tages vermochte die Geister der Nacht und die seines Verbrechens nicht zu verscheuchen. So war es beschlossen: Er musste zur Beichte. Doch wie er vor der Kirche stand, an jenem schwülen Julitag, an dem sich ein Gewitter über ihm zusammenbraute, packte ihn die Angst, und er schlug den alten Weg der Verdrängung ein. Seine Sünde, so fürchtete er, war unverzeihlich, ließe sich nicht wegbeichten.

Tag für Tag und Woche für Woche verstrich, ohne dass Mutzner zur Beichte ging, und der Herbst kam, während er im Zwiespalt seiner Gefühle einem Seiltänzer gleich die Tage durchlebte und die Nächte durchlitt. Sonntag für Sonntag saß er mit Hildegart im Gottesdienst und roch ihr Haarspray, von dem sie seiner Meinung nach viel zu viel aufsprühte. Tag für Tag geißelte er sich und konnte dennoch nichts ändern, bis die Adventszeit anbrach. In dieser Vorweihnachtszeit sprach Pfarrer Schelm vom Wunder, dass Jesus als Menschenkind geboren wurde, eben damit Sünder zu Kreuze kriechen könnten. Und wieder hatte er ihn in den lichten Reihen angestarrt – als wüsste er es!

»Kommen Sie zur Sache!« Barrazza unterbrach Herrn Mutzners langatmige Erzählung, da sie noch nicht erkennen konnte, was das Ganze mit dem Tod des Pfarrers zu tun hatte.

»Schon gut. Ich mach's ja kurz. Aber es ist eben wichtig, dass Sie die Hintergründe ausreichend kennen, um den Tod richtig zu verstehen. Also, vor zwei Tagen kämpfte ich mich mit dem kleinen Toyota meiner Frau durch den Schnee und stand dann lange im Garten des Pfarrhauses, vor dem Eingang. Doch ich brachte den Mut nicht auf, dem Pfarrer mein Verbrechen zu beichten. Ich hörte den Kindern zu, wie sie sangen. Es klang so friedlich, so ehrlich und rein. Ich brachte es einfach nicht über mich und ging wieder nach Hause.«

»Um es am nächsten Tag, also gestern, wieder zu versuchen ...?«

»Ja, und das trotz des Sturmes, der wütete.« Er atmete laut aus. »Gestern trat ich dann tatsächlich ein, nachdem der letzte Bub verschwunden war. Die Kirchentür war schwer, sehr schwer ...«

»Wollen Sie ein Buch schreiben? Sie versprachen, dass Sie es kurz machen wollten. Also?«

»Entschuldigen Sie vielmals, das ist nicht so einfach für mich. Also, im Innern wartete Pfarrer Schelm bereits in seinem Talar. Er stand erst mit dem Rücken zu mir und erschrak dann fürchterlich, als er mich sah. Doch dann begrüßte er mich freundlich mit den Worten: ›Es ist Zeit, dass Sie endlich den Weg hergefunden haben.‹«

»Sie glauben, er wusste Bescheid?«

»Ich komme gleich dazu, denn es wird noch schlimmer. Viel schlimmer!«

Barrazza schenkte Mutzner ein Glas Wasser ein, das dieser in einem Zug leerte. Dann fuhr er fort: »Mein Herz klopfte so stark, dass ich glaubte, der Herr Pfarrer könnte es hören oder gar das Pochen spüren, als ich mich im Beichtstuhl im schummrigen Licht hinkniete und durchs vergitterte Fensterchen in sein Gesicht blickte. Aber vielleicht war es nur der Schneesturm, der übers Churer Rheintal fegte und den Beichtstuhl leicht vibrieren ließ.«

»Und was passierte dann?« Barrazza wurde langsam ungeduldig.

»›Vater unser im Himmel …‹, murmelte Pfarrer Schelm das Gebet, bevor er durch das Gitter des Beichtstuhls zu mir blickte. Nur schemenhaft konnte ich ihn erkennen. Dann sagte er freundlich zu mir: ›Seien sie unbesorgt, Herr Mutzner, der Herr im Himmel hat für alle ein offenes Ohr und noch ein viel größeres Herz. Was drückt derart auf Ihre Seele?‹«

»Und was haben Sie ihm geantwortet?« Herrgott noch mal, kam der Typ nie auf den Punkt.

»Ich wollte es ja wirklich. Doch in diesem Moment, vor dem ich solche Angstträume gehabt habe, brachte ich keinen Ton heraus.«

»Also, haben Sie ihm nun Ihr Verbrechen gebeichtet und worum ging es überhaupt?« In Barrazzas dunklen Augen blitzte Ungeduld.

»Ja, ich wollte es, und ich hab's getan. Plötzlich sah ich den schönen Adventskranz mit den brennenden Kerzen – ein Bild des Friedens. Und ich sah das alte Maultier, wie es sich mit einem großen, riesengroßen, viel zu schweren Sack einen schmalen Bergpfad hochzuwinden versuchte, daneben die tiefe Schlucht, in die immer wieder Steine hinunterstürzten, ohne dass der Aufprall tief unten zu sehen oder zu hören gewesen wäre. Und wieder war da dieses Grollen des Sturmes zu hören.«

»So, jetzt reicht's mir! Sie hören sich an wie einer dieser TV-Verkäufer, die ständig herumpalavern und dennoch keine Silbe aussagen. Ich will jetzt endlich wissen, verstanden?«

Nun senkte Peter Mutzner den Blick und fing an zu weinen. Barrazza wusste, dass sie es langsamer angehen sollte.

Sie stand auf und holte Mutzner nochmals ein Glas Wasser, ehe sie sich wieder setzte. »Also, dann wollen wir es nochmals versuchen, Herr Mutzner. Erzählen Sie es mir halt so, wie es Ihnen möglich ist, aber denken Sie daran, morgen ist Weihnachten, dann will ich wieder zu Hause sein.« Ihre Stimme klag versöhnlich.

Mutzner schien sich zu fangen, und nach mehrmaligem Räuspern sprach er weiter: »Ich sagte zum Pfarrer: ›Danke. Ich schäme mich zutiefst und es ist mir außerordentlich peinlich, Ihnen dies zu sagen.‹ Dann machte ich eine lange Pause, etwa so lang wie damals, als ich als Kind allen Mut sammeln musste, um vom Fünfmeterturm im Hallenbad Chur zu springen. Am Schwimmbeckenrand standen alle meine Schulkameraden und der Lehrer und die schöne Corina, die in der Schule zwei Bankreihen vor mir saß. Und dann riefen sie alle im Chor: ›Springen! Springen!‹ Ich hatte das Gefühl, dass alsbald alle im Hallenbad aus einem Munde riefen, ja die ganze Stadt, das Land, die Welt – bis ich endlich sprang.« Mutzner trank diesmal nur das halbe Glas leer. »Zeitgleich mit einer weiteren Sturmböe, die wie ein schwerer Felsbrocken über die Kirche hinwegrollte und diese erzittern ließ – brach es in einem Schwall aus Verzweiflung statt Mut förmlich aus mir heraus: ›Ich habe eine außereheliche Beziehung mit einer jüngeren Frau!‹»

»Das ist alles?« Barrazza verzog das Gesicht. Denn dann müsste die Hälfte der Männer am Sonntag zum Beichten und die andere Hälfte am Montag.

»Nein«, rief Herr Mutzner. »Ich hob den Blick und sah durch das Fensterchen ins Gesicht des Pfarrers. Dieser schwieg, doch die Milde, die in seinen Gesichtszügen im fahlen Licht zu erahnen war, beruhigte mich – vorerst. Dann fragte er mich:

›Haben Sie es schon beendet – ich meine, diese Beziehung?‹

›Nein, noch nicht – es kommt eben noch schlimmer!‹, antwortete ich ihm, und er fragte:

›Schlimmer?‹

›Ja, schlimmer!‹

›Wie schlimmer?‹

›Sie ist schwanger!‹

›Oha!‹, sagte er und dann einen Moment nichts mehr.«

Barrazza verschränkte ihre Arme. »Und das war's?«

»Nein, wo denken Sie hin. Das war nur ein Bruchteil dessen, was ich getan hatte, und ich glaubte, die Wände der Kabine aus dunklem, schweren Holz kämen langsam auf mich zu. Auf einmal war mir heiß, der Schweiß rann mir nur so über den Rücken, die Brust, und auf der Stirn bildeten sich sogar Tropfen. Am liebsten wäre ich hinausgerannt, doch ich stammelte: ›Es kommt sogar noch schlimmer, Herr Pfarrer!‹

›Noch schlimmer? Sind es Zwillinge?‹

›Nein, nicht so schlimmer – anders schlimmer!‹

Gerade als ich es sagen wollte, grollte der Himmel und ließ uns in der aufgeladenen Spannung der unausgesprochenen Worte zusammenfahren. Es schien mir, die Kirche bebte wahrhaftig, während der Pfarrer förmlich am vergitterten Fensterchen klebte, sodass ich glaubte, er bekommt bestimmt nächstens einen Herzinfarkt, als ich es rausstieß:

›Es ist so: Meine Geliebte ist … Ihre Haushälterin!‹

›Was?!‹, brach es sofort aus dem Pfarrer hervor, und sein Gesicht verschwand einen Moment im dunkleren Hintergrund des Beichtstuhls, ehe er sich wieder nach vorne beugte.

›Sandra Sommer … schwanger … Sexaffäre mit Ihnen? Was?‹, stammelte er ungläubig.« Mutzner trank sein Glas leer. »Der arme Herr Pfarrer war vollkommen aus dem Häuschen«, sagte er, nahm sein Handy hervor und zeigte Barrazza ein Foto der Haushälterin.

Die Polizistin war erstaunt. Hatte sie doch eine ältere Frau erwartet. Diese Sandra Sommer war zwar keine Augenweide, aber sie hatte was. Die junge Frau hatte symmetrische Gesichtszüge und glänzendes schulterlanges blondes Haar. »Wie ist es dazu gekommen, ich meine, Sie und diese Frau Sommer?«, wollte sie von Mutzner wissen.

Dieser dachte nach: Es hatte fast ein Jahr gedauert, bis Sandra sein Vertrauen gewonnen hatte, aber dann war es um ihn geschehen. Sie schliefen zum ersten Mal zusammen und es war einfach unglaublich. Etwas in ihm wurde dabei geweckt, denn ihr Verhältnis wurde in den folgenden Monaten immer inniger, und Peter hatte Muskelkater, wie er ihn seit Jahrzenten – seit dem Jugendturnverein – nicht mehr gehabt hatte. Sandra war ein Gedicht. Ihre kecke Art, wie sie ihn anschaute, wie er mit zitternden Händen ihre Bluse aufknöpfte. Und er wollte immer mehr von den wunderbaren Momenten, von dem zitternd heißen Körper, und er blühte auf. Sandra eröffnete ihm eine neue Welt der Sexualität. Sie tat Dinge mit ihm, die er nicht mal aussprechen konnte. Dinge, die wunderbar waren, sehr wunderbar. Alles war wunderbar, wäre da nicht seine liebe Frau Hildegard gewesen, derentwegen das schlechte Gewissen in ihm brannte.

Er liebte seine Frau auf eine ruhige Art. Viele Ehejahre lief alles geordnet, sie legte ihm sogar die Kleider bereit, bevor er zur Arbeit ging. Er versuchte, auch Hildegard etwas von dem Feuer, das Sandra in ihm entfacht hatte, zuteilwerden zu lassen, doch der Funke sprang nicht über. Hildegard klemmte sich gleich beim ersten Versuch einen Nerv ein, worauf sie beim Frühstück so schief am Tisch saß, als hätte sie einen Schlaganfall erlitten. Keiner durchbrach an jenem Morgen die Stille. Es blieb beim Blümchensex. Einmal im Monat oder war es eher alle zwei Monate? Peter wusste es nicht mehr.

Doch sein schlechtes Gewissen ließ ihn nie los. Sandra blieb aufregend, ja. Doch es war falsch. Er war verheiratet. Sie nicht. Sie hatte eine kleine Wohnung in Trimmis und fuhr meist mit dem E-Bike zur Arbeit ins Pfarrhaus, bei schlechtem Wetter nahm sie den Bus. Sie war gelernte Hauswirtschafterin, und es gab immer viel zu tun.

Mutzner traute sich nicht, Barrazza das alles zu erzählen und beantwortete ihre Frage mit: »Es ist halt so gekommen, und ich wollte es immer wieder beenden. Doch ich musste dem Pfarrer noch was Schlimmes beichten, obwohl dieser schon richtig geschockt zu sein schien.«

»Okay. Und zwar?«, hakte Barrazza nach.

»›Das ist noch nicht das Ende der Geschichte, Herr Pfarrer!‹, sagte ich ihm.

›Noch mehr?‹, fragte er nach.

›Ja, noch mehr. Leider!‹

›Sie betrügt mich!‹

›Sie betrügt Sie?‹

›Sandra, meine ich!‹

Der Pfarrer schluckte: ›Wie kommen Sie darauf?‹

›Ich bin nicht zeugungsfähig!‹

Der Schneesturm trommelte wie wütende Fäuste weiter aufs Dach. Man konnte hören, wie der aufbrausende Wind ihn weiter in Sturmböen übers Dach und an die Fassade wehte, als wollte er mich aus dem Gotteshaus treiben. Der Pfarrer brachte kein Wort mehr heraus, also sagte ich ihm:

›Ja, sie bekommt ein Kind, aber nicht von mir! Hildegard und ich haben uns untersuchen lassen, damals, als wir keine Kinder bekamen. Ich bin nicht zeugungsfähig. Wenn das Kind nicht von mir ist, so muss noch ein anderer Mann im Spiel sein.‹«

Mutzner wandte sich nun an die Ermittlerin: »Wissen Sie, Frau Barrazza. Mir tat das aufrichtig leid. Der Herr Pfarrer musste denken, seine Haushälterin sei eine Hure, denn es bildeten sich Schweißperlen auf dessen Stirn.«

»Und wie hat er reagiert?«

»Erst saß er nur bewegungslos da.

›Herr Pfarrer?‹, sprach ich ihn an. ›Herr Pfarrer? Es tut mir leid ...‹

Dann erst stammelte dieser: ›Die Schuld sei von Ihnen genommen. Gehe hin in Frieden. Amen!‹

Ich war irritiert. Dachte, ich bekäme erst noch tausend Rosenkränze auferlegt, und zwängte mich aus dem Beichtstuhl.«

»Das war's?« Barrazzas Ungeduld hatte sich gelegt.

»Das war's«, gab Mutzner trocken zur Antwort und verschwieg, dass er in einer halben Stunde mit Sandra verabredet war. Doch diesmal würde sie vergeblich auf ihn warten. Er wollte nun nach Hause gehen, sich mit Hildegard vor den Kamin setzen, einen Tee trinken und hören, was der Tag ihr so gebracht hatte.

»Und Sie glauben jetzt tatsächlich, dass Ihre Beichte den Pfarrer zum Selbstmord getrieben hat?«

»Sie hätten ihn sehen sollen, wie der geschaut hat, als hätte ich damit das Fegefeuer direkt unter seinem Allerwertesten entzündet!«

Barrazza bezweifelte dies stark. Das alleine konnte nicht der Grund für einen Selbstmord sein. Ihr schien es nach wie vor viel wahrscheinlicher, dass der Geistliche ein Mordopfer geworden war. Aber wieso und durch wen?

»Na gut, unterzeichnen Sie noch das Protokoll, dann können Sie gehen. Wir melden uns.«

Nachdem Peter Mutzner verschwunden war, setzte sie sich in den Dienstwagen und fuhr zur Adresse dieser Sandra Sommer.

Um neunzehn Uhr erreichte die Ermittlerin trotz Schnee und verstopfter Straßen das Mehrfamilienhaus in Trimmis, ein kleines Dorf nur ein paar Kilometer nördlich von Chur.

Sandra Sommer war wie auf dem Foto tatsächlich alles andere als eine alte trockene Haushälterin. Die Tür wurde von einer ausstrahlungsstarken Blondine geöffnet, deren Frisur aus den Sechzigern zu stammen schien.

»Tot? Im Ernst?« Sommer setzte sich an den gläsernen Vierertisch, auf dem zwei Gedecke standen.

»Sie erwarten einen Gast?«, fragte Barrazza.

Sommer winkte ab. »Eine Freundin, aber der Schnee … Sie hat kurzfristig abgesagt.«

»Haben Sie eine Ahnung, was mit dem Pfarrer geschehen sein könnte? Benahm er sich in letzter Zeit ungewöhnlich?« Barrazza ließ die Katze noch nicht aus dem Sack.

»Sie glauben also, dass es Selbstmord war?«

»Im Moment schließen wir nichts aus.«

Sommer schüttelte den Kopf. »Nein, mir ist nichts Ungewöhnliches aufgefallen.«

Barrazza war sich sicher, dass die Frau nicht die ganze Wahrheit erzählte. »Wir wissen von der Affäre. Von Ihrer Affäre mit Mutzner!«

»Wer behauptet so was?«

»Herr Mutzner. Er hat es zugegeben.«

Sommers starre Körperhaltung wurde weich. Für Barrazza das Zeichen, dass sie den inneren Widerstand aufgegeben hatte. »Lassen Sie die Wahrheit raus, denn früher als später erfahren wir sie sowieso.«

»Ich glaube, dass er sich wegen mir das Leben genommen hat.« Ihre Stimme tönte kraftlos.

»Und wieso das?«

»Es ist kompliziert, verzwickt, doch ich sage es Ihnen. Es passierte alles erst heute Morgen …«

Als Sandra Sommer am Morgen des 23. Dezembers um Punkt acht im Pfarrhaus erschien, lag der Schnee kniehoch. Ihr Arbeitsweg war ein kleines Abenteuer gewesen, und gestern war sie des Schneesturms wegen sogar zu Hause geblieben.

Pfarrer Schelm fand sie an seinem Arbeitstisch vor. Die durchwachte Nacht stand in seinem Gesicht, das gestern von Peter Mutzner Gehörte zeigte sich in seiner geduckten Körperhaltung.

Das »Guten Morgen« von Sommer blieb unbeantwortet.

»Du schläfst also mit diesem Peter Mutzner?«, kam stattdessen die Frage, die eigentlich eine Feststellung war, in bissigem Tonfall.

»Hat er es dir also gesagt?« Sommer trat zum Schreibtisch. Ihren Pullover zierte ein Rentiermotiv.

»Ja, hat er. Und noch mehr: Du bist schwanger?«

»So? Hat er das also auch noch verraten?«

»Ich fühl mich hintergangen, Sandra!«

»So fühlst du dich?«

»Ja, du betrügst mich, ich glaubte, ich sei der Einzige, und du hast mir versprochen, dich um die Verhütung zu kümmern. Genügte ich dir denn nicht? Das Kind muss übrigens von mir sein, da Mutzner keine Kinder zeugen kann. Ich werde also Vater, oder hast du das Kind mittlerweile weggemacht?«

»Nein, das habe ich nicht!«

»Oh mein Gott, wenn das die Gemeinde erfährt. Diese Schmach! Ich kann mich nirgends mehr zeigen. Ein Bastard, und ausgerechnet meiner.« Schelm stand auf und schritt nervös im Arbeitszimmer auf und ab.

»Das ist ja noch nicht mal die ganze Schmach, die du erdulden musst!«

»Was meinst du?«

»Ich weiß, dass du ein Verhältnis mit Hildegard, Peters Frau hast. Die ehrenwerte Dame, die ja so gerne freiwillige Arbeit für dich erledigt, hast du beglückt. Und lüg nicht, du weißt ja am besten, wie breit der Weg in die Hölle für Lügner geebnet wurde.«

»Wieso glaubst du das zu wissen?«

»Ich hatte da so eine Ahnung, deshalb habe ich eine kleine Kamera in deinem Empfangszimmer installiert. Zugegeben, ihr beide geht ja richtig ran. Hätte ich der scheinheiligen Schrulle nicht zugetraut. Tolle Bilder … O du Fröhliche, kann ich dazu nur sagen.«

Pfarrer Schelm bekreuzigte sich.

Sommer richtete ihren Blick zu Barrazza. »… und dann bin ich gegangen.«

»Das heißt, er wusste, dass sein Ruf ein für alle Mal ruiniert sein würde: ein Kind aus der Affäre mit seiner Haushälterin, dazu eine weitere Liaison mit der treuen Kirchhelferin … Na, da kommt ja einiges zusammen.«

»Ich hab's wohl ein bisschen übertrieben.«

»Wie das?«

»Ich bin gar nicht schwanger. Die Wut hat mich zur Lüge getrieben, als ich hörte, dass der Pfarrer sich mit dieser vertrockneten Pflaume abgibt. Ich wollte alles beenden – mit einem Knall.«

»Was Ihnen wahrhaftig gelungen ist«, stellte Barrazza trocken fest.

»Wie hätte ich denn ahnen können, dass der gleich so durchdreht? Ich wusste ja, dass er Kinder nicht mag. Ich hätte ihm die Wahrheit in ein paar Tagen sagen wollen, doch nun ist es dafür zu spät.«

»Sagen Sie, haben Sie eine Ahnung wie er an das Zyankali gekommen ist?«

»Das weiß ich per Zufall. Er hat es vor mindestens einem Jahr von einem Mann erhalten, der sich damit umbringen wollte in der Seelsorge, aber davon abgekommen ist. Als Zeichen seiner Genesung hat er das Gift darauf dem Pfarrer übergeben. Wer hätte auch ahnen können, dass dieser es eines Tages selbst schlucken würde.«

Mit den Worten »Halten Sie sich bitte in den nächsten Tagen zu unserer Verfügung« verließ die Ermittlerin das Wohnzimmer und fuhr durch das Schneetreiben zurück in die Stadt.

An der Tankstelle Masans an der Stadtgrenze hielt Barrazza um Viertel vor acht und kaufte einen Sack Weihnachtsschokolade: in goldene und blaue Alufolie eingepackte Tannenzapfen, Weihnachtsmänner und Schokotaler.

Vielleicht war es die Weihnachtszeit, die sie dazu trieb, an die Adresse des Jungen zu fahren, um ihn mit der Lösung des Falls zu beruhigen und ihm die Schokolade zu schenken, die der Pfarrer ihm tags zuvor vorenthalten hatte. Doch an der von ihm angegebenen Adresse fand sie dessen Nachnamen, Bernett, auf keiner der Klingelschilder neben der Tür des heruntergekommenen Wohnblocks. Sie klingelte bei einer anderen Mitpartei und fragte nach der Familie.

»Die Bernetts? Da kommen Sie zu spät«, sagte eine dürre Schwarzhaarige mit schlechten Zähnen und einem Kleinkind auf dem Arm. »Die Mutter ist in der Klapse, wurde schon vor Wochen von der Polizei abgeholt und Gian haben sie ins Kinderheim gesteckt.«

»Was ist mit seinen Geschwistern und seinem Vater?«

»Der Vater ist schon lange von der Bildfläche verschwunden, und Geschwister hat er auch keine. Er wohnte alleine mit der Mutter, für die er sehr viel getan hat. War immer einkaufen, der liebe Kerl, auch wenn er ein seltsamer Junge war.«

»Wissen Sie, wohin Gian gebracht wurde?«

»Soweit ich weiß, lebt er im Kinderheim in Zizers. Manchmal schleicht er aber noch immer hier ums Haus. Die Wohnung ist ja noch nicht geräumt worden. Gestern war er auch wieder da. Der schlaue Kerl hat einen Schlüssel behalten. Er müsse dringend was aus der Wohnung holen, hat er mir gesagt, er war in Eile, musste in die Kirche, war wohl spät dran.«

»Wissen Sie, was er gesucht hat?«

»Ich glaube, den Schal seiner Mutter, den trug sie immer, wenn's kalt war, den hatte er sich gestern Abend umgelegt, als er ging. So ist das Leben. Sonst noch was?« Im Innern der Wohnung ertönte Kindergeschrei, die Frau drehte sich um und rief in die Wohnung: »Sven, stell sofort den Fernseher leiser und lass deine kleine Schwester in Ruhe, sonst brate ich dir gleich zünftig eins über den Grind!« Sie wandte sich wieder Barrazza zu. »Ich könnte sie manchmal an die Wand werfen, das Saupack. Man kann die Bälger keine Minute alleine lassen, ohne dass sie was anstellen ... Marcel!«, schrie sie nochmals in die Wohnung, »Schau auf die Kleinen.«

Ein etwa Siebzehnjähriger kam aus der Wohnung angeschlurft. »Kann man nicht mal in Ruhe eine Folge *Fringe* schauen?«, murrte er und ging ins Wohnzimmer.

Barrazza setzte sich ans Steuer und fuhr kurze Zeit später auf der verschneiten A13 nach Zizers, das sie der schlechten Straßenverhältnisse wegen erst gegen halb neun erreichte.

An der Kantonsstrasse parkte sie den Wagen und klingelte beim Heimleiter, der sie zu einem der Gruppenhäuser führte. Eine Erzieherin rief nach Gian.

»Haben Sie sich also doch Sorgen um mich gemacht?«, fragte er mit seinen frechen, hübschen Augen mit den langen Wimpern.

»Vor allem wollte ich mich bei dir bedanken, denn dank deiner Aussage und deiner guten Beobachtungsgabe haben wir den Fall gelöst. Du brauchst dir also keine Sorgen mehr zu machen. Hier, für dich. Frohe Weihnachten.« Barrazza streckte ihm die Süßigkeiten entgegen, »Du hast es mehr als verdient.«

»Danke schön.« Gians Augen leuchteten. »Und fröhliche Weihnachten auch Ihnen«, wünschte er.

Auf einmal kam der Junge Barrazza so verloren vor, sie fühlte dessen Einsamkeit, obwohl es ihm in dem Heim bestimmt den Umständen entsprechend gut ging.

»Sag, willst du uns irgendwann mal in unserer Dienststelle besuchen kommen? Wir haben sogar einen Polizeihund.«

»Das wäre ja voll cool!« Gian freute sich sichtlich.

»Also dann, fröhliche Weihnachten, lieber Gian. Wir freuen uns auf dich.«

Sie nahm ein Cap der Kantonspolizei aus ihrer Tasche und setze es dem Buben auf. »Also, bis dann, und bleib so, wie du bist, denn clevere Buben können alles schaffen.«

Christof Gasser

Keine Weihnacht für Santa Klaus

Prolog – Heiligabend

Um sie herum war alles dunkel, kalt, tot. Sie fühlte keinen Schmerz bis auf einen wachsenden Druck in ihrem Unterleib. In und um sich hörte sie … nichts als Stille. Das Einzige, was sich in ihr regte, ihr das Gefühl gab, am Leben zu sein, waren ihre Gedanken. Bilder, die ihr Gehirn produzierte im Versuch, den Weg ihres bisherigen Daseins wiederherzustellen. Sie waren bizarr. Die liebevoll lächelnde Mutter, die sie an ihrem ersten Schultag dorthinbegleitete, wo sie die meisten Tage ihrer folgenden sechs Lebensjahre verbrachte, ein grauer Betonbau mit bunten Fenstern im Erdgeschoss. Die aufmunternden Worte der Lehrerin, die ihr zur Begrüßung die Hand reichte.

Ein metallisches Knarzen und ein Ruck holten sie zurück in die Gegenwart. Sie hielt den Atem an. Der waldige Berghang, dem die schmale, kurvige Gebirgsstraße folgte, war steil. Weiter hinab ging er in einen Felssturz über, der direkt in das Tobel abfiel. Weshalb lag sie nicht schon dort unten? Was hatte den Sturz in den Abgrund aufgehalten?

Die Bilderfolge riss nicht ab, wie in einem Film, die weiß angehauchte Landschaft im Tal, deren winterlicher

Mantel kurz nach den ersten steilen Haarnadelkurven dicker und dichter wurde. Die vereiste, von verwehtem Schnee bedeckte Straße, die sie gezwungen hatte, die Geschwindigkeit zu drosseln. Der abschätzige Blick des Garagisten, der ihr die Winterreifen in Überstunden gegen das Versprechen aufgezogen hatte, nach den Festtagen mit ihm ein Glas trinken zu gehen. Ihr war nichts anderes übrig geblieben. Sie hatte zu lange mit dem Reifenwechsel gewartet. Ihr war zu spät eingefallen, dass das Chalet ihrer Eltern, mit denen sie die Festtage verbringen sollte, oberhalb der Waldgrenze lag.

Der dumpfe Druck in ihrem Unterleib wurde stärker. Bald würde der Schmerz einsetzen. Die Dunkelheit vor ihren Augen veränderte ihre Form, unterschiedliche Schemen von Schwarz bis zu einem lichten Grau. Sie realisierte erst jetzt, dass sie die Augen geschlossen hatte. Sie öffnete sie.

Der hellgraue Fleck entpuppte sich als der erschlaffte Airbag. Die Windschutzscheibe war heil geblieben. Der Wagen war seitlich aufgeprallt. Dafür fühlte sich ihre linke Seite kalt an. Das Seitenfenster war zerborsten. Ein eisiger Hauch streifte ihre Wange. Das Auto lag quer zum Hang. Sie versuchte, ihr Gewicht zu verlagern, doch ein metallisches Krachen und ein raspelndes Geräusch ließ sie sofort innehalten. Der Wagen kam ins Rutschen. Wie dünn war der seidene Faden, an dem ihr Leben hing?

»Viel mehr als Lametta kann es nicht sein.«

Ihre Worte verhallten im Fond. Hatte sie gerade laut mit sich selbst gesprochen?

Der Baum.

Vor ihrem geistigen Auge raste er auf sie zu. Auf dem

schnurgeraden Straßenabschnitt war sie aufs Gaspedal getreten. Die Sicht in der eiskalten Nacht war kristallklar. Sie hatte den quer auf der Straße liegenden Stamm dennoch zu spät gesehen.

Ihr wurde schwindlig. Sie schloss die Augen wieder. Die Schleuderbewegung, der Ruck, als das Auto über die Kante in die Tiefe kippte. Alles kam erneut hoch. Hatte sie geschrien oder nicht?

Sie hörte die Vibration, bevor sie sie spürte. Panik lähmte sie. Der Wagen, er würde in die Schlucht stürzen, unweigerlich. Nach endlosen Sekunden kam ihr das Handy in den Sinn. Wer rief sie an? Ihre Mutter? Sicher machte sie sich Sorgen – zu Recht.

Zaghaft tastete sie die Mittelkonsole ab, wo sie das Handy üblicherweise hinlegte. Sie fand es nicht. Der Aufprall muss es irgendwo in den Innenraum geschleudert haben. Ein klagender Laut entwich ihr. Hoffnungslosigkeit war ihr nicht fremd. Über die vergangenen Wochen war sie ihr eine treue Begleiterin gewesen. Im Grunde hatte sie nichts Besseres verdient als die verzweifelte Lage, in der sie jetzt steckte. War es ein Zeichen? Sollte sie Schluss machen, jetzt? Ein paar heftige Bewegungen genügten. Den Aufschlag im Tobel würde sie wohl nicht mehr mitbekommen. Auf dem Weg dahin würden die Bäume und der felsige Untergrund sie und das Auto zermalmen. Der Gedanke erweckte ihren Lebenswillen neu.

Der Schmerz durchfuhr sie wie ein Blitz. Sie umfasste mit beiden Händen ihren Unterleib.

Das Kleine!

»Du wirst leben, ich verspreche es«, murmelte sie.

Ein Schlag gegen die Seitenscheibe ließ sie erschrocken

aufschreien. Ihre Hände klammerten sich am Lenkrad fest, als könnte sie so den Wagen festhalten, ihn davon abbringen, in die Tiefe zu rutschen.

Doch es bewegte sich nichts.

Ein weiterer Stoß.

Ein Schnauben am Fenster auf der Beifahrerseite ließ sie herumfahren.

Sie schrie auf, als sie die Fratze sah. Sie hatte nie an den Teufel geglaubt, bis zu diesem Moment.

Große Schnauze, große Zähne und … lange Ohren?

Ein Esel?

Fehlte nur noch …

Der Eselskopf wurde weggestoßen.

Rote Kapuze mit weißem Pelzrand, langer weißer Bart, rote Backen.

Der Weihnachtsmann, wer sonst?

Er zerrte zwei-, dreimal an der Tür, bis sie nachgab. Dann beugte er sich zu ihr herein. Er hatte etwas in der Hand.

»Bitte«, sagte sie. »Helfen Sie mir, mein …«

Er legte einen Finger auf seine Lippen.

Seine Hand schnellte vor.

Sie spürte den Stich im Hals – und dann nichts mehr.

Hanna
Etliche Jahre später – Mittsommer

Kaum schlage ich die Augen auf, weiß ich nicht mehr, was mich geweckt hat. Ist es die schon hoch am Himmel stehende Sonne, die mir direkt auf den Kopf scheint? Ich bin so dermaßen zugeknallt und voll angekleidet aufs Bett geplumpst, dass ich vergessen hatte, die Vorhänge zuzuziehen. Fataler Fehler im Hochsommer, wenn man bis mindestens Mittag schlafen möchte und das Zimmer auf der Sonnenseite liegt.

Oder war es der Einstich der Spritze? Ich betaste die Stelle an meiner Halsbeuge, mal wieder. Es ist immer derselbe verfluchte Traum, vor allem dann, wenn ich mich komplett zugedröhnt habe, nur mit Alkohol, versteht sich. Seit dem Horrortrip nach der vorletzten Weihnachtsparty lasse ich die Finger von dem Mist, den sich meine Besties einschmeißen wie Smarties: Crack, Meth, »Special K« und all den Scheiß. Gestern habe ich mich nur mit Alk volllaufen lassen, ich schwöre. Trotzdem habe ich wieder von diesem Autounfall geträumt, dabei besitze ich nicht mal eine Karre. Dann noch dieser Santa mit dem Esel, echt krass. Wenn nur das Dröhnen in meinem Schädel endlich aufhören würde.

Von unten höre ich die Türklingel. Sie echot durchs ganze Haus. Der Ton durchdringt meinen Schädel wie die Spritze meinen Hals im Traum. Wann stellt Mom endlich das Ding mal leiser? Ich sollte wirklich bald mal ausziehen. In Monis WG in Zürich wird demnächst ein Zimmer frei. Wäre nice, nach den Vorlesungen mit ihr, Sam und Tinu abzuhängen, ohne auf den Fahrplan schielen zu müssen, damit man den letzten Zug nach Solothurn nicht verpasst.

Unten höre ich Stimmen. Mom diskutiert mit dem Besuch. Geht's auch leiser? Mein Retro-Wecker zeigt halb neun, mitten in der Nacht, Mann. Ich ziehe die Decke über den Kopf.

Es klopft an der Tür.

»Hanna, bist du wach?«

Echt jetzt?

Ich schließe die Augen.

Mom beherrscht die Kunst des leisen Türöffnens bis zur Perfektion. Ich höre sie nicht kommen und zucke zusammen, als sie mich antippt.

Ich sehe sie an, als hätte sie mich aufgefordert, endlich mein Zimmer aufzuräumen. Dass ich zwanzig bin und über mein eigenes Reich selbst bestimme, kümmert sie wenig. Meine Mom eben.

»Was ist?«

»Jemand will dich sprechen?«

Weshalb der komische Unterton? »Das ist ein Witz, oder? Kann ja wohl keiner von meiner Squad sein. Die liegen bestimmt alle noch im Koma.«

»Ich wünschte, es wäre so«, sagt Mom trocken. »Es ist jemand von der Polizei. Du musst mit auf den Posten. Sie wollen dir ein paar Fragen stellen.«

Karin

Mit den Aktenmappen unter dem Arm und einem Pappbecher Wasser in der Hand betrete ich den Besprechungsraum. Sie sieht mich erwartungsvoll an. Ich stelle den Becher vor ihr hin. »Guten Morgen, Frau Di Natale, Wachtmeister Jäggi von der Kriminalabteilung. Fühlen Sie sich wohl?«

Ihre Pupillen sind normal. Drogen hat sie keine intus.

Dennoch scheint sie nicht ganz bei sich zu sein, so als hätte sie gerade einen Interkontinentalflug hinter sich. Die Kollegen, die sie abgeholt haben, berichteten, dass ihre Mutter sie aus dem Bett holen musste. Hat wohl zu lange Party gemacht.

»Mir geht's gut, und Ihnen?«, antwortet sie schnippisch.

»Auch gut, danke«, sage ich neutral.

»Weshalb bin ich hier?«

»Ist es in Ordnung, wenn ich das Gespräch aufzeichne?« Ich stelle das Aufnahmegerät in die Mitte des Tisches.

»Brauche ich einen Anwalt?«

Sie scheint sich mit Krimis auszukennen. Ich lächle. »Sie sind hier als Zeugin. Dafür benötigen Sie keinen Rechtsbeistand, es sei denn, Sie bestehen darauf.«

Sie zuckt mit den Achseln.

»Sind Sie mit der Aufnahme einverstanden?«, wiederhole ich meine Frage von vorhin.

»Ja, okay.«

Ich schalte das Gerät ein. »Befragung Hanna Di Natale durch Jäggi, Karin, im Fall Santarossa, Klaus.«

»Was für ein Fall?«, fragt sie.

Ich nehme ein Foto aus der Dokumentenmappe und lege sie vor ihr auf den Tisch. »Kennen Sie diesen Mann?«

»Klaro, der Weihnachtsmann. Weiß jedes Kind.«

Ich muss unvermittelt schmunzeln. Dumme Fragen schreien nach dummen Antworten. Sie lag gar nicht so falsch. Rundes, freundliches Gesicht, wallender, weißgrauer Vollbart. Der Mann könnte glatt den Santa Claus in einem Disneyfilm oder einer Coca-Cola-Weihnachtswerbung machen.

»Was ist mit ihm?«, fragt Hanna. »Hat den etwa einer gekillt? Mitten im Sommer?«

»Wie kommen Sie darauf, dass er umgebracht wurde?«

»Weiß nicht, säße ich sonst hier?«

»Kennen Sie Klaus Santarossa?«, frage ich zurück.

»Nein«, kommt es wie aus der Pistole geschossen.

Ich schiebe das Foto näher zu ihr. »Das ist er. Schauen Sie es sich gut an. Sind Sie sicher, ihn nicht zu kennen?«

Hanna nimmt das Bild in die Hand und betrachtet es kurz, bevor sie es mir zuwirft wie eine Spielkarte. »Sage ich doch, nein.« Sie kling wie ein trotziger Teenager. Plötzlich fühle ich mich ihr gegenüber alt, dabei beträgt der Unterschied zwischen uns nur ein paar Jahre.

Ich halte das Foto hoch. »Sie sind Klaus Santarossa begegnet, gestern Nachmittag, nicht wahr?«

»Das wüsste ich.«

Sie scheint sich tatsächlich nicht zu erinnern.

»Denken Sie nach, Frau Di Natale.«

Sie hat schöne, ausdrucksvolle Augen. Ich hoffe für sie, dass sie sich nicht zu sehr mit Alkohol und Partys gehen lässt.

»Keine Ahnung, wovon sie reden. Ich habe den Typ nie gesehen. Ich …«

»Ja?«, frage ich.

Ihre Augen werden noch größer.

Die Erinnerung ist angesprungen.

Hanna

Ich schwimme im Muster schillernder Farben, die hinter meinen geschlossenen Lidern Reigen tanzen. Mittendrin ein leuchtender Ball, die Sonne, der ständig die Position ändert, sobald ich die Augäpfel bewege. Ich liebe das Spiel. Hier, mitten auf der Wiese am Badesee, bin ich für mich, in meiner Welt, sei es nur für ein paar Minuten. Die Zeit, die Tinu braucht, die Glacé-Cornets zu holen. Die Wärme, die Farben umschwärmen und hüllen mich ein. Die pralle Sonne macht mir nichts aus. Heute ist der Tag im Jahr, an dem sie am längsten am Himmel steht. Ab morgen werden die Tage kürzer, bis in sechs Monaten die kälteste und längste Nacht ihren schwarzen Mantel über uns ausbreitet, knapp vor Weihnachten, dem Fest der Liebe und der Familie. Der Gedanke löst Beklemmung in mir aus. Ich rolle die geschlossenen Augen, um die Farben schneller tanzen zu lassen. Es klappt, der Lichtball beginn sich zu drehen, während die bunten Kügelchen sich im Walzertakt bewegen. Schade, dass man so was nicht auf YouTube oder TikTok zeigen kann. Mit so was ließe sich vielleicht Kohle machen.

Die Beklemmung wäre bestimmt verschwunden, hätte sich nicht diese Wolke vor die Sonne geschoben. Ich blinzle in den Himmel.

Keine Wolke zu sehen, dafür ein Typ, der Schatten wirft. Runde Birne mit weißem Haarkranz und Wallebart. Ich öffne die Augen vollends. Rotes Kurzarmhemd mit weißen Rändern an Ärmelsaum und Knopfleiste?

Das ist jetzt nicht wahr. Der Grufti macht auf Weihnachtsmann in Sommeruniform, minus die Kapuze.

»Ja, bitte?«, sage ich. »Kann ich Ihnen helfen?«

»Möglicherweise«, antwortet er mit tiefer Stimme. Mit derselben Tonlage liest er vermutlich den Kindern ihre Sünden aus seinem Goldenen Buch vor. Was soll der Scheiß?

»Du bist Hanna, nicht wahr? Hanna Di Natale.«

»Wer will das wissen?«

»Du erinnerst dich nicht mehr an mich? Deinen Vater?«

Sag ich doch. Weihnachtsmänner sollten im Sommer nicht frei rumlaufen, es ist zu heiß für sie. »Mein Dad ist tot, schon lange. Wer sind Sie eigentlich?«

Er kauert vor mir nieder. Ganz schön gelenkig für einen ... wie nennt man die? Richtig, Methusalem.

»Ich bin Klaus, Klaus Santarossa.«

Den letzten Teil des Familiennamens habe ich akustisch nicht verstanden. Der verarscht mich. Santa Claus trifft Di Natale, die Frau von Weihnacht, am Mittsommertag.

Er packt mich so schnell am Arm, dass ich mich nicht dagegen wehren kann. »Wir müssen reden, Hanna.«

Es gelingt mir, ihn abzuschütteln. »Ich muss gar nichts. Verschwinden Sie, oder ich rufe um Hilfe.« Unablässig schiele ich in die Richtung, aus der Tinu bald mit den Eiswaffeln auftauchen müsste. Wo steckt er so lange?

Santadings gibt nicht auf. Er rückt mir regelrecht auf die Pelle. Was will er von mir? Mein Magen verhärtet sich. Bald werden die Krämpfe kommen.

Er legt die Hand auf meinen nackten Bauch. »Hör mir zu, Hanna, bitte.«

Ich sehe und höre nichts mehr, nur noch Schreie – meine Schreie, bevor es schwarz wird um mich.

Karin

Hanna sitzt in sich zusammengesunken im Stuhl. Sie könnte einem fast leidtun.

»Du erinnerst dich, nicht wahr?«, sage ich. »Du hast Santarossa getroffen, gestern, im Strandbad am Burgäschisee.«

Ihr Nicken ist kaum wahrnehmbar.

»Ich brauche ein klares Ja oder Nein für die Aufnahme.«

Hanna hebt den Kopf und sieht mich an. Ihr Blick ist nicht derselbe wie vorher, dunkler, unergründlicher. Er jagt mir einen Schauer über den Rücken.

»Ja, ich bin diesem Santadings begegnet. Er war da aus dem Nichts, wollte mit mir reden.«

»Worüber?«

Ihre Augen blitzen wütend. »Was weiß ich, Mann. Sie holen mich gefühlt mitten in der Nacht aus dem Bett und stellen Fragen. Was soll das? Habe ich was verbrochen?«

Ich nehme ein ausgefülltes Formular aus der Mappe. »Sie haben gestern Nachmittag Anzeige gegen den Mann erstattet. Er soll Sie belästigt haben.«

Lange Pause. Sie brütet mit gesenktem Blick vor sich hin. Ich warte.

»Manchmal erinnere ich mich nicht mehr an Dinge,

wissen Sie«, sagt sie unvermittelt. »Ja, es stimmt, der Typ hat mich betatscht.«

»Es gibt keine Zeugen. Nicht einmal Ihr Freund …«, ich suche auf dem Formular nach dem Namen, »Martin Baumann hat ihn gesehen.«

»Konnte er gar nicht. Tinu ist für uns beide ein Eis holen gegangen.«

»Sie wurden ohnmächtig?«

»Ja, und als ich aufwachte, war der Kerl weg. Tinu wollte, dass wir zur Polizei gehen.«

Ich lege ein weiteres Foto auf den Tisch. Der Fotograf der Spurensicherung hat es geschossen.

Hanna beugt sich vor, um es zu betrachten. »Ist das derselbe Typ, Santadings? Sieht hier aber nicht mehr ganz frisch aus, wenn Sie mich fragen.«

»Ist er da auch nicht mehr«, entgegne ich. »Klaus Santarossa wurde heute Morgen in der Früh in seiner Wohnung tot aufgefunden.«

»Aha.« Hanna zeigt keine Veränderung, weder in der Gestik noch im Blick. »Hat ihn einer … ich meine, war es … Mord?«

»Wir schließen Fremdeinwirkung nicht aus.«

»Wie?« Hanna stoppt abrupt, ihre Augen verengen sich. »Sie denken, ich habe etwas damit zu tun? Sie glauben, ich habe Santadings umgebracht?«

»Ich glaube vorerst gar nichts. Sie sind die letzte Person, die Klaus Santarossa lebend gesehen hat.«

»Und? Was beweist das?«

Ich öffne mein Tablet. »Ich will Ihnen etwas zeigen.«

Hanna

Die Squad ist mega zugedröhnt. Moni und Sam haben sich natürlich wieder was reingeworfen und lallen blöd rum. Auf diese Weise werden sie das Sommernachtsfeuerwerk nicht bei Bewusstsein mitbekommen. Egal. Ich beschränke mich auf Bier und Wodka Bullshit, Wodka Red Bull für die Vornehmen. Ich weiß, wenn man zu viel von dem Zeugs tankt, fährt es ein, dass du glaubst, ein Tsunami überrollt dich. Habe ich auch gemacht. Ich brauchte das nach der Begegnung mit Santadings. Als ich am See wieder zu mir gekommen bin, hat mir Tinu die Wange getätschelt. Ein paar Gaffer standen um uns rum. Natürlich wollte keiner den Santa-Typen gesehen haben, geschweige denn, dass er mich begrapscht hat. Echt zu nichts zu gebrauchen, die Luschen. Tinu hat mir geglaubt und mich zur Wache nach Solothurn begleitet. Die Polizistin, die die Anzeige aufnahm, hat mich schräg angeguckt, als ich den Kerl beschrieben habe. Ihre Miene sagte alles. Frühbesoffene Tusse wird am Mittsommertag vom Weihnachtsmann angemacht. Und sonst so?

Sie hatte mich gefragt, ob ich einen Arzt brauchte. Bin so schnell wie möglich da raus. Dann vorglühen für die Party mit Tinu und der Squad.

Sams Eltern sind für zehn Tage nach Mallorca verreist. Nicht ohne im Vorfeld ihrer »lieben Samantha« einzutrichtern, dass sie Freunde für die Mittsommerparty einladen dürfe, aber nicht mehr als fünf.

Im Moment hängen gut fünzig Nasen im Garten um

den und im Pool ab, vor allem Typen. Mehr als die Hälfte von denen kenne ich nicht mal. Ich hoffe für Sam, dass sie nicht ins Haus gehen. Ein paar von denen sehen aus, als täten sie nichts lieber, als Bünzli-Baracken wie die von Sams Eltern zu zerlegen.

Ich mache mich auf die Suche nach Tinu. Draußen sehe ich ihn nicht. Er muss irgendwo im Haus sein. Kaum bin ich durch die Terrassentür, höre ich Gelächter aus der Küche. Ich erkenne Tinus Stimme. War ja klar, wo sonst sollte er sein? Immer dort, wo's Futter gibt und die Tränke steht.

Im Korridor zwischen Wohnzimmer und Küche rempelt mich ein Typ an. »Mann, Tomaten auf den Augen, oder was?« Ich drehe mich nach ihm um. Mike, die Dumpfbacke. Voll der Lauch, aber eine große Klappe für zwei.

»Na du?«, fragt er. »Auf der Suche nach Gesellschaft? Ich hätte grad Zeit.«

»Danke, bin versorgt.« Ich will an ihm vorbei. Er packt mich am Arm. Ich sehe Sterne. »Lass mich los, du Spacken.«

»Was krieg ich dafür?«

»Wie wär's mit keinem Tritt in den Familienschmuck? Aber nur, wenn du Glück hast. Kannst wählen.«

Mit wütend verzerrter Miene holt er mit der Hand aus. Er will mir tatsächlich eine schmieren. Jemand hält ihn fest. »Mach 'nen Abgang, Mike«, sagt Tinu. »Jetzt.«

»Easy, Mann, ich wollte bloß helfen.«

»Ich weiß, was du wolltest. Los!« Tinu weist mit dem Kopf die Richtung, in die er sich wenden soll.

Mike schlurft ohne ein weiteres Wort davon.

»Bist du okay?« Tinu nimmt meinen Kopf zwischen seine Hände. »Siehst blass aus.«

Wenn's nur das wäre. »Mir platzt der Schädel«, sage ich.

Ich muss mich hinlegen.

»Geh in Sams Zimmer.« Tinu deutet zur Treppe, die nach oben zu den Schlafzimmern führt. »Ich gebe ihr Bescheid.«

»Okay.« Ich küsse Tinu auf den Mund. »Love you.«

Karin

Die Gestalt in der braunen Kutte und dem geschwärzten Gesicht klettert aus dem Fenster einer Parterrewohnung in der Weststadt. Das Handyvideo des Nachbarn, der das Eindringen in Santarossas Wohnung gemeldet hat, war von erstaunlicher Bildqualität.

Hanna schnaubt lachend. »Der sieht aus, wie Schmutzli. Passt zu Santadings.« Ihre Miene wird ernst. »Sie sehen schon, dass ich das nicht bin?«

»Haben wir zweifelsfrei festgestellt. Dieser Knecht Ruprecht ist größer als Sie.« Ich ziehe ein weiteres Dokument aus der Mappe, die Auswertung der Spurensicherung. »Dennoch müssen Sie uns erklären, wie Ihre Fingerabdrücke in die Wohnung von Herrn Santarossa kommen. Sie haben behauptet, ihn nicht zu kennen und ihm nie begegnet zu sein.«

»Stimmt auch, ich habe ihn nie zuvor gesehen. Keine Ahnung, wie die dort gelandet sind.«

Hanna redet mit derselben Gleichmütigkeit wie zu Beginn des Gesprächs, als ich unverfängliche Fragen stellte. Entweder ist sie die Kaltblütigkeit in Person oder der Kriminaltechnik ein Fehler unterlaufen, was ich mal ausschließe. Die Abdrücke aus Santarossas Wohnung stimmen eindeutig mit denjenigen von Hanna überein, die wir ihr bei der erkennungsdienstlichen Erfassung entnommen haben. Sie hat ohne Weiteres eingewilligt, ebenso zum DNA-Abstrich.

Hannas Blick geht ins Leere. Stille Sekunden vergehen.

»Frau Di Natale?«, frage ich.

Ihre Aufmerksamkeit richtet sich wieder auf mich. »Ich bin ihm doch mal begegnet«, sagt sie langsam. »Vor ein paar Wochen, ich habe einen Nebenjob gesucht und er eine Vorleserin. Seine Augen seien nicht mehr so gut, meinte er.«

»Was ist dann passiert?«

»Ich habe Kaffee gekocht, in seiner Küche. Plötzlich stand er hinter mir und hat mich an den Schultern gepackt. Dann wollte er mich küssen, in den Nacken. Ich habe Panik gekriegt und bin abgehauen.«

»Okay«, sage ich langsam. »Weshalb haben Sie das nicht früher gesagt?«

Sie lässt beide Fäuste auf den Tisch niedersausen. »Weil es mir erst jetzt eingefallen ist, Mann! Ich vergesse Dinge, habe ich das nicht gesagt?« Sie lehnt sich mit verschränkten Armen im Stuhl zurück. »Das ist alles, was ich weiß, echt.«

Ich glaube ihr. Ihre Fingerabdrücke wurden nur in der Küche sichergestellt.

»Wie genau ist er gestorben?«, fragt Hanna.

»Das wird noch untersucht. Vermutlich wurde er vergiftet.« Das entspricht nicht ganz der Wahrheit. Santarossa starb an einem anaphylaktischen Schock. Sein Magen enthielt Rückstände von Erdnussbutter und Toastbrot. Ironie des Schicksals. Ein Mann, der aussieht wie der personifizierte Nikolaus, leidet an einer Erdnussallergie. Es ist kaum anzunehmen, dass er das Zeug freiwillig gegessen hat. Dagegen spricht das verschmierte Gesicht, mit dem er gefunden wurde. Auf dem Fußboden, neben seiner Leiche, lagen Brot- und Erdnussbutterreste. Die Nahrungsmittel wurden ihm regelrecht in den Rachen gestopft. Ein grausamer Tod.

»Sie wollen mir nicht ernsthaft unterschieben, dass ich Santadings um die Ecke gebracht habe?«, fragt Hanna. »Ich habe ihnen gerade mein Alibi gegeben.«

»Das haben Sie«, pflichte ich ihr bei. »Sie fühlten sich nicht wohl und legten sich im Schlafzimmer Ihrer Freundin Samantha Marti hin.«

»Und das ist alles, was ich noch weiß. Ich bin die Treppe zu Sams Zimmer hochgegangen und dann .... Filmriss.«

Kein Blinzeln, kein Ausweichen des Blickes, keine Veränderung der Stimme. Ihre Körpersprache deutet darauf hin, dass sie die Wahrheit sagt.

»Wir haben die übrigen Partygäste befragt, Frau Di Natale. Ein paar von Ihnen bestätigen Ihre Version, zumindest so weit, dass Sie ins obere Stockwerk des Hauses Marti gegangen sind. Andere haben Sie zwei Stunden später runterkommen sehen. Jedoch niemand kann beschwören, dass Sie die ganze Zeit im Schlafzimmer Ihrer Freundin verbracht haben. Die Wohnung von Herrn

Santarossa ist vom Hause Marti in einer Viertelstunde per Velo erreichbar. Sie hätten alle Zeit der Welt gehabt, dorthinzuradeln, Santarossa zu töten und zurückzukehren.«

Die Verdächtigung beeindruckt sie in keiner Weise. Im Gegenteil, das Ganze scheint sie zu amüsieren.

»Hätte ich vielleicht, habe ich aber nicht.« Sie zeigt auf das Foto auf dem Display des Tablets. Es zeigt Knecht Ruprecht, eingefroren in der Bewegung. »Da haben Sie den Täter? Der Schmutzli war's. Oder muss ich mir doch noch einen Anwalt holen?«

»Erkennen Sie den Mann?«, fragte ich und vergrößere das Bild. Trotz des geschwärzten Gesichts müsste sie es sehen.

Sie schaut kurz drauf und zuckt mit den Achseln.

»Es ist Martin Baumann, Ihr Freund.«

»Was?« Hanna reißt das Tablet an sich und zoomt das Bild so nah heran, dass man fast nichts mehr erkennt. »Das kann nicht sein, er war doch … er hat nicht … Tinu!« Sie steht auf und beugt sich über den Tisch. Für einen Moment fürchte ich, sie will sich auf mich stürzen. »Das stimmt nicht, Sie bluffen. Sie wollen es ihm unterschieben, weil Sie nicht an mich herankommen. Sie … Sie …«

»Herr Baumann hat gestanden«, sage ich, bevor sie sich zu etwas verleiten lässt, was sie bedauern könnte.

Die Luft ist draußen, sie sinkt zurück in ihren Stuhl. »Er hat … was?«

»Wir haben ihn am frühen Morgen festgenommen. Er hat sofort zugegeben, Herrn Santarossa getötet zu haben.«

»Tinu«, murmelte sie. »Warum … wie?«

»Er war wütend, weil Herr Santarossa Sie gestern belästigt und in Panik versetzt hat. Herr Baumann hat ihn erkannt. Herr Santarossa ist ein bekannter und beliebter Mietnikolaus. Über das Internet hat Ihr Freund herausgefunden, wo er wohnt. Während Sie im Zimmer von Samantha Marti schliefen, ist er hin und hat ihn getötet.«

»Das … das hat er wirklich getan?«, hauchte Hanna.

»Er scheint Sie sehr zu lieben.«

»Deshalb kann er doch nicht einfach einen Menschen umbringen.«

Ich sammle die Dokumente auf dem Tisch ein und lege sie zurück in die Mappe.

Hanna fährt sich fahrig über die Augen. »Sie wollen mir nichts anhängen?«

»Weshalb sollte ich? Herrn Baumanns Schilderungen zum Tatvorgehen sind schlüssig. Wir haben keinen Grund, an seiner Schuld zu zweifeln. Die Staatsanwältin sieht das auch so.«

»Kann ich zu Martin?«

»Das muss die Staatsanwältin entscheiden. Ich leite Ihr Anliegen an sie weiter.« Ich öffne eine andere Dokumentenmappe. »Ich will Ihnen noch etwas zeigen, Frau Di Natale. Fühlen Sie sich in der Lage, mit einer schwerwiegenden Tatsache konfrontiert zu werden?«

Ihre Mundwinkel verziehen sich zu einem Lächeln. »Glauben Sie, Sie können mich noch mehr aus der Fassung bringen, als Sie es schon getan haben?«

»Also gut«, sage ich und zeige ihr ein weiteres Dokument.

Hanna
Sechs Monate später, Heiligabend

Sogar im Gefängnis gibt es einen Weihnachtsbaum. Ich habe ihn gesehen, im Empfangsbereich. Die Besucherzone ist mit Tannenästen und Weihnachtskugeln geschmückt. Die Kugeln sind aus Plastik, wohl aus Sicherheitsgründen oder so.

Monate sind vergangen, seit ich Tinu das letzte Mal gesehen habe. Den ersten Besuch im Untersuchungsgefängnis hatte die Staatsanwältin bewilligt – fünf Minuten unter Aufsicht. Beim zweiten Mal im Herbst bin ich früher gegangen. Ich ertrug es nicht, ihn im Knast zu sehen, wegen mir.

Er sieht besser aus als im Oktober, schöner, männlicher. Der Blick in seinen Augen ist so zärtlich, ich hätte ihn am liebsten umarmt und abgeknutscht, aber die Knastwärter lassen uns nicht. Ich sehe mich um. Keiner guckt zu uns hinüber. Also nehme ich wenigstens seine Hand. »Ich vermisse dich.«

Er drückt meine. »Ich dich auch.«

»Wie lange musst du noch sitzen?«

»Wenn die Revision durchgeht, bin ich in sieben Jahren raus. Fünf mit etwas Glück. «

»Santarossa war ein Schwein«, sage ich. »Warum hast du gestanden? Die konnten dir nichts nachweisen.«

»Dann wärst du dran gewesen. Ich habe es für dich getan, Babe. Für das, was er dir zugefügt hat, hat er tausendmal den Tod verdient.«

Ich weiß nicht, wovon er spricht. Ich kann mich

nicht erinnern. Die Papiere, die mir diese Polizistin, Karin Jäggi, gezeigt hat, sagten mir nichts. Es sind so viele Dinge passiert, von denen ich keine Ahnung mehr habe, vor allem wenn ich ausgerastet bin. Dieser Santarossa, ich kann endlich seinen Namen aussprechen, er soll mich über Jahre verfolgt haben, ohne dass ich es bemerkte. Frau Jäggi und die Staatsanwältin mit dem langen italienischen Namen haben gemeint, ich solle eine Therapie machen. Wozu? Das macht diesen Santarossa nicht wieder lebendig, und das ist gut so.

Eine Viertelstunde später bin ich draußen. Es ist schon dunkel. Heute Abend werde ich mit Mom feiern. Wir beide ganz allein. Wie früher, hat sie gesagt. Ich habe Tinu versprochen, dass ich immer auf ihn warten werde. Vielleicht besuche ich ihn vor Silvester noch mal, oder auch nicht.

Karin

Mein Chef steckt den Kopf durch die Tür.

»Du bist noch da, Karin? Was machst du?«

Ich deute auf die Archivbox, die ein Spaßvogel mit »Fall Santa Klaus« beschriftet hat. Ich habe die richtigen Angaben ergänzt. »Aufräumen.«

»Ist das psychiatrische Gutachten gekommen?«, fragt er.

Ich nicke.

»Und?«

»DIS.«

Er runzelt die Stirn. »Dissoziative Identitätsstörung? Da sind sich die Gutachter sicher?«

»Sie stimmen miteinander überein. Hanna Di Natales Persönlichkeit ist gespalten. In der einen hat sie keine Erinnerung an die andere.«

»Wie Dr. Jekyll und Mr. Hyde.«

»Das trifft es in etwa.«

»Sie könnte Santarossa umgebracht haben, ohne sich daran zu erinnern.«

»Könnte sie, wenn ihr Freund nicht gestanden hätte. Wir haben ihn mit der Möglichkeit konfrontiert. Herr Baumann besteht nach wie vor darauf, Santarossa getötet zu haben.«

»Woher wusste Baumann von Santarossas Erdnussallergie?«, fragt mein Chef. »Er konnte die ihm wohl kaum ansehen.«

»Diese Frage hat mich auch beschäftigt«, sage ich. »Er behauptete, Santarossa habe die Allergie auf einem Infoblatt an Eltern erwähnt, die ihn als Nikolaus mieten wollten. Es stimmt, man kann es tatsächlich auf seiner Internetseite nachlesen.«

»In Ordnung, und was könnte die Störung bei Frau Di Natale ausgelöst haben? Es muss etwas sein, das in ihrer Kindheit passiert ist.«

»Santarossa gehörte einer Organisation an, die mit Kinderpornographie handelt. Die meisten Daten auf seinem Computer waren gelöscht, wenngleich das, was wir gefunden haben, ausreichen würde, es ihm nachzuweisen, wäre er noch am Leben. Es ist ein internationaler Ring, hinter dem hochstehende und bekannte Persönlichkeiten stecken – mit einer Armee von Anwälten, die bisher alles abgeblockt haben. Es scheint, dass Santarossa Hanna ihrer Mutter nach der Geburt weggenommen hat. Im ganzen Land gibt es ähnliche Fälle, die neu aufgerollt werden müssen. Die Staatsanwältin hat das Dossier an die Bundesanwaltschaft weitergeleitet.« Ich schließe die Archivbox. »Chef?«

»Ja?«

»Du hörst so was nicht oft von mir, aber dieses Mal hat es den Richtigen erwischt. Und ganz ehrlich, ich hoffe, dass Martin Baumann nicht zu lange dafür büßen muss.«

Mein Chef lächelt. »Mach jetzt Feierabend, Karin. Frohes Fest und liebe Grüße an deine Eltern.«

Hanna
Weihnachten

Das Personal hat sich Mühe gegeben. Im Gegensatz zur kargen Gefängnisdekoration wurde das Pflegeheim reich geschmückt, auch ihr Zimmer. Es ist wunderschön.

Sie sitzt in ihrem Rollstuhl in der Mitte des Raumes. Heute habe sie einen guten Tag, sagen die Pflegerinnen. Sie sei klar.

»Mama?«

Sie dreht den Kopf zu mir. Ich sehe an ihrem Lächeln, dass sie mich erkennt. »Kind, wie schön.«

Ich umarme sie. Sie erwidert den Druck. Das ist nicht immer so. Die Neueinstellung ihrer Medikamente scheint zu funktionieren, mindestens für eine absehbare

Zeit. Ich habe gelernt, meine Mutter zu nehmen, wie sie ist. Heute fühle ich nichts als Liebe für sie. Wenn es ihr schlecht geht, steigt diese schwarze Wut in mir auf. Dann kann es sein, dass ich plötzlich irgendwo bin und nicht mehr weiß, warum und wie ich dorthingekommen bin. Ich kenne Mama nicht anders als im Rollstuhl. Erst vor etwas mehr als einem halben Jahr habe ich erfahren, warum das so ist. Seither träume ich vom Unfall in den Bergen und von diesem Monster im Santakostüm, das sie entführt hat. Nach meiner Geburt haben er und seine Komplizen Mama zusammengeschlagen und sich selbst überlassen, weggeworfen wie ein Stück Dreck. Wie durch ein Wunder wurde sie rechtzeitig gefunden, gelähmt und halb verdurstet, aber am Leben. Was mir damals zugefügt wurde … Manchmal träume ich davon, aber ich will nicht darüber sprechen, zu niemandem.

»Mom lässt dich grüßen«, sage ich. Meine Pflegemutter wollte, dass ich Mama allein besuche.

»Hast du es getan?«, fragt Mama unvermittelt.

Ich nicke.

»Und Martin?«

»Er hat mir verboten, mich zu stellen, damit er bald freikommt. Er will, dass ich weitermache.«

»Wirst du?«

»Was?«

»Weitermachen?«

Santarossa war ein durch und durch kranker Typ. Auf seinen Touren als Nikolaus hat er Familien ausgekundschaftet, das heißt ihre Kinder. Dann hat er sie entführt. Meine Mutter war nicht geplant. Der Unfall auf der vereisten Straße war ein glücklicher Zufall für ihn. Die meiste Zeit lebte ich in einem Käfig. Manchmal wurde ich verwöhnt, meistens geschlagen und missbraucht. Das ging so lange, bis ich nicht mehr wusste, wer ich wirklich war. Damit es nicht auffiel, schickten sie mich zur Schule, bis eine Lehrerin misstrauisch wurde und die Kinderschutzbehörde alarmierte.

Ich kenne die Namen derjenigen, die Santarossa geholfen haben. Bevor ich ihm die Erdnussbutterbrote in den Rachen gestopft habe, presste ich das Passwort für seinen Computer aus ihm heraus. Während ich mich um das Monster gekümmert habe, hat Tinu die Daten kopiert und danach das meiste gelöscht. Ich kann die Komplizen finden, bevor die Polizei es tut.

»Kind?«

Ich zucke zusammen. Meine Gedanken haben mich weit fortgetragen. »Entschuldige, was sagtest du?«

»Wirst du weitermachen?«

Ich fülle zwei Gläser mit dem alkoholfreien Schampus, den ich mitgebracht habe. »Vielleicht.«

Oder auch nicht. Vielleicht übergebe ich die Daten auch Frau Jäggi und mache diese Therapie. Einmal muss das alles ein Ende haben. Ich gebe meiner Mutter ein Glas. »Fröhliche Weihnachten, Mama.«

Silvia Götschi

Racheengel

Der Tag nimmt Abschied. Die letzten hellen Flecken verschwinden, räumen einer undurchdringlichen Schwärze Platz ein. Auf dem Land sind die Nächte dunkel und unheimlich. Und wenn, wie jetzt, der Wind aufkommt, verkriecht man sich vorzugsweise in den Häusern und Wohnungen, macht ein Feuer im Cheminée oder einen Rum-Punsch und vergisst, dass es ein Morgen gibt.

Maria verabscheut diese Jahreszeit, insbesondere die Adventszeit und Weihnachten. Es bedrückt sie, ruft schreckliche Bilder aus dem Fundus ihrer Erinnerungen hervor. Fast Ende Dezember. Der Herbst ist vorbei und der Winter noch nicht da. In der Ebene wabert Nebel und verschwindet auch am Nachmittag nicht. Eigentlich wird es nie richtig hell. Sie wäre jetzt gern zu Hause, vertieft in ein Buch, das ihr etwas von dem Leben, das sie längst verloren hat, zurückgäbe. Liebe und Geborgenheit. Zärtliche Hände.

Vor zwei Wochen hat Elisabeth angerufen. Er sei freigelassen worden, teilte sie ihr mit. Maria hat keine Ahnung, wie Elisabeth zu ihrem Job im Strafvollzug gekommen ist, aber sie bringt ihr ein Quäntchen Glück im Elend.

Er ist frei. Es war nicht das, was Maria hören wollte, mit dem sie jedoch täglich rechnen musste.

Beim Gedanken an das Telefonat spürt sie einen Stromstoß durch ihren Körper jagen. Sie zieht den Mantel enger um sich. Jeden Abend kommt sie hierher. Zu der Kneipe am Dorfrand, zur einzigen.

Sie ist mit ihrem Wagen gefahren, hat ihn unweit des Lokals abgestellt, ein Combi, Occasion, mit genügend Stauraum. Wie lange hat sie auf diese Gelegenheit gewartet. Auf diesen Abend. Heute, am vierundzwanzigsten Dezember, mitten in der besinnlichen Weihnachtszeit, ist es so weit. Während andere Kerzen anzünden, brennt in ihr ein Feuer des Hasses.

Über Jahre hat es in ihrem Innern gelodert, erhalten durch die Hoffnung, dass so etwas wie Gerechtigkeit existierte. Und wenn nicht, so würde Maria nachhelfen.

Testosterongeschwängert die Bar. Oranges Licht. Aus der alten Jukebox neben der Theke singt Eros Ramazotti eine Schnulze. Welch ein Zufall. Damals, vor vielen Jahren, hat er ebenso gesungen, zusammen mit Tina Turner. In Endlosschlaufe, wegen eines Defekts oder weil Mam es so gehandhabt hat. »Cose Della Vita«, ihr Sehnsuchtslied. Heute löst die Melodie bei Maria Brechreiz aus. Sie versucht, sich zu beruhigen. Hinter dem Tresen hantieren zwei junge Typen in weißen Hemden, schwarzen Jeans und Hosenträgern. Sie mixen Getränke und tragen bescheuerte Elchohren. Und sie flirten mit allen. Ob Mann oder Frau – sie schenken jedem Gast etwas Fröhlichkeit. Halleluja, heute ist schließlich Heiligabend.

Die Festtagsstimmung lässt Maria kalt. Sie bestellt ihren obligaten Bloody Mary. Fürs Auge blutig, auf der Zunge scharf. Sie trinkt ihn mit einer Extraportion

Worcestershiresauce und Tabasco. Sie muss den scharfen Mix spüren, wenn er ihr die Kehle runterrinnt, damit der innere Schmerz davon übertüncht wird. An den vergangenen Abenden hat sie deswegen ein kleines Vermögen ausgegeben, für Wodka mit Tomatensaft.

Die Tür schwingt zum wiederholten Mal auf. Die Flammen der Kerzen flackern, und ein Luftzug streift ihr Gesicht. Ein eiskalter Hauch.

Die Gestalt geht an ihr vorbei. Sie spürt deren Präsenz, und es schaudert sie.

Das Warten hat sich gelohnt.

Diese Augen. Leblos. Die Augen des Leibhaftigen. Maria kennt sie. Deren kalten Blick vermag sein Lächeln nichts entgegenzuhalten. Nacht für Nacht hat sich dieser Blick wie eine Nadel in sie gebohrt. Tag für Tag.

Zeit heilt keine Wunden. Nicht diese.

Sie hat auf diesen Moment gewartet. Danach gelechzt. Gebangt. Seit siebzehn Jahren, zwei Monaten und einer Woche schon.

»Na, schöne Frau?« Auch die Stimme hat sich in ihr Gedächtnis eingebrannt. Genau das hatte er damals zu ihrer Mam gesagt. »Schöne Frau.« Als wäre ihm nichts Geistreicheres in den Sinn gekommen. Und Mam war auf sein Gesülze reingefallen.

Mam ist tot. Getötet von diesem Ungeheuer, das sich an der Bar nun neben Maria aufbaut, als wären nicht zig junge Frauen vor Ort, die besser aussahen als sie. Ausgerechnet neben sie setzt er sich. Möglich, dass ihn noch heute der gleiche Typ Frau anzieht. Maria hat rote Haare wie ihre Mam und ebenso grüne Augen.

Robin sei sein Name. Maria weiß, dass er anders heißt. Mam hat seinen Namen geflüstert, später hinausgeschrien: »Anton!«

Maria hat ihn nie vergessen. In all den Jahren nicht. Man trifft sich immer zweimal. Wie wahr. Wie verdammt wahr.

»Was trinkst du?« Dieser Charme, der falsche, dem Mam dennoch nicht hatte widerstehen können.

Soll sie »Wodka Martini« sagen? Nein, das würde sie womöglich verraten, obwohl sie ihm nicht zutraut, dass er sich erinnert. Für Spatzenhirne wie seines ist es zu lange her, seit er ihre Mam mit diesem Getränk geködert hat.

Maria klammert sich an ihren Bloody Mary, trinkt den letzten Schluck. »Ich hätte gern ein Glas Glühwein, mit viel Zimt und Vanille.« Sie lächelt den Mann an, obwohl ihr nicht nach Lachen zumute ist, auch nicht danach, sich mit ihm zu unterhalten. Er ist sichtbar älter geworden. Die Jahre im Knast haben ihn gezeichnet. Seit Elisabeth ihr vor zwei Wochen erzählt hatte, dass er das Gefängnis nach guter Führung vorzeitig habe verlassen können, hat Maria jeden Abend hier gewartet. Am Tresen in dieser verrauchten Bar. Sie war sicher, er würde auftauchen.

Ein Mörder kehrt immer an den Tatort zurück.

Oder an den Ort, wo er den Plan für seine Tat gefasst hat.

Er mustert sie wohlgefällig. Sie reißt sich zusammen. Er hat ihre Mam auf dem Gewissen. Maria ist hier, um sich zu rächen.

Er erzählt von sich, sie hat nicht danach gefragt. Von seinem Gefängnisaufenthalt sagt er nichts. Er sei Maler, Künstler, einer, der auch Restaurationen mache. Fresken in Kirchen und Kapellen zum Beispiel.

Dieser Gottlose!

Vielleicht gefällt Maria ihm, so, wie Mam ihm gefallen hatte. Alles in ihr sträubt sich. Sie bündelt all ihre Kraft, um ihm zu schmeicheln. »Liebe deine Freunde, den Feinden schenke ein Lächeln«, hat Mam ihr mit auf den Weg gegeben.

Maria *muss* ihm, Anton, der sich Robin nennt, gefallen. Damit er anbeißt. Ein sanftes Lächeln, einen Wimpernschlag. Er hatte damals ihre Mam bezirzt.

Maria war sieben Jahre alt, als ihre Mutter ihn von dieser Bar aus nach Hause brachte. Nach Hause in ihre Dreizimmerwohnung, wo sie als Frisörin arbeitete, um über die Runden zu kommen und ihren und den Lebensunterhalt ihrer Tochter zu bestreiten. Dad hatte sie beide verlassen, als Maria drei war. Ihr Bett stand im kleinsten Zimmer, beim Durchgang zum Bad, wo sich der Waschtrog für die Haarwäsche befand. Manchmal stolperte Maria über den Zulauf und Mam tobte deswegen.

Offenbar verriet Mam nichts von Marias Anwesenheit. Verschwieg, dass da in der Kammer nebenan ein kleines Mädchen schlief. Sie gingen ins Schlafzimmer, in dieses orange-rote Gemach mit dem schwülstigen Polsterbett. Mam lachte berauscht. Des Alkohols und dieses Mannes wegen.

Er zog sie aus, als Maria durch den Türspalt auf das Bett sah, vom lauten Stöhnen aufgewacht. Mam ließ es geschehen.

Heute Abend geht sie mit Robin, wie er sich jetzt nennt, zu ihrem Auto. Er schlägt vor, sich in seinem Appartement weiter zu unterhalten. Kaffee trinken, vielleicht ein Glas Champagner. Das ganze Programm.

Im Kofferraum liegen die Utensilien, die er bei ihrer Mam verwendet hatte, damals, als sie vor Schmerzen schrie. Maria hatte alles gesehen und sie in den kommenden Jahren angeschafft. Für diese eine Nacht.

Hammer, Nägel, Handschellen, Tücher, eine Axt, eine Säge – und eine geschlossene Vorratsdose, fein verziert mit einem Tannenzweig. Den Heiligabend soll man ehren.

Die Nacht, ihre Verbündete, ist längst angebrochen. Maria spürt keine Angst. Die Dunkelheit wird ihr helfen, ihr Vorhaben in die Tat umzusetzen.

Er wohnt anspruchslos. Ein Zimmer. Ein Tisch, zwei Stühle und ein Bett. Mehr braucht er anscheinend nicht. Er ist ja auch erst kürzlich aus dem Knast gekommen. Eine Notlösung, geht es Maria durch den Kopf. Das Mindeste, was er für die Fortsetzung seiner Gräueltaten braucht. Weder Atmosphäre noch Wärme sind ihm wichtig.

Mörder haben einen anderen Bezug zu den Dingen.

Aber an den Weihnachtsbaum hat er gedacht, samt Lametta und roten Kugeln. Bald schon würden zwei weitere Kugeln daranhängen.

Maria trinkt Champagner mit ihm. Wenigstens da beweist er Geschmack. Mit Mam hatte er Wodka Martini getrunken. Geschüttelt, nicht gerührt. Eine Ohrfeige an Marias Lieblingsschauspieler.

Er trinkt mehr als sie; ihr ist es recht. Der Alkohol hilft, sein Gehirn zu vernebeln. Robin, der Anton heißt, redet zusammenhanglos und lässt alles mit sich machen, als hätte er darauf gewartet, von einer Frau verwöhnt zu werden. Wie musste er im Gefängnis geschmort haben.

Offenbar mag er es, wenn Maria den Part des Stärkeren spielt. Das würde sich noch ändern. Doch dann würde es zu spät für ihn sein.

Die Tasche mit dem Werkzeug hat sie ins Zimmer gebracht. Beiläufig, als wäre sie von einer Reise zurückgekehrt. Er hat nicht gefragt, das Gepäckstück bloß kurz angesehen und wissend gelächelt. Vielleicht stellt er sich vor, was darinliegen könnte, mit seinen schmutzigen Gedanken. Weihnachtsgeschenke für ihn.

Maria öffnet die Tasche. Er kann den Inhalt unmöglich sehen. Sie entnimmt ihr zwei Handschellen. Ein metallenes Geräusch. Sie schnallt ihn routiniert am Bettpfosten fest. Erst den einen, dann den andern Arm. Das Bett passt zu ihren Vorstellungen. Ein altbackenes Modell, sicher aus dem Brockenhaus. Er mag das Spiel, findet es augenscheinlich erregend. Er murmelt etwas von *Basic Instinct* und nennt sie Catherine.

Maria versucht, das Gesicht ihrer Mam zu verdrängen, die weit aufgerissenen Augen, als er sie ebenso fesselte und ihr die letzten Kleider vom Leib riss. Ihr unterdrückter Schrei, als er sich in sie rammte, wie er kurz darauf auf ihr zusammenbrach, um wenig später das grauenvolle Spiel fortzusetzen. Er hatte auch ihre Beine befestigt. Mit einem Tau, mit dem man in der Regel Boote anbindet.

Mam lag da wie ein aufgespießtes Insekt.

Eine sanfte Frau. Gutgläubig auf der einen Seite und lebensfroh auf der andern. Sie ging gern unter Leute, tanzte und sang. Sie arbeitete an der Bar, damit sie tagsüber bei ihrem Kind und für ihre Kundinnen da sein konnte. Sie brauchte das Geld. Haare schneiden, färben und föhnen reichten nicht aus. Später wurde sie dreister, brachte verschiedene Männer mit nach Hause. Sie alle bezahlten für ihre Gefälligkeiten. Manchmal bekam sie Geschenke in Form von Schmuck oder einer teuren Handtasche oder Schuhe, die sie nie anzog.

Maria schlingt Seile um seine Fesseln, befestigt diese so am unteren Bettrand, dass man sie bei Bedarf anziehen, lockern und wieder anziehen kann. Eine Art Flaschenzug in der Horizontalen. Eine Sicherheit, damit er sich nicht losmachen kann. Sie will ihn in Stücke reißen. Zentimeter um Zentimeter. Jeden Schmerz, den er ihrer Mam zugefügt hatte, muss sie ihm zigfach zurückzahlen. Auge um Auge. Zahn um Zahn. Er soll spüren, wie sie ihn ganz langsam tötet.

Sie hat Zeit.

Alle Zeit der Welt.

Heiligabend.

Auf sie wartet niemand. Auf ihn sowieso nicht.

Zwischendurch flößt sie ihm Champagner ein. Er findet es prickelnd, wie er ihr – noch immer freudig – zuflüstert. Er liebt es, sich gehenzulassen. Würdigt ihr Tun mit strahlenden Augen. Teufelsaugen am Heiligabend.

In der Ecke glitzern die roten Kugeln am Weihnachtsbaum. O du fröhliche …

Wie sie diese Augen hasst.

Sie sahen zu, als ihre Mam verblutete, ob der Wunden, die er ihr zugefügt hatte. Zuerst mit einem Messer, später mit einer Säge.

Er hatte ihr ein Tuch in den Mund gestopft, damit man ihre Schreie nicht hörte. Erst als sie verstummte, ließ er von ihr ab, aber da lag sie bereits in einer großen Blutlache im Bett.

Maria hatte geschwiegen, starr vor Schreck.

Ihre Mam war gestorben. An den Folgen der Verletzungen.

In jener Nacht war auch Maria gestorben.

Später befragte man sie. Sie war nicht fähig, das Erlebte in Worte zu fassen und sie mit einem Sinn zu untermalen. Mit sieben Jahren begreift man gewisse Zusammenhänge nicht.

Er wurde gefasst, nachdem er ein anderes Opfer ähnlich zugerichtet hatte. Die Frau hatte überlebt. Man machte ihm den Prozess, und er wurde weggesperrt.

Jetzt liegt er da mit gespreizten Armen und Beinen und genießt das Spiel. Zu beschränkt, um Parallelen zu seiner Tat zu sehen.

Es würde ihm schon noch ein Licht aufgehen.

Maria holt ein Messer aus der Tasche. »Du weißt, was jetzt folgt.« Die Klinge glänzt, als sie damit über seinen Körper fährt. Sie kitzelt ihn. Es entlockt ihm ein leises Stöhnen. Es wäre ein Leichtes, ihn auf der Stelle zu entmannen, ihn ausbluten zu lassen. Doch dies will sie sich für später aufheben. Er soll leiden – immer ein wenig mehr.

Sie will, dass seine Erinnerungen zurückkehren, an jenen verhängnisvollen Abend, an dem er ihre Mam im Blutrausch umgebracht hatte.

Noch realisiert er nicht, was mit ihm geschieht.

Maria lässt die Klinge des Messers weiter über seinen Körper tanzen. Über seine Brust, mit den ersten grauen Haaren. Sie schneidet einige davon weg, erstaunt über die Schärfe der Klinge. Der erste Schnitt oberhalb des Bauchnabels bringt endlich den gehetzten Blick hervor, den sie sehnlichst erwartet hat. Angst und Fieber wechseln sich darin ab. Haut klafft auf. Blut schießt hervor, wie Magma aus einem Krater. Der zweite Schnitt geht tiefer. Der liegt zwischen Augenbraue und Augenlid. Es dauert eine Weile, bis das Blut kommt. Zuerst ist da bloß dieser messerscharfe Schnitt, der das Augenrund zum Vorschein bringt.

Es ist kein Spiel mehr.

Sondern abgrundtiefer Hass.

Rache.

Sein Schreien dämpft sie mit einem Tuch. Sie stopft es in seine Mundhöhle.

Er machte weiter, als Mam vor Entsetzen und Schmerzen zitterte und würgte. Ihre Angst stachelte ihn an. Er demütigte und bespuckte sie. Auf seinem höllischen Ritt.

Maria trinkt seelenruhig Champagner. Heute ist Heiligabend und sie will die Stimmung spüren. Draußen rieselt der Schnee und die Glocken klangen nie schöner. Sie beobachtet das Ungeheuer vor sich. Ein hechelnder, elender Wurm, dessen linkes Auge um Gnade bettelt. Das rechte schwimmt im Blut, der Blick vernebelt. Er würde dennoch seinen eigenen Tod beobachten können.

Genauso, wie er damals das langsame Sterben ihrer Mam betrachtet und in Kauf genommen hatte.

Er soll es am eigenen Leib erfahren. Nur schlimmer.

Tod durch einen Herzinfarkt, hieß es, als man Mam fand. Malträtiert, entwürdigt, gefoltert. Die tiefen Wunden reichten nicht, um die wahre Todesursache zu begründen. Mam starb gemäß Obduktion an Herzversagen. Weder das Messer noch die Säge, die ihre Hand- und Fußknochen durchtrennt hatten, waren offizieller Grund für ihren Tod.

Maria weiß, dass das so nicht stimmt.

Trotzdem ist das Ungeheuer bloß mit einer Haftstrafe von zwanzig Jahren davongekommen, von der er keine siebzehn abgesessen hat. Wegen guter Führung.

Welch eine Schande! »Morgen kommt der Weihnachtsmann.«

Robin röchelte.

»Was sagst du?«

Sie hatte geschwiegen, war des Sprechens nicht fähig gewesen.

Doch die Bilder hatten sich in ihr eingebrannt.

Woche für Woche. Jahr für Jahr.

Als sie die Säge zückt, reißt er sein intaktes Auge auf. Ein Blick, wie der eines zum Tode Verurteilten. Der Blick eines Tieres im Todeskampf. Maria kennt diesen Blick. Sein Körper bäumt sich auf, aus seinen Poren strömen Schweiß und Gestank. Seine Reflexe hat er nicht mehr unter Kontrolle.

Maria spürt nichts als Genugtuung.

Ihn in seinen eigenen Ausscheidungen zu sehen, empfindet sie als tröstlich. Als würde ihr der Himmel Stück für Stück etwas von ihrer Mam zurückgeben.

Es würde noch lange nicht zu Ende sein.

Mam hatte gelitten. Minuten. Stunden. Eine Nacht lang.

Maria zahlt es ihm heim. Dieser Ausgeburt der Hölle. Diesem Abschaum. Diesem Monster, welches es nicht verdient hat, zu leben. Sie würde ihm den Weg in die Finsternis ebnen. Jeden Schritt ins Feuer mit ihren eigenen Fanfaren begleiten. Schmoren soll er und zusehen, wie sein kümmerliches Ich in Stücke zerfällt.

Damals zog er sich langsam an, mit Blick auf das Bett, auf dem Mam lag. Erst als Maria sicher war, dass er weg war, läutete sie bei der Nachbarin Sturm. Sie machte vor Angst in die Hose. Himmel, was hatte sie sich geschämt. Frau Hofer kam vor die Tür, nahm sie an der Hand, weil sie Mitleid hatte mit dem Mädchen, dessen Mutter anschaffen ging, weil das Geld nicht reichte. Umgehend alarmierte sie die Polizei, die Ambulanz, einen Arzt.

Es dauerte eine Ewigkeit, bis alle da waren. Maria verbrachte den Rest der Nacht bei Frau Hofer. Sie tischte Lebkuchen auf, heißen Sirup mit Zimt und übergab sie am nächsten Tag der Frau vom Jugendamt.

Anton hatte Mam umgebracht und zur selben Zeit auch sie.

Maria schwor Rache, aber erst viel später, als ihr bewusst wurde, was in dieser Nacht tatsächlich geschehen war.

Maria besuchte die Schule, schloss eine Ausbildung im Detailhandel ab. Sie mobilisierte ihre körperlichen Kräfte im Kampfsport.

Die seelische Wunde schloss sich nicht.

Er liegt vor ihr auf seinem Bett, in seinem mickrigen Zimmer. Dass er sich gebessert habe, ist die Einschätzung seiner Psychiater gewesen. Diese teilten auch die Gefängnisaufseher, die ihn nur von seiner guten Seite kannten. Er sei nie aufmüpfig gewesen. Die Bibel habe er gelesen und sich zum Glauben bekehrt. Gott hat ihm vielleicht verziehen. Maria dagegen nicht.

Robin alias Anton lebt, wenn auch an einem seidenen Faden. Bald würde er ausgeblutet sein, wegen der tiefen Wunden, die die Säge an seinen Armen und Beinen hinterlassen hat.

Noch scheint sein Verstand im Diesseits zu sein.

Es würde erst zu Ende sein, wenn der letzte Lebenshauch aus seiner Nase strömte. Aus seiner gebrochenen Nase.

Maria holt die Vorratsdose aus der Tasche, schraubt den Deckel auf. Das letzte Ritual – sie hat es sich für diesen Moment aufgespart. Sie hält den Atem an. Der Gestank raubt ihr fast die Sinne. Sie trägt die Dose zum Bett, hält sie Robin vors Gesicht, entreißt ihm den Lappen. Falls er sein Bewusstsein verloren hat, würde er es nun wiedererlangen.

Er reißt das eine Auge auf. Maria bemerkt, wie er würgt.

»Was zum Teufel ist das?« Es sind seine letzten Worte.

»Mein Weihnachtsgeschenk«, sagt Maria. »Zwiebeln. Am Ende jeden Jahres seit ich sieben war, habe ich eine weitere Zwiebel in die Dose gelegt. Durch die Gärung hat sich ein Gestank entwickelt, der schlimmer als der Geruch der Verwesung ist. Atme … atme den Hauch des Todes …«

Es klingelt.

Maria hat mit allem gerechnet. Mit dieser Störung nicht.

Wer steht vor der Tür? Ein Freund dieses Ungeheuers? Sie vermag nicht, es sich vorzustellen. Solche Aase haben keine Freunde. Sie sind vom Tod umgeben, von der stinkenden Brühe der Verdammnis.

Robin stößt unmenschliche Laute aus. Maria schiebt ihm den Lappen wieder zwischen die Zähne.

Es klingelt ein zweites Mal.

Jemand steckt einen Schlüssel ins Schloss. Sie tappt in den engen Flur, sieht wie der Türgriff nach unten gedrückt wird. Die Polizei, durchfährt es sie. Jemand hat das Stöhnen gehört, den Gestank gerochen, selbst bei geschlossenen Fenstern. Jemand hat ihre Absichten erkannt, sie womöglich von der Bar aus verfolgt. Beobachtet, wie sie zusammen mit Anton, der sich Robin nennt, in ihren Wagen gestiegen ist. Wie sie vor dem Wohnblock das Auto verlassen und eine Tasche aus dem Kofferraum geholt hat. Wie sie mit ihm die Treppen hinaufgegangen und in sein Zimmer getreten ist.

Jemand musste Maria verraten haben.

Mit klopfendem Herzen bleibt sie im Flur stehen. Was soll sie bloß tun? Welche Ausrede würde ihr einfallen, sollte man sie auf frischer Tat ertappen?

Sie ist genauso renitent wie diese Kreatur auf dem Bett. Die Handschellen scheppern, als Robin mit letzter Kraft versucht, sich loszureißen. Es gelingt ihm nicht, genauso wenig, wie es Mam gelungen war.

Der Fremde vor der Tür bemüht sich vergebens um Einlass. Der Schlüssel steckt von innen. Maria hat ihn selbst umgedreht, zweimal sogar.

Sie geht zurück ins Zimmer, wo das blutende Ungeheuer liegt und zuckt. Wo es zittert ob des Blutverlusts. Wo seine letzte Minute anbricht, die letzte Sekunde. Maria entnimmt der Tasche einen Hammer. Sie will auf den Sterbenden einschlagen, bis sein Kopf platzt und die Schädeldecke zum Vorschein kommt. Sie will zuschlagen, einmal für jedes verdammte Jahr, das sie ohne Mam hat erleben müssen.

Maria schwingt den Hammer, nimmt Anlauf, lässt ihn niedersausen, ohne die Kreatur zu treffen. Der Mörder ihrer Mam soll noch ein letztes Mal leiden und Adrenalin spüren, soll ebenso wie ihre Mutter einen Herzkrampf bekommen.

Vielleicht würde ihm erst jetzt bewusst werden, was er getan, was er ihr zugefügt, wie er sie zu einer Frau ohne jegliches Gefühl von Liebe gemacht hatte.

Der Fremde rüttelt noch immer an der Eingangstür, stemmt sich hörbar dagegen.

Maria schwingt den Hammer erneut über ihren Kopf.

Als der erste Schlag aufprallt, spritzt Blut, und im Türrahmen steht jemand. Die Tür liegt auf dem Boden. Durch tränennasse Augen sieht sie, wie der Fremde auf sie zukommt. In seiner Hand hält er ein Paket, in Geschenkpapier gewickelt. Weiße Sterne auf blauem Grund. Und eine glitzernde Masche.

Noch ein Schlag. Maria trifft die Stirn. Sie platzt.

Der dritte Schlag erwischt das unversehrte Auge.

Da muss er längst schon tot sein.

»Robin!«

»Robin?« Maria hält den Hammer schützend vor sich, glaubt an einen Albtraum, möchte endlich aufwachen. Es ist Heiligabend und draußen fällt Schnee.

»Wer sind Sie?« Diese Stimme.

Maria ahnt Ungeheuerliches.

Da steht er. Anton. Der Mörder ihrer Mutter.

Der Klon der Leiche auf dem Bett.

Der Zwillingsbruder.

Maria ist erstaunt, verwirrt, verstört und ahnt, ihre Rache hätte nicht schlimmer sein können.

Tochter Zion freut sich!

An diesem Heiligen Abend tötet sie ein weiteres Mal.

Stephan Pörtner

Ein geschenkter Fall

Wie immer an Weihnachten hatte Hugo Bärtschi Dienst. Mitte November, wenn die Einsatzpläne für die Feiertage gemacht wurden, kamen die Kolleginnen und Kollegen von der Kripo Zürich zu ihm und fragten: »Könntest du nicht eventuell …?« Er konnte. Mit Weihnachten hatte er nichts am Hut, und darum übernahm er Ende Dezember so viele Schichten wie möglich. Damit bügelte er jeweils die Verstimmungen aus, die er während des Jahres verursacht hatte.

Über die Feiertage war viel los, dann wenn es eigentlich am schönsten sein sollte, wurde es oft am hässlichsten; verkrustete Konflikte entluden sich, Enttäuschungen und Widerwillen brachen sich Bahn. Noch aber war es ruhig an diesem 24. Dezember, und Bärtschi ging in eine Beiz in der Altstadt, in der es traditionell an Weihnachten für Polizisten, Tram-Chauffeusen und andere, die nicht frei hatten, gratis Schüblig und Kartoffelsalat gab. Er stach gerade seine Wurst auf und ließ das Fett tropfen, als jemand fragte: *»Isch da no frei?«*

Bärtschi schaute auf. Vor ihm stand ein älterer Herr, der seine einstige Eleganz mit letzter Anstrengung aufrechtzuerhalten versuchte, und sah ihn erwartungsvoll an.

»Von mir aus«, brummte Bärtschi.

»Lange nicht gesehen.« Der Mann lächelte.

Bärtschi musste einen Moment überlegen. »Arturo Bondini, wenn ich mich richtig erinnere.« Ein überdurchschnittliches Personengedächtnis war die Grundvoraussetzung für einen guten Kriminalbeamten.

Der Alte setzte sich. »So ist es, Herr Bärtschi. Immer noch bei der Polizei?«

»Ein paar Jahre noch, dann werde ich pensioniert.«

»Es gibt nichts Wichtigeres, als im richtigen Moment aufzuhören«, unkte Bondini.

Die Bedienung kam, der Alte bestellte einen Zweier vom billigsten Roten und fragte nach Schüblig und Kartoffelsalat.

»Das Menü gibt es nur für die Leute, die an Weihnachten arbeiten müssen, und du hast doch noch keinen Tag in deinem Leben gearbeitet!« Die Frau mit dem langen weißen Zopf lachte. »Aber für dich mache ich eine Ausnahme.«

»Wie geht es Ihnen?«, fragte Bärtschi, als der Wein serviert war und sie anstießen. Er hatte Klienten gegenüber immer das Sie bewahrt. Mit Bondini hatte er ein paarmal zu tun gehabt.

»Hundsmiserabel«, kam die Antwort. »In mir drin wuchert ein Krebs, aber aufschneiden lasse ich mich nicht. Ich habe mein Leben gelebt.«

Bondini war ein begnadeter Einbrecher gewesen, an ein paar spektakulären Diebstählen und Einbrüchen bei Juwelieren und Kunstgalerien beteiligt. Oft verdächtigt, ein paarmal erwischt, manchmal überführt. Er hatte wohl so fünfzehn Jahre seines Lebens hinter Gittern verbracht. Eher wenig für einen Berufsverbrecher.

Gentleman-Räuber nannte ihn seinerzeit die Presse. Diese Gattung würde mit Bondini endgültig aussterben, denn die gewaltfreien Verbrechen hatten sich ins Internet verlegt.

Mit Appetit aß der Einbrecher neben dem Polizisten seine Wurst. Als er fertig war, wischte er sich den Mund ab und wandte sich an Bärtschi: »Es ist Heiligabend. An Weihnachten macht man Geschenke. Ich schenke Ihnen die Auflösung eines Falles. Eines berühmten Falles.«

Bärtschi bestellte noch einen Zweier Roten, vom guten, und für sich ein alkoholfreies Bier, er war im Dienst und hoffte, dass sein Handy nicht klingeln würde.

»Waren Sie schon einmal im neuen Kunsthaus?«, wollte Bondini wissen.

»Nein«, musste Bärtschi zugeben.

»Sollten Sie aber. Das Herz des Hauses ist ein großes Loch aus kaltem Beton, wenn das kein Symbol für unsere Stadt ist. Bestimmt haben Sie von der Blamage wegen der geklauten Bilder gehört.«

Bärtschi nickte. Er hatte die Debatte, die um das Kunsthaus getobt hatte, nur am Rande mitbekommen. Offenbar hatten sich die linke Stadtpräsidentin und eine linke Regierungsrätin mit dem Geldadel vom Zürichberg zusammengetan, um der höchst umstrittenen Gemäldesammlung des Waffenfabrikanten Bührle im Neubau des Kunsthauses eine langfristige Bleibe zu errichten.

»Dabei gibt es das Haus nur wegen geklauter Bilder, genauer gesagt, der vier Bilder, die 2008 aus dem Bührle Museum gestohlen wurden.«

»Daran erinnere ich mich. Die sind aber alle wieder aufgetaucht oder nicht?«

»So ist es, im April 2012, sieben Monate vor der Abstimmung über den Kunsthausneubau waren auch die letzten beiden Meisterwerke wieder da. Gutes Timing, nicht wahr? Eine rechtzeitige Erinnerung daran, wie gefährlich es war, solch unersetzbaren Kunstwerke nicht an einem angemessenen gesicherten und dem Publikum zugänglichen Ort aufzubewahren. Eines der Bilder war von Edgar Degas, es heißt *Ludovic Lepic und seine Töchter*. Ein sehr schönes Bild. Ich weiß, wovon ich spreche, es hing vier Jahre lang in meinem Wohnzimmer.«

Bärtschi trank einen Schluck und legte dem Alten die Hand auf die Schulter. »Mein Lieber, so einen *Chabis* können Sie jemand anderem erzählen.«

»Hören Sie doch erst einmal zu. Die Geschichte ist kein *Chabis*.«

Bärtschi seufzte und hoffte nun doch, sein Handy würde läuten und ihn zur Arbeit rufen. Er hatte auf etwas Handfestes gehofft. Räubergeschichten, im wahrsten Sinne des Wortes, hatte er in seinem Leben genug gehört.

Bondini fuhr unbeirrt fort: »Es lässt sich nicht bestreiten, dass mit dem Raub dieser vier Bilder, diese Sammlung, die höchst umstritten war, wieder ins Bewusstsein der Öffentlichkeit gerückt wurde. Was heute als Touristenmagnet und Glanzpunkt der Kulturstadt dienen soll, war in einer alten Villa am Stadtrand untergebracht. Das war ein ziemliches Problem, denn so eine Sammlung ist zwar eine gute Wertanlage, aber sie kostet. Je mehr sie wert ist, desto mehr kostet sie. Wie Sie wissen, Herr Bärtschi, scheut niemand Kosten so sehr wie die

Reichen. Für Kosten wurde schließlich die öffentliche Hand erfunden.«

»Seit wann sind Sie ein Roter, Bondini?«

»Ich sage nur, wie es ist. Der Stiftung ging es mit dieser Sammlung wie dem Zauberlehrling. Die Bilder wurden immer wertvoller und wertvoller, und das kleine Museum war nicht geeignet, sie langfristig zu beherbergen. Die Verhandlungen mit der Stadt stockten, denn dort hatten sich die Sozis eingenistet, und es sah nicht so aus, als ließen sie sich so schnell wieder vertreiben. Etwas musste geschehen. So kam man auf die Idee, ein paar Bilder verschwinden zu lassen.«

»Wollen Sie mir erzählen, der Raub sei nur vorgetäuscht worden?«

»Nein, das war alles echt. Die Frage ist nur: Wer hat den Auftrag gegeben?« Bondini hob den rechten Zeigefinger. »Sagen wir so: Wenn an der Eröffnung des Kunsthauses der Festsaal eingestürzt wäre, wären die Auftraggeber tot. Ich war natürlich nicht eingeladen. Aber ich war dabei bei dem Raub.«

»Die Räuber sind doch verhaftet worden.«

»Nur einer, in Serbien, bei dem sogenannten Rückkauf, der aber fingiert war. Der Verhaftete, das war einer von der Pink Panther Connection. Darauf hat der Auftraggeber bestanden. Weil die Pink Panthers, die waren damals berühmt. Sie wissen ja, wie reiche Leute sind, für sie ist nur das Beste und Berühmteste gut genug, auch bei den Räuberbanden.« Bondini grinste. »Obwohl es die Bande streng genommen gar nicht gibt. Das ist eher ein lockeres Konglomerat. Aber eben, die Nationalitäten, die damit in Zusammenhang gebracht werden, sind bekannt, also habe ich einen entsprechenden Mann engagiert.«

»Sie behaupten also, Sie seien von jemandem, der der Sammlung nahesteht, mit dem Raub der Bilder beauftragt worden?«

»Diskret, Herr Bärtschi, äußerst diskret. Den Namen kann ich natürlich nicht nennen. Die Kommunikation lief über eine Anwaltskanzlei nahe der Bahnhofstrasse, Sitzungszimmer mit dunklen Holzwänden, absolut schalldicht, feiner Espresso, Eingang durch die Tiefgarage.«

»Dort hat man Sie beauftragt, die Bilder zu klauen?«

»So ist es, ich bin, Bescheidenheit beiseite, der beste Kunsträuber des Landes. Nun gut, sagen wir, ich war es zu jener Zeit. Durchgeführt haben die Aktion schließlich der Serbe, ich und ein Dritter, dessen Name ich auch nicht nennen kann. Aber Sie kennen ihn, Bärtschi, ein alter Bekannter.«

Bärtschi mochte nicht rätseln.

»Das Ganze war ein Krampf. Damit kein Verdacht aufkommen oder der Raub als Nachlässigkeit abgetan werden konnte, wurde kurz zuvor eine erstklassige Alarmanlage eingebaut. Einbrechen war nicht mehr möglich. Wir mussten die Bilder von den Wänden reißen.« Bondini schüttelte den Kopf, nahm einen Schluck Wein und verzog das Gesicht. »Nicht mein Stil, wie Sie wissen. Doch es ging nicht anders. Das war natürlich nicht sehr elegant, es waren auch Leute im Museum, und die Sache wäre beinahe schiefgelaufen. Wir mussten schnell verschwinden. Der dritte Mann hat dann auch noch den *Flatteri* gekriegt und kam nur bis zum

Burghölzli hinauf, wo er das Auto mit einem Van Gogh und einem Monet auf dem Parkplatz zurückgelassen hat und abgetaucht ist. Wir wussten selber nicht, wo er abgeblieben ist. Eine Woche lang stand das Auto unabgeschlossen da, mit Bildern im Wert von über hundert Millionen im Kofferraum. In fast jeder anderen Stadt der Welt wäre es geklaut worden, aber wir sind ja hier in Zürich, also blieb es stehen. Zum Glück. Das wäre ein Desaster gewesen, wenn die beiden Bilder wirklich weggekommen wären. Die zwei anderen Gemälde haben wir aufgeteilt. Der Serbe behielt den Renoir, ich den Degas. Er passte gut in mein Wohnzimmer, ich hängte ihn so auf, dass ich ihn vom Sofa aus betrachten konnte. Das, mein lieber Herr Bärtschi, habe ich stundenlang getan, ein wunderbares Bild, auch wenn es beim Abhängen beschädigt wurde.«

Bärtschi fuhr sich durch die Haare, um sie nicht zu raufen.

»Sie glauben mir nicht? Schauen Sie, hier.« Bondini kramte sein Handy hervor und fummelte daran herum. Schließlich hielt er es Bärtschi unter die Nase. Er sah eine weiße Wand, vorne ein niedriges Sideboard mir einem Fernseher darauf, darüber ein Bild. Darauf erkennbar war ein bärtiger Mann, links von ihm ein kleines Kind, dick eingepackt, ein weißes Bündel, das aussah wie ein Schneemann, rechts ließ sich mit etwas Phantasie ein ebenfalls weiß gekleidetes Mädchen erkennen. Das Display von Bondinis Handy hatte einen Sprung. Wenn es das Bild *Ludovic Lepic und seine Töchter* war, das dort hing, konnte es sich um eine Kopie handeln, wie man sie in Brockenhäusern manchmal findet.

Bondini schaute mit so etwas wie Vaterstolz auf den kleinen Bildschirm.

»Sie haben mir gute Gesellschaft geleistet, die drei. Ich selber habe keine Familie. Während ich mit ihnen zusammenlebte, war ich zudem reich wie noch nie in meinem Leben. Wie Sie wissen, bin ich in Waisenhäusern und Kinderheimen aufgewachsen und der Leiter einer solchen Anstalt, im Thurgauischen, war so ein verhärmter, religiöser Mann, der hat immer gesagt: ›Ihr seid arm geboren und ihr werdet arm sterben. Gott hat euch nicht auserwählt, euer Platz in der menschlichen Gemeinschaft ist ganz unten.‹ – ›Das kann schon sein, dass ich arm sterbe‹, habe ich einmal geantwortet, ›aber dazwischen werde ich Millionär sein. Das garantiere ich Ihnen.‹ Dafür wurde ich eine Woche lang in den Keller gesperrt. Schlussendlich haben wir beide recht behalten.«

»Wenn Ihnen das Bild nicht gehört hat, waren Sie nicht wirklich Millionär.«

»Es war nicht mein Eigentum, aber in meinem Besitz. So wie andere Bilder der Sammlung im Besitz der Stiftung sind, aber nicht ihr Eigentum.« Bondini hustete, es klang wie eine Metallkugel, die durch ein Ofenrohr kullerte. »Wir bekamen rund zwei Millionen pro Person. Der Serbe mehr, weil er ins Gefängnis musste, damit bei dem Fall etwas Fleisch am Knochen war, wissen Sie. Der Dritte, der nach drei Wochen wieder aufgetaucht ist, bekam weniger, weil er es verbockt hatte.«

»Nach den Bildern wurde doch international gesucht, sind denn die Kollegen nicht bei Ihnen vorbeigekommen? Sie waren doch ein naheliegender Verdächtigter.«

»Zu naheliegend und zu langweilig. Stattdessen wurde

eine internationale Taskforce gegründet, da wurde mit der großen Kelle angerichtet. Überall wurden die Bilder gesucht, nur nicht in meinem Wohnzimmer. Die Hälfte des Honorars bekamen wir im Voraus, den Rest bei Rückgabe der Bilder. In Serbien haben sie ein paar Monate vor der Kunsthaus-Abstimmung noch ein Riesentrara veranstaltet, ein richtiges Fotofinish, damit das noch mal fett in die Schlagzeilen kommt. Meinen Degas habe ich, als ich die entsprechende Anweisung bekam, ganz einfach in die Kanzlei bei der Bahnhofstrasse gebracht. In braunem Packpapier eingewickelt, mit dem Tram.«

»Warum sind Sie jetzt wieder arm, wenn Sie damals zwei Millionen kassiert haben?«

»Gewiss kennen Sie den Spruch von George Best, dem britischen Fußballer: ›Ich habe viel Geld für Frauen, Alkohol und Autos ausgegeben, den Rest habe ich verprasst.‹ So ungefähr war es bei mir, nur dass es, wie Ihnen bekannt ist, nicht die Frauen, sondern die Männer waren. Das Ergebnis ist allerdings dasselbe.«

»Warum haben Sie das Bild nicht verkauft? Das hätte doch viel mehr eingebracht.«

»Zu schwierig, zu mühsam, zu riskant. Es ist immer die Gier, die einen ins Gefängnis bringt. Ich bevorzuge zufriedene Auftraggeber. Die Aktion war ein voller Erfolg. ›So etwas darf nicht mehr passieren mit so schönen, wertvollen Bildern‹, haben sich die Stimmberechtigten gesagt und das neue Museum bewilligt. Inzwischen gab es, da hatten die Verantwortlichen Glück, eine Stadtpräsidentin, die zum Thema Stadtmarketing promoviert hatte, und der war die Herkunft der Bilder wurscht. Sie wollte das Problem aus der Welt schaffen, wie Akademikerinnen Probleme aus der Welt zu schaffen pflegen: Mit einem Gutachten. Fast hätte es geklappt.«

Bärtschi trank sein alkoholfreies Bier aus. Sein Handy war still geblieben, trotzdem stand er auf.

»Zugegeben, es ist eine gute Geschichte, Bondini, *si non e vero e bon trovato*, so sagt man doch? Frohe Weihnachten und machen Sie keinen Blödsinn mehr.«

Bondini winkte ab und zog eine Zündholzschachtel aus der Tasche. »Da, geben Sie das Ihren Kollegen vom wissenschaftlichen Dienst.«

Die beiden reichten sich die Hand und verabschiedeten sich. Bärtschi hatte eine Ahnung, dass er den Mann zum letzten Mal sah.

Die Zündholzschachtel warf er achtlos in die Schreibtischschublade und hatte sie schon fast vergessen, als er am 6. Januar vom Ableben Arturo Bondinis erfuhr. Bärtschi nahm die Schachtel wieder hervor. Darin war ein winziges Stück Leinwand, daran haftete etwas weißlich-graue Farbe. Er übergab es einer guten Bekannten beim wissenschaftlichen Dienst. Sie meldete sich ein paar Tage später telefonisch:

»Das ist ein Stück Leinwand ungefähr von 1870. Es gibt einen Match in unserer Datenbank, aber ich kann nur die Case-Nummer einsehen: AL-N5 14593. Um herauszufinden, in welchem Zusammenhang so eine Probe schon einmal aufgetaucht ist, müsste ich die Unterlagen beantragen.«

»Nicht nötig«, brummte Bärtschi. Er wusste, um welchen Fall es sich handelte. Den größten Kunstraub der Schweiz. Der gar keiner war.

Tom Zürcher

Unter dem Weihnachtsbaum

Michi Frisch ist der jüngste Kommissar, der je bei der Zürcher Polizei gearbeitet hat. Er trägt Sneakers mit offenen Schuhbändeln und roter Sohle, trinkt Rivella und kann schießen wie kein Zweiter. Dabei ist er nur selten am Schießstand anzutreffen. Er schießt gern aus dem Bauch heraus, und auch sonst im Leben macht er vieles aus dem Bauch heraus, weshalb ihn seine Freundin Johnny Sorglos nennt. Aber Michi macht sich schon auch Sorgen, ziemlich oft sogar, nur sieht man es ihm meist nicht an. An Heiligabend vor einem Jahr aber schon.

Im Zürcher Hauptbahnhof war am Morgen des Heiligabends eine Leiche gefunden worden. Michi Frisch fuhr mit seinem Assistenten, dem alten Schlotterbeck, hin. Es hatte in der Nacht geschneit, Straßen und Denkmäler waren mit einem feinen Puder überzogen, und es war eisig kalt.

Schlotterbeck freute sich über den Mord, weil nun Weihnachten ausfiel. Der Alte hasste alles, was die Leute liebten, und liebte alles, was die Leute hassten. Er war ein Überbleibsel aus der schlechten, alten Zeit, als man noch offen feindselig sein durfte gegenüber allen, die keine bleiche Nase oder keinen Sack hatten. Das Erstaunliche an ihm war nur, dass er trotz seines ganzen Grimms und Hasses sich selbst zu mögen schien. Sich und seinen labbrigen Speckmantel, der nach Salatsauce roch.

Im Bahnhof war es noch kälter als draußen. Michi fror in seinen Sneakers. Im hinteren Teil der Haupthalle stand wie jedes Jahr ein mächtiger Weihnachtsbaum, der gutmütig die Swarovski-Sterne an seinen Ästen funkeln ließ. Darunter lag zwischen dekorativen Geschenkpaketen die traurige Bescherung: ein totes Mädchen mit verschmiertem Lippenstift. Es sah aus, als schlafe es nur, und Michi Frisch stellte sich vor, wie es die Augen öffnete und Papa zu ihm sagte, und wie er dem Mädchen darauf erklärte, dass er nicht sein Papa sei, dass er dafür noch zu jung oder, wie es seine Freundin ausdrücken würde, zu unreif sei. Den Blödsinn dachte er sich nicht mit Absicht aus, sein Hirn produzierte in beklemmenden Situationen automatisch solche Bilder, um den Druck abzubauen.

Schlotterbeck kniete sich hin und kroch ganz nah an das tote Mädchen heran. Wie ein Hund beschnüffelte er die zerlaufene Schminke und den zarten, fleckigen Hals und Michi fragte sich, ob der Alte auch ein Überdruckventil in Form von absurden Bildern hatte. Wohl kaum. Das kindliche Gesicht des Opfers schien ihn nicht zu bekümmern, im Gegenteil, so entspannt und zufrieden wie jetzt bei seinem Leichenschmaus sah man ihn selten. Vielleicht war er auch nur froh, dass es eine Frau erwischt hatte und keinen Mann, dachte Michi.

»Vergewaltigt?«, fragte Schlotterbeck den Arzt, der in der Nähe stand.

»Nein, nur erwürgt.«

Michi wollte den Namen des Mädchens wissen, aber den konnte man ihm noch nicht sagen. Es waren weder Handtasche noch Portmonee gefunden worden, nur ein Handy, das aber gerade von der Spurensicherung untersucht wurde. Michi ließ es sich geben. Er kauerte neben der jungen Frau nieder, nahm ihren kalten Daumen und versuchte das Handy zu entsperren. Es klappte nicht auf Anhieb, er musste den Daumen erst in seiner Hand wärmen.

»Wie bist du denn hierhergekommen?«, fragte er das Mädchen. Baum und Geschenke waren mit einer zwei Meter hohen Glaswand umzäunt, und das Schloss in der Glastür schien unbeschädigt zu sein. »Kannst du mir sagen, wieso das Paket neben dir aufgerissen ist?«

»Spricht er etwa mit der Toten?«, fragte Schlotterbeck in die Runde und schnitt eine Grimasse. Michi stand auf.

»Nora«, sagte er und blickte vom Handy auf. »Ihr Name ist Nora.«

»Passt«, fand Schlotterbeck.

Nora war 15 Jahre alt und wohnte bei ihren Eltern am Escher-Wyss-Platz. Michi und Schlotterbeck fuhren hin. Während der Fahrt ging Michi die WhatsApp-Nachrichten auf Noras Handy durch. Die letzte hatte sie um Mitternacht verschickt. Sie gehe nach Hause, hatte sie einem Pete mitgeteilt. Der hatte darauf nicht geantwortet. In den frühen Morgenstunden hatte Noras Mutter ihr immer wieder geschrieben:

Bitte komm nach Hause, Liebes
Bitte komm nach Hause

Schlotterbeck parkte unter der Hardbrücke, die an Noras Wohnblock vorbeiführte. Dort stiegen sie in den zweiten Stock und klingelten. Die Fenster im Treppenhaus vibrierten vom morgendlichen Schwerverkehr, der über die Brücke rollte.

Eine Frau mit verheulten Augen öffnete. Sie guckte die Männer an, schüttelte langsam den Kopf und flüsterte: »Nein, bitte nicht.« Sie drehte sich um, und die Männer folgten ihr in die Küche, wo Noras Vater im Unterhemd am Küchentisch saß und ein angebissenes Butterbrot auf den Teller zurücklegte. Er schaute seiner Frau zu, wie sie sich auf einen Stuhl sinken ließ und sich die Tränen aus den Augen wischte. Er musterte die Besucher und fragte mit trockener Stimme:

»Nora?«

»Tot«, sagte Schlotterbeck, worauf der Vater ein Lachen herauspresste. Michi sprach den Eltern sein Beileid aus und fragte, wann sie ihre Tochter das letzte Mal gesehen hätten.

»Gestern morgen, bevor sie zur Arbeit ging.« Sie hätten gestritten. »Es ist meine Schuld«, sagte die Mutter.

»Nein, das Büro!«, sagte der Vater und lachte wieder dreckig. Nora habe dort gelitten wie ein Hund. Sie habe davon gesprochen, die Lehre abzubrechen, weil sie es nicht mehr aushalte. Sie sei ein leidenschaftliches Mädchen und übertreibe oft, weshalb man ihr nicht immer glauben könne.

»Aber jetzt ist es passiert!«, rief die Mutter, und der Vater stand auf und taumelte aus der Küche. Michi schaute aus dem Fenster. Auf der Brücke standen Lastwagen im Stau. Man konnte den Fahrern in die Kabinen sehen. Sie tranken Kaffee, aßen Muffins und rasierten sich mit kleinen Apparaten.

Schlotterbeck holte seinen Notizblock aus dem Mantel und stellte der Mutter ein paar Fragen:

»Wo waren Sie letzte Nacht?«

»Hier.«

»Ihr Mann?«

»Auch. Wie hat Nora es gemacht?«

»Was gemacht?«

»Hat sie sich vor einen Zug geworfen?«

»Wieso hätte sie das tun sollen?«

»Aber ...?«

Schlotterbeck klärte die Mutter darüber auf, dass es nicht Selbstmord war, sondern Mord. Ihre Tochter sei erwürgt worden, erdrosselt, wie es im Fachjargon heiße. Vermutlich von einem Mann, denn Noras Kehle sei mit bloßen Händen eingedrückt worden. Es könnte natürlich auch eine Transfrau gewesen sein, von denen würden ja immer mehr herumlaufen in Zürich, und die hätten eine Wahnsinnskraft.

»Es reicht«, sagte Michi.

Finde er auch, sagte Schlotterbeck. Die Welt sei übergeschnappt.

Die Mutter stand auf und wollte es ihrem Mann erzählen gehen, aber der war verschwunden, hatte sich heimlich aus der Wohnung geschlichen. Michi schickte Schlotterbeck, um ihn zu suchen. Er fragte die Mutter, warum sie von Selbstmord ausgegangen sei.

Weil es Nora so schlecht gehe. Sie sei nicht nur bei der Arbeit unglücklich, sondern auch sonst. Sie habe einen schwierigen Freund, Pete. Alles sei gerade schwierig in ihrem Leben. »Wo haben Sie meine Nora gefunden?«

»Im Hauptbahnhof unter dem großen Weihnachtsbaum«, sagte Michi. Sie sei auf weichen Tannenzweigen gebettet gewesen und habe ausgesehen, als würde sie schlafen. Abgesehen von ihrem Hals sei sie unversehrt gewesen.

»Hat sie vorher noch etwas gegessen?«

Michi wusste es nicht. Die Mutter nahm seine Hand und drückte sie ganz fest. Flehend sagte sie:

»Bitte sagen Sie nicht, dass sie ohne Nachtessen gestorben ist.«

Auf der Brücke kam ein Lastwagen ins Schleudern. Er durchbrach das Geländer und fuhr ins Küchenfenster. Der Fahrer wurde aus der Kabine geschleudert und landete mit einem Salto auf dem Tisch. Er trug bayerische Lederhosen und sagte fröhlich, *basst scho.*

*

Michi und Schlotterbeck fuhren ans Limmatquai, wo Nora in einem Architekturbüro gearbeitet hatte. Für Schlotterbeck stand der Hauptverdächtige fest: der Vater.

»Weil er abgehauen ist?«

»Sein Lachen.«

»Überdruckventil«, sagte Michi.

»Hä?«

»Sie haben keins, oder?«

Das Büro lag in einem alten Zunfthaus mit tiefer Decke. Die kleinen Fenster ließen kaum Licht herein. Michi berührte einen der schwarzen Holzbalken, die aus der Wand ragten und zusätzlich für gedrückte Stimmung sorgten.

Es gab eine kleine Empfangstheke, aber die war nicht besetzt. Dahinter sah es aus wie in einem Callcenter. Die Angestellten drängten sich Pültchen an Pültchen und starrten mit weißen AirPods in den Ohren in kalte Bildschirme. Richtig Platz hatte nur das Modell eines Schulhauses, das hinten beim Fenster stand.

»Ich muss mal«, sagte Schlotterbeck und schritt zur Toilette, doch statt einzutreten, schreckte er zurück. Michi hörte Stimmen und ging nachschauen. Die Toilette war zu einem Sitzungszimmer umfunktioniert worden. Um einen runden Tisch saßen Männer in schwarzen Pullovern und besprachen einen Bauplan. Der Kleinste von ihnen sah auf und fragte angespannt:

»Kann ich helfen?«

»Muss pissen«, sagte Schlotterbeck.

»Unten im Restaurant«, sagte der kleine Angespannte, und Schlotterbeck stapfte davon.

Michi kehrte zur Empfangstheke zurück. Der kleine Angespannte kam angewetzt. Michi zeigte ihm seinen Ausweis und erklärte, er sei wegen Nora hier.

Sie sei noch nicht da, sagte der andere, sonst säße sie hier am Empfang. »Hat sie was ausgefressen? Ich bin ihr Chef.«

Michi wollte wissen, wie Noras Arbeit aussehe.

»Klassische Bürolehre«, sagte der Chef. »Kaffee brühen, Post verteilen, Sitzungsprotokolle abtippen, Sandwiches und Salate holen und so weiter.«

»Schon hart«, sagte Michi.

»Was?«

»Für ein junges Mädchen.«

Büro sei kein Ponyhof, sagte der Chef. Sie stünden gerade mitten in einem Wettbewerb und arbeiteten bis zu zwanzig Stunden am Tag.

»Musste Nora auch so lange arbeiten?«

»Natürlich nicht.«

»Waren sie zufrieden mit ihr?«

»Geht so.«

»Sie haben es nicht bemerkt.«

»Was?«

»Ich habe in der Vergangenheitsform von ihr gesprochen.«

»Warum?«

»Weil sie tot ist.«

Michi erzählte, was passiert war. Der andere zeigte keine Regung, was Michi nicht verwunderte. Das Gesicht des Mannes war zu angespannt, um Entsetzen oder Betroffenheit ausdrücken zu können. Schlotterbeck stieß dazu und fragte, ob es neue Erkenntnisse gebe. Der Chef sagte, er müsse arbeiten. Michi gab ihm seine Karte für den Fall, dass ihm noch etwas zu Noras Tod einfalle.

Draußen meinte Michi, als sie in den Wagen stiegen, das sei das reinste Gefängnis. Schlotterbeck stimmte ihm zu. Gut, dass die Kleine nicht mehr dahin zurückkehren müsse.

»Was jetzt?«, sagte er.

»Wir haben ein Date«, sagte Michi.

»Ein Date?«

»Mit Pete.«

Michi hatte Noras Freund eine Nachricht von ihrem Handy geschickt. *12 Uhr Café Zähringer?*, hatte er geschrieben und als Antwort einen Daumen nach oben erhalten. Das hatte ihn an Noras kalten Daumen erinnert. Er spürte ihn immer noch in der Hand.

*

Das Café Zähringer lag im Niederdorf, nicht weit vom Architekturbüro entfernt. Drinnen roch es nach Weinessig und Kreuzkümmel, und Schlotterbeck sagte, er hasse diese alternativen Bio-Lokale. All diese Studenten und Feministen, die sich für etwas Besseres hielten, nur weil sie den Apfel samt Stiel aßen.

»Ich esse überhaupt keine Äpfel«, sagte er.

»Sieht man«, sagte Michi.

Ein Tisch war gerade frei geworden und wurde von einem Kellner aus Eritrea abgeräumt. Schlotterbeck hielt ihm den Polizeiausweis unter die Nase.

»Was soll das?«, fragte der Eritreer.

»Ja, was soll das?«, fragte auch Michi.

»Nur mal die Reaktion testen«, grinste Schlotterbeck und steckte den Ausweis wieder weg.

Sie setzten sich und bestellten. Michi wollte nur ein Rivella, und Schlotterbeck wollte Fleisch. Der Kellner sagte, es gebe Hirschpfeffer.

»Na dann mal her damit, eine große Portion.«

Während Schlotterbeck sich über seinen Teller hermachte, las Michi ein paar Mails auf seinem Handy. Eine war von der Spurensicherung und hatte ebenfalls mit Hirsch zu tun: Nora sei mit Handschuhen aus Hirschleder erwürgt worden. Sein Essen schmecke auch nach Handschuhen, meinte Schlotterbeck, aß aber trotzdem fertig. Wo dieser Pete bleibe. Gestern sei er auch nicht aufgetaucht, sagte Michi und las aus Noras WhatsApp-Verlauf vor. Pete hätte Nora am Abend hier, im Zähringer, treffen sollen, sei dann aber im Chat verstummt. Bis vorhin, wo er den Daumen geschickt hatte.

»Sie haben da etwas zwischen den Zähnen.«

»Was?«

»Handschuh, nehme ich an.«

Schlotterbeck grub in seinen Manteltaschen und holte ein dickes, rotes Taschenmesser hervor. Er zog einen Zahnstocher aus dem Schaft und pulte damit zwischen den Zähnen. Auf dem Taschenmesser leuchtete eine goldene Gravur: *André Jäger*

»Das ist doch der Name von Noras Chef«, sagte Michi.

»Schon möglich.«

Schlotterbeck fing an, die Klingen und Werkzeuge auszuklappen.

»Sie haben es mitgehen lassen?«

»Nö, Herr Jäger hat es mir geschenkt.« Schlotterbeck entdeckte einen Kaba-Schlüssel, was ihn freute, da er so einen noch nie gesehen hatte bei einem Taschenmesser.

»Ich sammle diese Dinger.«

»Das hier nicht«, sagte Michi, »das geben wir zurück.«

»Sicher nicht.«

»Wetten?«

»Was wollen Sie tun? Mich verhaften?«

Die Tür ging auf und ein schmächtiger Junge mit Ziegenbärtchen und Latzhose trat ein. Seine einzige Winterausrüstung bestand aus dicken Fausthandschuhen. Er schaute sich um, bis Schlotterbeck aufstand und ihn an den Tisch holte.

»Setz dich. Nora kommt nicht.«

Schlotterbeck drückte ihn auf den Stuhl, und Michi erklärte ihm, wer sie waren.

»Möchtest du etwas essen?«

Pete schüttelte trotzig den Kopf. Schlotterbeck fragte, wann er Nora das letzte Mal gesehen habe.

»Sind nicht mehr zusammen.«

»Das war nicht die Frage.«

»Trotzdem so.«

»Nora ist tot«, sagte Michi. Pete glaubte ihm nicht. Sie habe ihm vorhin geschrieben. Das sei er gewesen, sagte Michi und zeigte ihm Noras Handy. Jetzt kam etwas Leben in den jungen Mann. Zuerst zog er die dicken Fäustlinge aus, warf sie auf den Tisch und schimpfte: »Tot also, soso, soll das ein Scherz sein?« Dann stand er auf, ging zur Toilette und kehrte mit nassen Haaren zurück.

»Bring mir einen doppelten Whiskey, Hamid«, rief er dem Kellner zu. Schlotterbeck fand, er sehe nicht aus wie jemand, der mittags einen doppelten Whiskey vertrage.

»Zwei!«, rief Pete trotzig.

Er war schon nach dem ersten Glas hinüber und schluchzte jetzt nur noch. Wer so etwas denn mache, ein unschuldiges Mädchen umbringen.

»Woher weißt du das?«, fragte Michi. »Es hätte auch ein Verkehrsunfall sein können.«

»Das spür ich doch. Ich bin ja nicht aus Holz wie der da!« Er zeigte auf Schlotterbeck, schnäuzte in eine Serviette und erzählte von gestern Abend. Er wollte Nora hier abholen. Sie sollte sich bei ihm melden, sobald sie Feierabend hatte.

»Obwohl ihr nicht mehr zusammen wart?«, fragte Michi.

Er habe Nora entführen wollen, sagte Pete. Sie hätte über Weihnachten arbeiten müssen, deshalb wollte er sie mit seinem VW-Bus aus dem Hamsterbau rausholen und mit ihr in den Süden fahren, wo die Menschen nicht so kaltherzig seien.

»Hamsterbau?«

So habe Nora das Architekturbüro immer genannt. Weil der Chef heimlich der kleine Hamster genannt wurde.

Wieso es mit der Entführung nicht geklappt habe, wollte Michi wissen.

Weil Nora sich zu spät meldete. Wahrscheinlich habe sie wieder so lange arbeiten müssen, jedenfalls sei er da schon zu bekifft gewesen und habe gepennt.

Wieso hatte er sich heute Morgen nicht bei Nora gemeldet?

Weil sie nicht mehr zusammen seien.

»Ich kapier eure Beziehung nicht«, sagte Schlotterbeck, und Pete sagte, das gehe niemanden etwas an. Aber sobald man den Täter geschnappt habe, müsse man es ihm sagen, damit er ihn erwürgen könne.

»Interessant«, sagte Schlotterbeck. Seine Nichtmehrfreundin, die er habe entführen wollen, sei ebenfalls erwürgt worden. Mit Handschuhen. Er nahm Petes Handschuhe vom Tisch und roch daran.

Pete fragte, ob er Nora sehen dürfe.

»Vielleicht«, sagte Michi. »Wenn die Eltern nichts dagegen haben.«

»In dem Fall nicht«, sagte Pete. Noras Mutter traue ihm nicht.

»Ich traue dir auch nicht«, sagte Schlotterbeck und winkte Kellner Hamid herbei. Er bestellte Kaffee und ein Stück Zitronenkuchen.

»Nur Mohnkuchen«, sagte Hamid.

»Mohn? Weil du Afghane bist?«

»Ich bin Eritreer.«

»Macht es nicht besser!«

»Hören Sie endlich auf damit«, sagte Michi, und Pete sagte, er sei müde, er verkrieche sich jetzt in seinen vw-Bus da draußen und schlafe seinen Rausch aus.

»Mein Kollege fährt dich nach Hause«, sagte Michi, und Schlotterbeck streckte die Hand für Petes Autoschlüssel aus.

»Sie sind ja doch nett«, sagte Pete und lächelte. Schlotterbeck stand auf und zerrte ihn aus dem Stuhl.

Michi blieb noch eine Weile und unterhielt sich mit Hamid. Der sagte, gut dass der alte Rassist keine Suppe bestellt habe, sonst hätte er ihm reingespuckt. Michi zeigte ihm ein Bild von Nora auf ihrem Handy.

»Kennst du sie?«

Hamid nickte. Sie komme oft mit Pete hierher. Gestern habe sie auch vorbeigeschaut, aber allein.

»Und gegangen ist sie auch allein?«

»Ja.«

»Hatte sie etwas gegessen?«

Hamid erinnerte sich, dass sie einen Teller Spaghetti wollte, aber die Küche sei schon zu gewesen.

»Also ist sie ohne Nachtessen heim?«

»Vielleicht hatte sie eine Mandarine.«

Michi stellte sich vor, wie Nora auf dem Weg zum Bahnhof weinend eine Mandarine aß. Wie ihre Welt immer dunkler und kälter wurde. Der Freund, der sie im Stich ließ. Das Büro, das sie ausnutzte. Die Eltern, die sie nicht verstanden. Schließlich war aus der Dunkelheit eine schwarze Leere geworden, aus der sie nicht mehr zurückkehrte, und Michi hatte keine Ahnung, wieso. Er wusste nicht mal, wo er mit seinen Ermittlungen ansetzen sollte, sein Bauchgefühl ließ ihn im Stich, alles war hohl und sinnlos.

Sein Handy klingelte. Seine Chefin. Ob es zutreffe, dass er das Handy eines Mordopfers an sich genommen habe, obwohl die Spurensicherung noch nicht fertig damit war?

Das sei korrekt, sagte er.

Nein, das sei nicht korrekt, sagte die Chefin. Er solle zu ihr ins Büro kommen.

»Es ist Weihnachten«, sagte er.

»Ist es nicht!«

*

Die Chefin war eine zackige, herrische Frau, die nichts aß und nichts vergaß. Sie hieß Renate Zwingli, und ihre Mission war die Digitalisierung der Abteilung.

Michi betrat ihr Büro. Sie war gerade in einem Zoom-Call und sagte in die Kamera ihres Bildschirmes, die Leute müssten agiler werden. Es gebe immer noch zu viele Stühle in den Büros. Michi schaute ihren kleinen, rabiaten Händen zu, die durch einen Stapel Papier blätterten. Auf den Gängen erzählte man sich, Renate Zwingli sei nur deswegen zur Abteilungsleiterin befördert worden, weil sie eine schlechte Kommissarin gewesen war. Nun brauchte sie keine eigenen Ermittlungen mehr zu leiten und konnte sich in alles einmischen, was sie nichts anging.

Als der Call zu Ende war, wollte sie von Michi wissen, wieso er das Handy des Opfers an sich genommen habe.

Damit die Daten nicht sauer würden.

»Was soll das bedeuten?«

Daten seien wie Rohmilch, erklärte er, sie blieben nicht lange frisch.

Er solle nicht so mit ihr reden. Sie kenne sich besser mit Daten aus als sonst wer. »Wie weit sind Sie bei der Bahnhofsleiche?«

»Sie heißt Nora.«

»Weiter?«

»Das ist alles.«

»Jetzt ernsthaft?«

»Lustig ist es jedenfalls nicht.«

Renate Zwingli stand auf und legte frisches Papier in den Drucker. Sie erinnerte Michi daran, dass er als jüngster Kommissar auf besonders dünnem Eis stehe. Die Alteingesessenen würden nur darauf warten, dass er einbreche.

»Sie auch?«, fragte er.

»Natürlich nicht«, sagte sie. Sie sehe in ihm einen Verbündeten im Kampf gegen die verkrusteten Strukturen bei der Zürcher Polizei.

Es gebe zwei Verdächtige, sagte Michi. Noras Vater und ihr Freund und Ex-Freund.

»Das sind drei.«

»Freund und Ex-Freund sind identisch.«

»Wo ist Schlotterbeck?«

»Schaut sich bei dem Identischen um.«

»Etwa allein?«

»Er ist alt genug.«

Michi ging in sein Büro und las ein paar Berichte. Die Aufnahmen der Bahnhofskameras waren ausgewertet und zwei Obdachlose befragt worden, jedoch ohne Erkenntnisgewinn. Er schaute sich die Fotos der toten Nora an. Etwas Heiliges ging von ihr aus. Wahrscheinlich, weil sie unter einem Weihnachtsbaum lag. Er wünschte sich, sie wäre nicht gestorben. Das kam selten vor, dass er so dachte. Leichen waren sein Job und ohne sie gäbe es nichts zu grübeln, und wenn er nicht über Tote nachdenken konnte, musste er über das Leben nachdenken, und das führte nirgends hin.

Schlotterbeck rief an und hustete ins Telefon. Mit Pete stimme etwas nicht, sagte er. Er wohne in einer Gartenhütte und sammle Handschuhe wie andere Leute Taschenmesser. Es befänden sich auch ein Paar feine Lederhandschuhe darunter, gut möglich, dass sie aus Hirschleder seien. Außerdem hänge am Kühlschrank ein Gedicht über Nora, das sehr verstörend sei.

»Ich lass Pete abholen, dann stellen wir die Bude auf den Kopf«, beschloss Schlotterbeck.

Michi fand das übertrieben. Schlotterbeck solle Gedicht und Handschuhe fotografieren und zurückkommen.

»Also gut«, brummte Schlotterbeck. Falls der andere ihn nochmals reinlasse, sie hätten gerade gestritten.

Wenig später konnte Michi das Gedicht auf seinem Handy lesen. Es hieß »Flieg, Engel, flieg«, und handelte von einem Engelmacher in Latzhosen, der Nora mit weißen Flügeln ausstatten wollte. Doch Nora wehrte sich, weil sie allergisch gegen die Federn war und keine Luft mehr kriegte. Das Gedicht war alles andere als himmlisch.

Renate Zwingli kam ins Büro marschiert. »Der reinste Kindergarten«, schimpfte sie. Ein André Jäger habe sie angerufen, weil sein Talisman verschwunden sei.

»Sein Talisman?«

»Ein Taschenmesser.«

Ohne diesen Glücksbringer könne Herr Jäger die Ausschreibung nicht gewinnen, er sei da sehr abergläubisch. Wenn er das Messer nicht innerhalb einer Stunde wiederhabe, werde er den Regierungsrat informieren, er verfüge über die nötigen Verbindungen.

»Das war Ihr Schlotterbeck, oder?«

Die Chefin zeigte auf Schlotterbecks Pult hinten in der Ecke, und Michi sagte, er frage ihn, sobald er zurück sei.

»Der reinste Kindergarten!«, wiederholte die Chefin und marschierte hinaus.

*

André Jäger schickte seine Sekretärin vorbei, um das Taschenmesser zu holen. Schlotterbeck war noch nicht ins Büro zurückgekehrt, und Michi bat die Sekretärin, auf dem Besucherstuhl Platz zu nehmen.

»Nein. Ich habe keine Zeit.«

Die Frau blieb stehen. Sie hatte graue Besenhaare und eine schmale Oberlippe. Michi fragte, ob sie Nora vermisse. Natürlich vermisse sie die Kleine. Allein schon deswegen, weil sie jetzt wieder die Einzige sei, die alles abkriege.

»Kennen Sie Noras Freund?«, fragte Michi.

Sie nickte. Nora habe ihr von ihm erzählt.

»Gutes?«

»Hören Sie, wir reden nicht viel Privates im Büro, Herr Jäger bekommt alles mit.«

»Hat gute Ohren, der kleine Hamster, hm?«

Die Sekretärin musste lächeln.

Wieso man Herrn Jäger so nenne, fragte Michi.

Weil er die ganze Zeit wie in einem Hamsterrad laufe. Er kenne nichts anderes als Rennen, Rennen, Rennen, und wer sein Tempo nicht mithalte, den schleudere es eben raus, so wie Nora.

»Wollen Sie nicht doch kurz Platz nehmen?«

Die Sekretärin strich sich die Besenhaare hinters Ohr und schaute auf die Uhr. »Na schön, aber nur für ein paar Minuten.« Sie sei nicht überrascht gewesen, als sie heute Morgen von Noras Tod erfahren habe. Nora war todunglücklich, und daran sei auch der kleine Hamster schuld gewesen. Er habe sie nie gelobt. Das sei nicht gesund für einen jungen Menschen, der doch nach Bestätigung suche. Aber Herr Jäger lobe aus Prinzip nicht, auch sie nicht, niemanden. Wohl aus Angst, man höre sonst auf, sich anzustrengen.

Was Herr Jäger zu Noras Tod gesagt habe, wollte Michi wissen.

Wenig. Dass man sich trotzdem mit aller Kraft auf den heutigen Schulterblick konzentrieren solle, den man mittags mit der ausschreibenden Behörde hatte. An diesem Meeting sei Herr Jäger dann auch aufgefallen, dass der Glücksbringer fehlte. Die Sitzung sei misslungen.

»Wieso haben Sie das Taschenmesser mitgenommen? Dachten Sie, Nora könnte sich damit die Pulsadern aufgeschnitten haben?«

Michi rief Schlotterbeck an und fragte, wo er stecke. Kurz darauf stapfte er ins Büro. Er warf den Mantel auf seinen Platz, zog ein Schinkenbrot aus einer Papiertüte und biss hinein.

»Eine Zeugin?«, sagte er mit Blick auf die Sekretärin.

»Die Dame ist wegen des Messers hier.«

»Welches Messer?«

»Nun rücken Sie's schon raus«, sagte Michi.

Schlotterbeck klemmte sich das Schinkenbrot zwischen die Zähne und durchsuchte seine Manteltaschen. Er zuckte mit den Schultern und knurrte: »Verloren. Tschuldigung.«

»Was?« Die Sekretärin stand auf. »Ich gehe hier nicht ohne weg, unmöglich!«

Schlotterbeck setzte sich hinter seinen Bildschirm und aß das Schinkenbrot. Die Sekretärin ging zu ihm hin.

Wenn er wüsste, unter welchem Druck sie stehe! Auf ihrem Kinn glänzte ein Tropfen Speichel und die Haare wogten wie ein Vorhang hin und her.

Schlotterbeck sagte, wenn sie ein Kerl wäre, würde er ihr empfehlen, an die Zähringerstrasse zu gehen und Dampf abzulassen.

Was er damit meine.

Sie solle ihren Chef fragen, der sei dort bestimmt Stammgast, die Zähringer sei ja nicht weit weg von seinem Büro. Die Sekretärin verstand immer noch nicht, und Schlotterbeck sagte, dort gebe es saftige Nutten.

Was ihm einfalle, sagte die Frau. Wie er es wagen könne, so über ihren Chef zu reden. Er sei in einer Zunft.

»Hey, Frisch«, rief Schlotterbeck an ihr vorbei, »haben Sie die Mail gelesen? Ich hatte recht!«

Die Spurensicherung hatte geschrieben, die Fotos von Petes Handschuhen ließen auf Hirschleder schließen. Michi mochte sich nicht dazu äußern. Er sah der Sekretärin zu, wie sie sich über Schlotterbecks Schreibtisch beugte und eine Entschuldigung von ihm verlangte. Sie zitterte vor Wut. Michi stand auf und verließ das Büro.

Unten trat er auf die Straße und telefonierte mit seiner Freundin. Er erzählte von der Bahnhofshalle und von Nora unter dem Baum. Er verstehe die Botschaft nicht, sagte er.

»Was für eine Botschaft denn?«, sagte die Freundin. Da habe sich einer an einer Schwächeren abreagiert, da gebe es keine Botschaft. Ein perverses Schwein.

»Aber sie ist unversehrt«, sagte Michi.

»Dann würde sie noch leben«, sagte die Freundin.

»Kann ich dir ein Foto von ihr schicken? Vielleicht fällt dir etwas auf.«

»Mach das, Schatz.«

Michi atmete kalte Luft ein und ging wieder rein.

Der Radau war schon von weitem zu hören. Als Michi ins Büro trat, lagen Schlotterbeck und die Sekretärin auf dem Boden und rauften wie kleine Kinder. Schlotterbeck versuchte der Frau die Handschellen anzulegen, während sie ihn an den Haaren riss. Michi wollte dazwischengehen, doch dann zückte er sein Handy und hielt mit der Kamera drauf. Bis Renate Zwingli ins Büro geschossen kam und die Streithähne trennte.

Sie wolle Anzeige erstatten, keuchte die Sekretärin. Der Kotzbrocken habe ihren Chef verleumdet.

Schlotterbeck sagte, die alte Hexe habe ihn mit ihren giftigen Krallen angegriffen. Auf seiner Wange leuchteten zwei rote Kratzer.

Die Sekretärin fing an zu weinen und fragte Renate Zwingli, wieso man so mit ihr umspringe. Ob man wolle, dass sie sich auch umbringe.

»Auch?«

»Wie unsere Nora.«

»Die hat sich doch nicht selbst erwürgt!«, lachte Schlotterbeck, und die Sekretärin fuhr zu Michi herum und rief:

»Ist das wahr? Warum haben Sie mir das nicht gesagt?«

»Er hat noch ganz anderes nicht gemacht«, sagte Schlotterbeck, und verriet Renate Zwingli, dass Frisch sich weigere, Noras Freund Pete auf die Bude zu rücken, trotz möglicher Tathandschuhe und klarem Tatmotiv. »Der Kerl hat geplant, einen Weihnachtsengel aus Nora zu machen. Wir haben es schriftlich!« Frisch habe seinen Laden nicht im Griff, fuhr Schlotterbeck fort und bat die Chefin, den überforderten Jungspund auszuwechseln. Zum Beispiel durch ihn. Er springe gern für ihn ein.

»Und ich springe gleich aus dem Fenster«, sagte die Sekretärin müde, und Schlotterbeck verlangte, dass sie endlich ihr Maul halte. Die beiden wollten wieder aufeinander losgehen, doch Renate Zwingli stoppte sie und fragte, wieso hier so ein Chaos herrsche.

Komme halt davon, wenn man so junge Leute zu Kommissaren mache, meinte Schlotterbeck, und Renate Zwingli forderte Michi auf, endlich für Ordnung zu sorgen!

Michi nahm seine Jacke vom Stuhl und sagte, man soll sich nicht von der Stelle rühren, er habe die Lösung. Er verließ das Büro, fuhr ins Jelmoli-Warenhaus und kaufte Weihnachtsgeschenke ein. Danach trank er an der Bar oben auf dem Dach eine warme Ovomaltine und schälte spanische Nüsschen. Der Himmel wurde dunkel, und er genoss das Funkeln der Lichter über Zürich. Langsam kam er in die richtige Stimmung.

Auf dem Weg nach Höngg, wo seine Eltern ein kleines Häuschen hatten, telefonierte er mit Noras Mutter. Er fragte, ob ihr Mann zurückgekommen sei.

Ja. Er schlafe. »Herr Frisch, hat man schon etwas herausfinden können?«

Er überlegte, ob er mit ihr über Pete reden soll, aber sie meinte das Nachtessen.

»Nora hat eine Mandarine zu sich genommen«, sagte Michi.

»Ist das alles?«

»Und einen großen Teller Spaghetti.«

Die Mutter schluchzte erleichtert auf. Michi stellte sein Handy aus.

*

Bei Michis Eltern gab es Fondue Chinoise mit fünf verschiedenen Saucen. Bevor die Mutter das Dessert auftrug, setzte man sich vor den Weihnachtsbaum, hörte »O du Fröhliche« und sah den Kerzen beim Brennen zu. Michi verteilte die Geschenke. Die Mutter bekam eine Bodenvase, der Vater das Modell eines Jaguars E-Type. Dann klingelte es an der Tür, und Michi wusste sofort, wer es war.

»Bleibt sitzen«, sagte er und ging zur Tür. Schlotterbeck stand da und blickte auf dem Boden herum.

Er habe Michis Handy geortet, brummelte er. Was hätte er denn tun sollen, wenn er nicht rangehe?

Michi sagte nichts, schaute seinen Assistenten nur an. Der kratzte sich hilflos am Arm und im Nacken. Du hinterhältige Ratte, dachte Michi. Hast versucht, mir den Fall abzuluchsen, aber es scheint dir nicht gelungen zu sein, hm? Jetzt stehst du da ohne Mörder, ohne Freunde, ohne Weihnachten.

»Wir müssen los«, sagte Schlotterbeck.

»Ich muss gar nichts«, sagte Michi und dachte darüber nach, den Alten für immer loszuwerden, gleich hier und jetzt. Er bräuchte nur zu sagen, Sie sind nicht mehr in meinem Team, hauen Sie ab. Es wäre das Ende von Schlotterbecks Polizeikarriere. Die anderen Kommissare würden ihn auch nicht wollen, und Renate Zwingli wäre froh, den alten Frauenschreck vorzeitig in Rente schicken zu können.

Vater kam nachschauen, ob alles in Ordnung war. Michi sagte, er sei gleich zurück. Der Vater ging wieder hinein, und Schlotterbeck fragte:

»Können Sie wirklich so gut schießen?«

»Ja.«

»Darf ich es sehen?«

»Es ist Heiligabend.«

»Stimmt.«

Was soll ich bloß mit ihm machen?, dachte Michi. Wie wäre es mit Loben?, hörte er eine Stimme sagen. Er wusste nicht, woher sie kam, aber er wusste, sie hatte recht. Er hatte seinen Assistenten noch nie gelobt. Er fragte ihn, ob er Pete wirklich für den Täter halte. Schlotterbeck zuckte mit den Schultern. Er wisse nicht, wen er für den Täter halte. Michi sagte:

»Anders gefragt: Wen hätten Sie gern als Mörder?«

»Was?«

»Damit Sie ihn einsperren könnten.«

»Die Sekretärin«, sagte Schlotterbeck und fasste sich an die Kratzwunde im Gesicht.

»Kommen Sie rein«, sagte Michi. Schlotterbeck zierte sich. Er wolle nicht stören. Michi sagte, das mache er doch bereits.

»Hören Sie, ich geh ins Büro zurück und ...«

»Jetzt tun Sie nicht blöd. Es gibt Eistorte.«

Drinnen stellte er Schlotterbeck seinen Eltern vor. Sie kannten ihn schon von seinen Erzählungen, aber sie taten dennoch erfreut. Man setzte sich an den Tisch, der Vater schenkte Kaffee und Tee ein und die Mutter schnitt die Eistorte. Schlotterbeck erhielt das größte Stück und strahlte wie ein offener Adventskalender.

Der Vater fragte, wieso man einen Raubmord ausschließe.

»Wir dürfen nicht über unsere Arbeit reden«, sagte Schlotterbeck.

»Ich schon«, sagte Michi, »ich rede immer mit allen darüber.«

»Ist das wahr?«

»Den letzten Fall hat meine Freundin gelöst.«

»Was?«

Michi erklärte dem Vater, bei einem Raubmord werde das Opfer nicht erwürgt, sondern erschlagen. Der Täter habe zwar die Handtasche mitgenommen, um es nach einem Raub aussehen zu lassen, aber das Handy habe er liegen lassen, obwohl es neu war.

»Absichtlich«, sagte Schlotterbeck wichtig, »damit wir darin auf falsche Fährten stoßen.«

»Wie auf Pete«, sagte Michi.

»Aber Pete hat doch diese Hirschlederhandschuhe«, sagte die Mutter, und Schlotterbeck schüttelte ungläubig den Kopf. Er fragte:

»Äw, könnte ich vielleicht ein Schlückchen Schnaps in meinen Kaffee haben?«

»Nur, wenn Sie meinen Sohn nicht wieder bei der Zwingli verpfeifen«, sagte die Mutter, und alle lachten.

Später fuhren Michi und Schlotterbeck in die Stadt hinunter und parkten vor dem Café Zähringer. Es war eine Stunde vor Mitternacht. Sie wollten den Weg gehen, den Nora gestern Nacht zurückgelegt hatte, ehe sie unter dem Weihnachtsbaum landete.

An der Zähringerstrasse standen Freudenmädchen. In Kunstpelz gehüllt umzingelten sie die Männer und fragten: »Wohin, Schatzi?«

»Haut ab!«, bellte Schlotterbeck.

»Aber Heinz«, sagte eine ältere Deutsche und hängte sich bei ihm ein. Er stieß sie fort.

Sie erreichten die Bahnhofshalle und stellten sich vor die Glaswand, die den Baum umzäunte. Die Tür war jetzt verschlossen, aber sonst sah alles wie heute Morgen aus. Nur Nora und das aufgerissene Geschenkpaket waren weg.

»Wie ist man da einfach so reingekommen?«, fragte Michi, »hat das jemand herausgefunden?« Tür und Schloss hatten nicht den leisesten Kratzer. Schlotterbeck grub in seinen Manteltaschen und brachte das Taschenmesser zum Vorschein.

»Doch nicht verloren?«

»Sie glauben wohl noch an den Weihnachtsstorch.«

Schlotterbeck klappte den Kaba-Schlüssel aus, steckte ihn ins Schloss und drehte ihn um. Es funktionierte, die Tür ließ sich öffnen. Drinnen hob Michi eines der Pakete hoch.

»Haben wir die eigentlich untersucht?«

»Alle leer«, sagte Schlotterbeck. Er befingerte die Swarovski-Sterne an den Ästen.

»Wehe, Sie klauen einen«, sagte Michi.
»Das war schön bei Ihren Eltern«, sagte Schlotterbeck und ließ von den Sternen ab.

Sie gingen zurück. Auf der Zähringerstrasse gesellte sich die ältere Deutsche wieder zu ihnen und sagte, zwei für einen, weil Weihnachten. Schlotterbeck machte Anstalten, sie wegzustoßen, doch dann hielt er inne und fragte:
»Warst du gestern Nacht hier?«
»Aber Heinz. Weißt du doch.«
Er zeigte ihr ein Bild von Nora auf dem Handy.
»Kenn ich nicht. Bulgarin?«
»Moment.«
Schlotterbeck tippte herum, dann zeigte er ihr ein Bild aus dem Internet. »Und den?«
»Kenn ich. Das ist Radieschen.«
»Ha, wusst ich's doch!«, triumphierte Schlotterbeck und streckte Michi das Display hin. Darauf war André Jäger zu sehen.
»Ist er ein Kunde von dir?«
»Ne, der geht immer auf die Jüngste los.«
Schlotterbeck wollte wissen, wer zurzeit die Jüngste sei, und seine Bekannte sagte, Shari dort. »Shari, Süße, komm doch mal her!«
Shari sah aus wie sechzehn, aber auf dem Ausweis war sie achtzehn. Sie sagte, Radieschen komme fast jede Nacht.
»Gestern auch?«
»Nein, gestern nicht.« Er tauche meist um Mitternacht auf, wenn nicht mehr viel los sei.
»Wieso Radieschen?«, fragte Michi.

»Weil roter Kopf.«
»Er hat einen roten Kopf?«
»Wenn fertig.«
»Würgt er?«
»Nein, quiekt.«

*

Für Schlotterbeck war klar, was zu tun war: Shari beschatten, bis Jäger auftauche und mit ihr aufs Zimmer gehe. Dort würden sie ihn überrumpeln. Ein nackter Hamster mit Radieschenkopf sei nicht sonderlich widerstandsfähig, versicherte Schlotterbeck. Er werde auseinanderfallen wie ein Lebkuchen ohne Leb.

»Mit solchen Typen kenn ich mich aus, Frisch.«

»Wir haben nichts gegen ihn in der Hand.«

»Doch, das Taschenmesser. Und Shari.«

»Shari hat gesagt, gestern war er nicht da.«

»Eben. Sie gibt ihm kein Alibi.«

»Wir haben nicht mal ein Motiv.«

»Aber bald«, sagte Schlotterbeck. Jäger werde heulend und zähneklappernd anfangen zu singen. Michi wollte nach Hause. Er wollte mit seiner Freundin eine Tasse Glühwein trinken und dann schlafen gehen. Wenigstens bis Mitternacht soll er noch bleiben, bettelte Schlotterbeck.

Sie stellten sich in einen Hauseingang und warteten. Michi spürte seine eisigen Knöchel. Es half auch nichts, dass er an den viel zu kurzen Söckchen in den offenen Sneakers zog.

Die Predigerkirche schlug zwölf. Die Kälte und die bittere Ruhe nach den Glockenschlägen waren unerträglich. Michi wollte schon aufgeben, da kam André Jäger um die Ecke. Er steuerte auf Shari zu und pfiff nach ihr wie nach einem Hund. Sie setzte sich in Bewegung, er folgte ihr zu einem Haus in einer Querstraße. Sie gingen hinein, und Schlotterbeck konnte gerade noch den Fuß in die Haustür halten, ehe sie zuschnappte.

»Und jetzt?«, sagte Michi.

»Jetzt lassen wir ihm etwas Zeit, um in Fahrt zu kommen«, sagte Schlotterbeck. Shari hatte Zimmer 25, das wisse er von seiner Bekannten.

Michi war nicht wohl bei dem Gedanken, in Jägers Intimsphäre einzudringen ohne Haft- oder Durchsuchungsbefehl. Er würde sie fertig machen. Schlotterbeck sah das anders. Sie könnten einfach behaupten, sie seien privat hier, seien auf dem Weg zu einem Dreier und hätten sich in der Zimmertür geirrt.

»Dann darf sie aber nicht abgeschlossen sein«, sagte Michi.

Nummer 25 war abgeschlossen. Schlotterbeck versuchte es mit Jägers Glücksbringer und hatte wieder Glück. Behutsam stieß er die Tür auf. Sie sahen in ein Zimmer mit rotem, dunstigem Licht. Auf dem Bett kniete ein nacktes Pärchen, das nichts mitkriegte, da es mit dem Rücken zur Tür arbeitete. Herr Jäger rammelte wie wild, verausgabte sich mit allem, was er hatte, quiekte wie ein Meerschweinchen. Erstaunlich, dachte Michi. Ein kleiner Hamster namens Jäger wird im Bett zu einem Meerschweinchen. Absurdes Kino, nicht nur in seinem Kopf, sondern real. Surreal. Schlotterbeck brüllte:

»Autsch, falsche Tür!«

Herr Jäger fuhr herum. Er rutschte vom Bett, fischte die Unterhose vom Stuhl und versuchte mit den zitternden Beinchen die Öffnung zu treffen. Michi entdeckte ein Paar Lederhandschuhe auf dem Stuhl.

»Sind das Ihre?«

Er gab sie an seinen Assistenten weiter, der daran schnupperte und meinte, könnte Hirsch sein. Und wenn nicht?, dachte Michi. Sie hatten hier nichts verloren. Er begann zu schwitzen in der roten, salzigen Zimmerluft. Doch dann tat er etwas, das er in Situationen, in denen es darauf ankam, immer tat: Er stellte den Kopf ab und überließ das Denken dem Bauch. Er sagte:

»Möchten Sie wissen, wieso wir hier sind?« Jäger schlüpfte ins Hemd. »Weil wir nicht schlafen konnten.« Jäger, immer noch zitternd, knöpfte das Hemd zu. »Möchten Sie wissen, wieso wir nicht schlafen konnten? Weil wir nicht wissen, wieso.« Jäger grunzte. Es klang, als hätte er etwas in der Nase. Michi fuhr fort: »Wir wissen, wie Sie es getan haben und wo Sie es getan haben, nur noch nicht, wieso.« Jäger stieg in die Hose. »Wir hätten Sie auch erst morgen abholen können, Sie entkommen uns nicht. Eine Bahnhofskamera hat Sie gefilmt und ein Obdachloser hat Sie beobachtet.« Jäger kniete sich auf den Boden, um die Schuhe zu binden. »Wir sind hier, weil wir es wissen wollen, hier und jetzt. Wieso Nora?«

Jäger grunzte den Boden an. Dann sagte er, er habe sich geirrt. Ein dummer Fehler.

»Stehen Sie auf«, sagte Michi. Jäger verharrte in Kauerstellung, bis Schlotterbeck ihm auf die Beine half.

»Wieso Nora?«, wiederholte Michi. Jäger starrte an ihm vorbei. Er ist immer noch so angespannt, dachte Michi, wir sind zu früh gekommen.

»Wieso Nora?«

»Hab ich doch gesagt«, schnaubte Jäger. »Ein Fehler, ein dummer, dummer Fehler!«

Er ließ sich aufs Bett sinken.

Shari sagte: »Nein, nicht auf Bett mit Kleider. Zahlen und gehen bitte.«

Jäger erhob sich und zählte das Geld aus seiner Brieftasche ab. Er solle ruhig etwas mehr drauflegen, sagte Schlotterbeck, schließlich werde die Kleine eine ganze Weile ohne ihr Radieschen auskommen müssen.

»Was passiert jetzt?«, fragte Jäger.

»Jetzt spielen wir die gestrige Nacht nach«, sagte Michi.

»Au ja«, sagte Schlotterbeck.

Sie gingen ans Limmatquai. Jägers Kopf dampfte im Laternenlicht. Er war tatsächlich rot, aber nicht wie ein Radieschen, sondern wie eine Rande. Hoffentlich kriegt er keinen Herzinfarkt, dachte Michi.

Im Architekturbüro musste Jäger sich an seinen Schreibtisch setzen und die Uhr 24 Stunden zurückdrehen. Er habe gearbeitet, sagte er. Gegen Mitternacht sei er aufgebrochen, um Shira aufzusuchen. Er habe noch einen kleinen Umweg gemacht und eine kalte Wurst verdrückt.

»Und Nora?«, sagte Michi. Jäger schwieg. »Zeigen Sie es uns.«

»Darf ich zuerst noch etwas erledigen?«

»Toilette?«

»Nein, Arbeit.«

»Vorwärts!«, sagte Schlotterbeck und half Jäger aus dem Stuhl. Sie schritten zum Take-away, wo Jäger die Wurst gegessen hatte. Anschließend ging es an die Zähringerstrasse. Auf Höhe Pestalozzi-Bibliothek blieb Jäger stehen.

»Hier. Genau hier.« Er atmete heftig. Eine neue Prostituierte sei hier gestanden und habe ein Buch im Schaufenster betrachtet. Er habe sie noch nie gesehen, sie sei ganz frisch gewesen, und er sei zu ihr hingetreten und habe sie gefragt, wie viel sie nehme. Sie habe ihn nicht verstanden, da habe er sie auch noch auf Englisch gefragt. Sie habe gelächelt und gesagt: »Aber Herr Jäger, ich bin's doch, Nora.« Wegen des zugeknöpften Wintermantels hatte er sie nicht erkannt. Was für eine Katastrophe! Er hatte ein minderjähriges Mädchen freiern wollen! Wenn sich das herumsprach, wäre das sein Ende. Aus der Zunft würden keine Aufträge mehr kommen, denn die richtete jedes Jahr den Kinderumzug am Sechseläuten aus und war sehr empfindlich, was den Umgang mit Minderjährigen betraf. »Die hätten meinem Büro den Stecker gezogen.«

»Also haben Sie lieber Nora den Stecker gezogen«, sagte Schlotterbeck. »Wie haben Sie's angestellt?«

Er sei ihr zum Bahnhof gefolgt, sagte Jäger. Vor der Halle habe er sie eingeholt und erklärt, dass er eine Überraschung für sie habe, ein Weihnachtsgeschenk.

»Gehen wir hin«, beschloss Michi. Die Männer überquerten das Central und betraten die Bahnhofshalle. Sie war menschenleer. Jäger führte Frisch und Schlotterbeck zum Baum, so wie gestern Nora. Vor der verschlossenen Glastür blieb er stehen. Michi sagte zu Schlotterbeck, er solle Jäger das Taschenmesser geben. Schlotterbeck sträubte sich.

»Nun machen Sie schon.«

Jäger klappte den Kaba-Schlüssel aus, öffnete die Tür und trat ein. Er habe zu Nora gesagt, das Geschenk dort hinten sei für sie. Ob die Pakete nicht bloß Dekoration seien, habe sie gefragt, aber er habe gesagt, das dort hinten nicht. Sie habe sich hingekauert und angefangen, das Geschenk auszupacken. Michi sagte, Jäger soll es vorzeigen. Er soll Nora spielen. Er fiel auf die Knie und begann, das Papier aufzureißen. Schlotterbeck filmte ihn dabei.

»Und dann?«, sagte Michi.

»Nichts«, flüsterte Jäger.

»Was ist dann geschehen?«

»Nichts.«

»Sagen Sie's.«

»Ich hatte solche Angst.«

Michi sagte, er hätte Nora doch einfach bitten können, niemandem von der Verwechslung auf der Zähringerstrasse zu erzählen.

Nein, nein, sagte Jäger, so ein junges Ding könne nichts für sich behalten, da kenne er sich aus. Er habe zwei Töchter im selben Alter. Hätte er doch nur länger gearbeitet! Dann wäre er nicht mit Nora zusammengestoßen, und nichts wäre passiert. Ihr Hals habe geknackt. Zart und leise wie ein Tannenzweig.

»Geben Sie das Messer wieder her«, sagte Schlotterbeck.

*

Sie fuhren zum Polizeigebäude. Jäger musste auf dem Besucherstuhl Platz nehmen, auf dem schon seine Sekretärin gesessen hatte. Während Schlotterbeck die Lederhandschuhe in einen Beutel stopfte und beschriftete, tippte Michi das Geständnis in den Computer. Plötzlich hielt er inne, schaute Jäger an und sagte:

»Die Idee, Nora unter dem Baum ein Geschenk auspacken zu lassen, die ist Ihnen einfach so gekommen, ganz spontan?«

Jäger schüttelte den Kopf. Er habe sich das für seine Töchter vorgestellt. Dass er mal an einem Heiligabend mit ihnen dort vorbeigehe und sie unter dem Baum Geschenke suchen lasse, die er vorher dort versteckt haben würde. Leider sei immer zu viel los gewesen im Geschäft, weshalb er den Plan nie in die Tat habe umsetzen können.

»Und nun sind Sie mit Nora hin«, sagte Schlotterbeck.

»Ja, aber es war nicht dasselbe«, sagte Jäger.

Michi druckte das Geständnis aus und legte es ihm hin. »Bitte durchlesen und unterschreiben.«

Jäger fragte, warum man ihn nicht schon tagsüber verhaftet habe. Ob das mit der Kamera und dem Augenzeugen wirklich stimme.

»Nein.«

»Sie haben mich angelogen?«

»Ja.«

»Dann unterschreibe ich nicht.«

»Wir haben Sie trotzdem.«

»Ich will gehen.«

»Sie werden gleich abgeholt.«
»Ich muss ins Büro zurück. *Gopf!*«

Nachdem zwei Uniformierte Jäger abgeführt hatten, holte Schlotterbeck eine Flasche Kräuterschnaps aus seiner Schublade und wollte feiern. Michi stieß mit Rivella mit ihm an. Er würde dafür sorgen, dass Renate Zwingli Schlotterbeck vor der ganzen Abteilung lobte.

»Igitt«, sagte Schlotterbeck und lachte verlegen. Michi nahm ihm die Schnapsflasche ab, prostete in die Luft und sagte:

»Auf Ihre Überrumpelungstaktik.«

Er nahm einen Schluck, und Schlotterbeck sagte, dann möchte er ihm jetzt auch etwas schenken. Er fasste in seine Manteltasche und zog den Jaguar E-Type heraus, den er Michis Vater geklaut hatte.

*

Michis Freundin war noch wach und schaute im Wohnzimmer Serie. Michi trat ans Sofa und sagte, sie haben den Täter.

»War's Pete, der Engelmacher?«

»Nein, ihr Chef.«

Die Freundin sagte, auf dem Foto, das Michi ihr geschickt habe, sehe Nora wie ein Engel aus.

»Weil Kinder heilig sind«, sagte Michi.

»Nora war kein Kind mehr«, sagte die Freundin.

»Doch, an Weihnachten sind sie alle wieder Kinder.«

Da stand die Freundin auf und nahm ihn in die Arme.

Sunil Mann

Feliz Navidad, Señor Kumar!

»Vijay Kumar?« Der Mann, der eben in mein Büro an der Dienerstrasse geplatzt war, musterte mich zweifelnd.

»Paris Hilton jedenfalls nicht«, erwiderte ich vom Schreibtisch aus, was mein Besucher kein bisschen witzig zu finden schien.

»Sind Sie der Privatdetektiv?« Er kniff die Augen zusammen, und seine rechte Hand machte eine vage Bewegung Richtung Korridor.

Aus irgendwelchen Gründen schien es ihm schwerzufallen, eine Verbindung zwischen dem Namensschild, das an der Außenseite meiner Bürotür hing, und meiner Person herzustellen.

»Was draufsteht, ist auch drin. Indischer Name, indischer Detektiv.« Ich setzte ein meiner Ansicht nach vertrauenerweckendes Lächeln auf und ließ das halb volle Glas Whiskey, mit dem ich mir den Morgen hatte erträglich gestalten wollen, unauffällig in einer Schublade verschwinden.

Der Mann trug einen dunkelblauen Nadelstreifenanzug, ein rosa Hemd dazu, bloß seine Schuhe waren ausgelatscht, das Leder matt. Die graumelierten Haare hatte er streng nach hinten gekämmt, sie wellten sich in seinem Nacken, und ihr öliger Glanz verriet, dass er mit der Schmiere genauso wenig sparsam umging wie dieser Bachelor. In einem Paralleluniversum, zu dem mir der Zugang verwehrt blieb, schienen Pomadenfrisuren offenbar immer noch als attraktiv zu gelten.

Mein Besucher legte eine Visitenkarte auf den Tisch. Arthur Meier, Juwelier, entzifferte ich, darunter eine Vielzahl an Telefonnummern und Adressen. Ich wies auf den Besuchersessel, und Herr Meier rümpfte die Nase, bevor er sich zögerlich darauf niederließ.

»Kann ich Ihre Referenzen sehen?«, schnarrte er mich im fordernden Geschäftston an.

»In jeder beliebigen Bar entlang der Langstrasse zu bekommen.«

»Gibt es auch seriösere Quellen?«

»Definieren Sie ›seriös‹.«

Er verzog gereizt die Mundwinkel. »Gelöste Fälle?«

»Googeln Sie mich.«

»Wenig ergiebig.«

»Dann lesen Sie die Romane.«

»Dazu ist meine Zeit zu wertvoll.«

»Tja«, machte ich gedehnt.

Eine unangenehme Stille klebte mit einem Mal zwischen uns.

»Nun, da ich schon mal hier bin …«, murmelte Herr Meier nach einer Weile und ließ seinen Blick so gründlich durch den Raum schweifen, dass ich schon befürchtete, er könnte einer dieser Immobilienhaie sein, die sich Altbauten unter den Nagel rissen, um sie dann frisch renoviert für ein Mehrfaches des ursprünglichen Mietpreises wieder auf den Markt zu werfen. ›Aufwertung‹, nannten die Verantwortlichen diese eigentliche Vertreibung der wenig bis mittelmäßig verdienenden Bevölkerungsschicht aus dem Quartier beschönigend. Ein reizendes Wort. ›Geisterstadt‹ war ein anderes reizendes Wort. Doch der Mann schien glücklicherweise Persönlicheres auf dem Herzen zu haben.

Er räusperte sich nämlich umständlich und sagte: »Die Angelegenheit ist heikel.«

Das ist sie immer, Schätzchen, sonst wärst du nicht hier, dachte ich bei mir, schaffte es aber gerade noch, die Klappe zu halten.

»Ich möchte, dass Sie meine Köchin finden.«

Ich starrte ihn an.

Herr Meier war sich der Lächerlichkeit seines Anliegens augenscheinlich bewusst, denn er straffte seine Haltung und sah mich direkt an. »Nicht, was Sie jetzt denken. Zwischen uns läuft nichts. Aber Maria hätte heute Morgen zur Arbeit erscheinen sollen. Als sie um zehn Uhr immer noch nicht eingetroffen war, habe ich sie angerufen. Doch es ging keiner ran.«

»Vielleicht weil heute Heiligabend ist?«

»Nein, wir hatten vereinbart … Sie ist sonst immer pünktlich. Ich musste mir sogar mein Rührei selbst zubereiten.«

»Sie Ärmster!«

»Ich mache mir wirklich Sorgen um sie! Sie ist schon seit Jahren bei uns und gehört zur Familie. Beinahe, zumindest.«

Das bedeutete, dass weder er noch seine Frau kochen konnte und sie ohne Köchin aufgeschmissen waren.

»Das ist rührend«, sagte ich. »Wann haben Sie Maria denn zum letzten Mal gesehen?«

»Gestern Nachmittag.«

»Hat sie irgendetwas erwähnt? Wohin sie gehen wollte? Wen sie treffen würde?«

Herr Meier schüttelte den Kopf. »Sie hat gestern die Soßen vorbereitet und wollte heute eine frische Bouillon kochen ... Traditionellerweise gibt es bei uns an Heiligabend immer *Fondue chinoise*, wissen Sie«, fügte er an.

Ich winkte ab, bevor er weiterfuhr. Der private Kram meiner Klientel interessierte mich nicht die Bohne. Ich war Detektiv, nicht Therapeut. Mein Blick fiel auf die Visitenkarte, die immer noch auf der Tischplatte lag. *Juwelier*, stand da.

»Fehlt etwas? Schmuck? Geld?«

»Nein. Auch meine Frau vermisst nichts.«

»Haben Sie ein Foto von Maria dabei?«

Meier sah mich entrüstet an. »Ich trage doch kein Bild meiner Köchin mit mir herum! Das wäre ja pervers!«

Der Fall und vor allem Herr Meier gingen mir schon jetzt auf die Nerven, und ich überlegte, ob ich den Auftrag überhaupt annehmen sollte. Konnte sich dieser Meier nicht einfach eine andere Köchin suchen? Maria war wohl kaum die Einzige, die Bouillon kochen konnte. Für den Notfall gab es die Brühe sogar in Würfelform. Mit einem verhaltenen Seufzer dachte ich an mein halb volles Whiskyglas in der Schublade. Nur eine Unterarmlänge trennte mich davon. Genau gleich viel wie von dem Bündel Banknoten, das Meier in diesem Moment über den Tisch schob. Was meine Motivation nicht unwesentlich beeinflusste.

Ich beugte mich mit einem jovialen Lächeln vor. »Dann versuchen Sie doch mal, diese Maria zu beschreiben.«

Maria hatte ihre dunkelblonden Haare im Nacken zusammengebunden, einige helle Strähnchen hatten sich darin verirrt. Den tannengrünen Cardigan hatte sie abgelegt, darunter trug sie eine cremefarbene Bluse. Der würzige Duft einer Nudelsuppe wehte von ihrem Tischchen herüber und ließ mir das Wasser im Mund zusammenlaufen. Doch ich war nicht zum Vergnügen im *Coming Soon*. Ich war zwar selten nüchtern, gerade deswegen aber hervorragend vernetzt. Deshalb hatte ich nach Meiers Abgang ein wenig herumtelefoniert und Maria kurz nach Mittag im vietnamesischen Restaurant hinter dem Pornokino *Roland* ausgemacht. Die Unbekümmertheit, mit der sie zu Mittag aß, ließ mich vermuten, dass sie heute tatsächlich frei hatte. Weshalb wollte der Meier dann so dringend, dass ich sie finde?

Mein Auftraggeber gab sich auf meinen Hinweis hin erleichtert, wies mich aber nach einigem Räuspern an, mich unbedingt im Hintergrund zu halten, an Maria dranzubleiben und ihm laufend mitzuteilen, was sie tat. Er habe den Verdacht, dass sie etwas im Schilde führe. Also ging es doch nicht um die Bouillon allein – wie ich richtig vermutet hatte. Mir sollte das nur recht sein, denn je länger der Auftrag dauerte, desto mehr verdiente ich daran. So simpel war das. Denn natürlich war ich wieder einmal knapp bei Kasse, und vor allem hatte ich noch immer kein Weihnachtsgeschenk für meine Freundin Manju. Während die sich garantiert bereits während der Sommerferien Gedanken dazu gemacht und spätestens im Oktober die nötigen Einkäufe getätigt hatte.

Momentan sah es allerdings überhaupt nicht danach aus, als ob Maria etwas Unlauteres vorhätte. Gekonnt pickte sie mit den Stäbchen eine der hauchdünnen Rindfleischscheiben aus der Suppe und schob sie sich in den Mund. Ich nahm einen Schluck von meinem tropischen Drink, der nach Limette, Rum und irgendetwas Klebrigem schmeckte, und sah mich auffällig in dem gut besuchten Lokal um. Maria sollte unter keinen Umständen merken, dass ich sie beschattete. Das *Coming Soon* war hell und freundlich, und das Interieur sah vermutlich genau so aus, wie sich der gemeine Szenezürcher ein vietnamesisches Restaurant vorstellte – nach Berlin nämlich. Dafür war das Geschirr authentisch und die Karte lockte mit diversen Suppen und Currygerichten. Doch ich wagte es nicht, etwas zum Essen zu bestellen, denn Maria konnte jederzeit aufbrechen. Und tatsächlich schlürfte sie jetzt die Suppenschale leer und winkte dem Kellner.

Ich startete den Motor meines hellblauen Käfers und folgte Marias rotem Peugeot in einigem Abstand. Die Militärstrasse entlang Richtung Innenstadt, wo weihnächtliches Chaos herrschte und man wegen der kopflos auf die Straße stolpernden Passanten nur noch schrittweise vorwärtskam. Danach ging's übers Central und dem Limmatquai entlang zum Bellevue. Ein sonniger 24. Dezember, wenn auch der nötige Schnee fehlte, um bei mir das ultimative Weihnachtsgefühl aufkommen zu lassen.

Ich informierte meinen Auftraggeber über die neuesten Aktivitäten seiner Küchenfachkraft, während Maria ein Stück dem See entlangfuhr. Unvermittelt bog sie links ab, kurvte durchs Quartier und parkte hinter dem

Opernhaus. Ich tat es ihr gleich, blieb jedoch im Wagen sitzen.

»Wir sind jetzt im Seefeld und Maria marschiert auf den Sechseläutenplatz zu.«

»Da ist momentan dieser Weihnachtsmarkt, nicht?«, hakte Meier nach.

Ich bejahte. Maria war bereits zwischen den rot angemalten Holzhütten verschwunden, die auf dem Platz zu einer Art Dorf gruppiert waren. Rasch beendete ich den Anruf und heftete mich an ihre Fersen.

Die Luft war erfüllt vom Duft nach Glühwein und gebrannten Mandeln, irgendwo sang die Heilsarmee oder sonst ein Chor, der mit zitterigen Stimmen virtuos die Harmonielehre außer Gefecht setzte, und ab und zu wehte eine nach alten Schweißsocken muffelnde Fahne vom Raclettestand herüber.

Maria ließ sich Zeit. Besah sich irgendwelche gestrickten Wollpullover und kitschig glitzernde Kerzen, ging ein paar Schritte weiter und blieb am nächsten Stand schon wieder stehen, um sich von einer Ökotante biologische Teemischungen anpreisen zu lassen. Im herrschenden Gewühl der Leute, die panisch und in letzter Sekunde nach einem Geschenk suchten, war sie der ruhende Pol. Als hätte jemand die Vorspultaste gedrückt und sie wäre die Einzige, die sich in Echtzeit bewegte. Nur hin und wieder blickte sie auf die Uhr. Es kam mir vor, als würde sie auf etwas warten.

Nach einer Weile begann ich, mich zu langweilen, und orderte an einer im Alphüttenstil gehaltenen Bar einen Kaffee mit Schuss. Während ich das Geld hervorkramte, rempelte mich jemand an. Aufgebracht fuhr ich herum und sah zwei Kerle, die sich an mir vorbeidrängten und zielstrebig auf Maria zuhielten. Sie waren ganz in Schwarz gekleidet, es sah fast aus, als trügen sie enge Skianzüge. Die Mützen hatten sie tief ins Gesicht gezogen. Maria war immer noch ins Gespräch mit der Teeverkäuferin vertieft. Vielleicht irrte ich mich ja auch, doch die Bestimmtheit, mit der die beiden Typen die ihnen im Weg stehenden Passanten zur Seite schoben, versetzte mich in höchste Alarmbereitschaft. Sofort nahm ich die Verfolgung auf und drängelte mich durch die Menschenmenge, doch ich schaffte es nicht, die beiden Männer einzuholen. Rund zwanzig Meter trennten Maria noch von den Typen, als ich ihr zurief, sie solle sich in Acht nehmen. Sie hörte mich nicht, doch einer der beiden Kerle dreht sich ruckartig nach mir um. Augenblicklich duckte ich mich hinter eine Gruppe Jugendlicher. Ein Blick auf ihre Hosen ließ mich schaudern. Weshalb mussten die bloß so hauteng sein? Früher hatte man mit viel Stil versucht, krumme Beine und dicke Hintern zu kaschieren. Heute wurde jede Fettwulst, jede dürre Wade schamlos präsentiert. Pos, die an aufgeblasene Schwimmhilfen erinnerten, und Beine, die so verbogen waren, als wären sie jahrelang um einen Gaul gewickelt gewesen. Oder dann in X-Form, wie wenn ihre Besitzer an permanentem Harndrang leiden würden. Das Auge des Betrachters wurde konstant herausgefordert, Rücksichtnahme auf Mitmenschen mit einem etwas ausgeprägteren ästhetischen Empfinden existierte nicht. Oder war es eine erste Alterserscheinung, dass ich die aktuelle Mode nicht mehr verstand?

Vorsichtig richtete ich mich auf. Die beiden Männer

hatten Maria beinahe erreicht, doch sie schien noch immer nichts von der Gefahr zu bemerken, in der sie schwebte.

»Maria!«, brüllte ich, was um mich herum für verblüffte Gesichter sorgte, im nächsten Moment wurden suchend Köpfe gereckt.

Einer dieser Namen, die man an Heiligabend unter keinen Umständen herumschreien sollte, aber ich hatte keine Wahl. Maria sah sich verwundert um, im selben Augenblick packte einer der Männer sie am Arm. Sie ließ die Teepackung fallen, die sie gerade in den Händen hielt, stieß ihn energisch von sich und schlüpfte behände zwischen zwei Ständen hindurch. Ich tat es ihr gleich und rannte der Rückseite der Hütten entlang auf sie zu.

»Wer sind Sie?«, fuhr sie mich an, doch ich ergriff bloß ihre Hand und zog sie hinter mir her.

»Vijay Kumar, Detektiv«, keuchte ich. »Sie kennen mich nicht, vertrauen Sie mir trotzdem!«

»Ja, klar«, machte Maria, hörte aber immerhin auf, sich zu sträuben.

Ich warf einen Blick zurück. Geistesgegenwärtig hatte sich die Teetante den beiden Typen in den Weg gestellt, doch jetzt lag sie mitten in ihrer Auslage und rappelte sich mühsam auf. Einer der beiden Kerle schoss aus dem schmalen Durchgang zwischen den Hütten und setzte uns nach. Der andere kämpfte sich auf gleicher Höhe wie wir durch die Menschenmenge, vermutlich wollte er uns am Ende der Hüttenzeile den Weg abschneiden.

Ich hastete auf einen pavillonartigen Verpflegungsstand zu und drängte mich grob durch die Leute, die sich dort um die Stehtische scharten und irgendetwas

Asiatisches von Papptellern aßen. Maria und ich kauerten uns unter einen der Tische, während unser Verfolger stehen blieb. Jetzt stieß der zweite Typ wieder zu ihm – ich konnte es zwischen den uns umgebenden Hosenbeinen hindurch beobachten. Sie sprachen sich kurz ab, sahen sich um und steuerten dann direkt auf uns zu.

»Wir müssen weg hier!«, stieß Maria atemlos hervor.

»Aber wohin?« Gehetzt sah ich mich nach einem Fluchtweg um. Unsere Wagen standen hinter dem Opernhaus. Doch das war in der Zwischenzeit zu weit von uns entfernt, als dass wir es unbeschadet erreicht hätten.

»Was tun Sie da unten?«, fragte eine ältere Dame und linste neugierig unter den Tisch.

»Kontaktlinse verloren«, erklärte ich knapp und schob pro forma ein paar schmutzige Servietten herum, worauf sie verstehend lächelte.

»Mir ist kürzlich etwas ganz Ähnliches mit meinem Gebiss passiert«, plauderte sie, doch ich sah sie so scharf an, dass sie auf der Stelle verstummte und sich beleidigt wieder aufrichtete.

Die beiden Männer waren mittlerweile so nah, dass ich zwischen den wohlgeformten Waden einer Dame ihre schwarzen Hosenstöße sehen konnte. Ich bedeutete Maria ruhig zu sein, doch das wäre nicht nötig gewesen. Verkrampft presste sie die Lippen zusammen, ihr Gesicht war erschreckend blass geworden. Die beiden kamen immer näher, schließlich blieben zwei Paar schwarzer Stiefel nur Zentimeter vor uns stehen.

Mein Herz klopfte mir bis zum Hals. Noch immer hatte ich keine Ahnung, was die beiden Typen eigentlich von Maria wollten. Aber sie sahen nicht danach aus, als wären sie bloß auf ein Schwätzchen vorbeigekommen.

Maria nestelte in ihrem Haar herum, gleich darauf fiel es ihr offen über die Schultern. Sie sah mich fragend an, und ich zuckte mit den Schultern. Einen Versuch war es wert, viel hatten wir ohnehin nicht mehr zu verlieren. Behutsam langte sie nach den Schnürsenkeln des ersten Stiefels und verknotete ihr Haarband damit. Ich spannte schon mal vorsorglich die Beinmuskulatur an. Maria war gerade fertig geworden, als einer der Typen unter den Tisch guckte.

»Hier sind sie!«, brüllte er, und wie auf Kommando sprangen Maria und ich auf, stießen den Stehtisch um und rannten los.

Unsere beiden Verfolger kamen nicht weit. Durch Marias Haarband aneinandergekettet, strauchelten sie bereits beim ersten Schritt. Der eine knallte auf einen der benachbarten Tische, der andere stürzte auf den riesigen Wok am Stand zu. Was danach geschah, konnte ich anhand der spitzen Schreie nur erahnen.

»Was geht hier ab?«, fragte ich Maria, als sie sich auf den Beifahrersitz des Käfers warf.

Sie schüttelte den Kopf und tippte auf ihre Armbanduhr. »Später, wir müssen uns beeilen!«

Sie nannte mir einen Straßennamen ganz in der Nähe und starrte angespannt in die einsetzende Dämmerung hinaus.

Ich kurvte aus der Parklücke und lenkte den Wagen ums Eck.

»Halten Sie hier an«, wies mich Maria an.

»Das hätten wir auch zu Fuß geschafft«, bemerkte ich, doch Maria reagierte nicht darauf.

Stattdessen kramte sie konzentriert in ihrer Handtasche und holte ein Handy hervor. Ich begriff erst, als sie die Kamera einschaltete und sie auf das weihnachtlich geschmückte Schaufenster direkt vor uns richtete. *Juwelier Meier*, stand da in verschnörkelten Buchstaben.

»Wir müssen abwarten«, erklärte Maria und schaute erneut auf ihre Uhr.

Im Laden klebte eine Verkäuferin gerade eine glitzernde Masche auf ein Weihnachtspaket und überreichte es dem Käufer.

»Er kommt immer zum Telefonieren in die Küche. Fragen Sie mich nicht, warum. Die wichtigen Gespräche finden immer in der Küche statt, wahrscheinlich will er nicht, dass seine Frau mithört«, begann Maria zu erzählen. »Er sieht mich gar nicht, für ihn bin ich Luft. Das ist bei diesen Leuten halt so. Und meist möchte ich ja auch gar nicht mithören, aber ...«

Maria brach mitten im Satz ab und starrte durch die Windschutzscheibe. Ich folgte ihrem Blick. Ein schwarzer Geländewagen brauste heran und bremste vor dem Juweliergeschäft hart ab. Kein ungewöhnlicher Anblick in diesem Stadtteil. Doch für einmal stieg nichts Solariumgebräuntes, Ausgemergeltes, auf ewige fünfundzwanzig Runtergebotoxtes im Gucci-Deuxpièces aus, sondern drei Nikoläuse. Rote Mäntel, Kapuzen mit weißer Fütterung, imposante Bärte. Jeder trug einen großen Jutesack über der Schulter, und die Gesichter waren kaum zu erkennen. Weshalb das so war, wurde mir klar, als die drei Samichläuse in den Laden stürmten und mit vorgehaltenen Pistolen die Auslage zu räumen begannen.

»Das Geschäft läuft schon länger schlecht. Deshalb lässt Herr Meier den Laden überfallen und will danach die Versicherungssumme einkassieren«, berichtete Maria seltsam ruhig, während sie den Überfall filmte. »Er hat das schon vor Wochen aufgegleist. Aber vermutlich ist ihm erst gestern bewusst geworden, dass ich seine Gespräche belausche.«

»Erst gestern?«

Maria verzog das Gesicht. »Ich war gerade im Begriff, diese Dorade zu braten, als er hereinkam. Bei diesem Fisch muss man ziemlich achtgeben, damit das Fleisch schön glasig bleibt. Deshalb habe ich mir den Zeitpunkt für den Überfall bloß auf eine Serviette notiert, damit ich sie nicht vergesse, und diese dann auf die Kaffeemaschine gelegt. Eine Fünfzehn, sonst nichts. Leider habe ich es dann versäumt, sie wegzuschmeißen. Vermutlich hat Meier die Notiz gefunden, als er sich heute Morgen Kaffee gemacht hat, und seine Schlüsse daraus gezogen. Deshalb wollte er wohl, dass sie mich diskret suchen. Damit er mir später weniger diskret seine Männer auf den Hals hetzen konnte.«

»Und Sie nehmen das alles für die Polizei auf?«, wunderte ich mich jetzt doch und deutete auf ihr Handy, mit dem sie das Geschehen filmte. »Oder für die Newsportale, die für so etwas zahlen?«

Sie lachte schallend. »Aber nein, mein Lieber! Das wäre ja ziemlich dämlich von mir!«

»Dämlich?«

»Ja, sicher. Das ist nämlich mein Weihnachtsgeschenk an meine Söhne.«

»Eine wackelige Aufnahme von drei Nikoläusen, die einen Juwelierladen ausrauben?«

»Eine wunderschöne Erinnerung, die sie sich immer wieder ansehen können.«

Es dauerte einen Moment, bis der Groschen fiel. Ich deutete auf den Laden, in dem sich der Überfall seinem Ende näherte. »Ihre Söhne sind da drin?«

»Aber ja! José, Juan und Javier. Der Meier hat ja schon lange von diesem Versicherungsbetrug gelabert. Also habe ich meinem Ältesten einen Tipp gegeben, und wie Sie sehen, hat es genützt. Meine Söhne haben den Auftrag für ihren ersten richtigen Überfall erhalten! Ohne dass Meier von unserer Verwandtschaft erfahren hat, natürlich.«

»Und Sie denken vermutlich nicht daran, Arthur Meier das Diebesgut zurückzugeben?«

Maria lächelte nachsichtig, als wäre ich ein Kind, das ein wenig schwer von Begriff ist. »Mein Flug nach Madrid geht um halb fünf. Koffer und Geschenke warten in einem Schließfach am Flughafen. Die Jungs fahren nachher gleich los und sollten bis morgen Abend bei uns zu Hause sein.«

Ich überlegte kurz, Meier anzurufen, ließ es dann aber bleiben. Mein Auftrag war streng genommen erledigt und den Vorschuss hatte ich ja glücklicherweise eingesackt. »Eine Frage noch: Warum sind Sie vorhin zu mir in den Wagen gestiegen?«

Maria zuckte mit den Schultern. »Es ist anzunehmen, dass Meiers Leute an meinem rumgefummelt haben.«

»Ich könnte Sie zum Flughafen fahren«, bot ich an.

»*Gracias*, aber ich nehme den Zug.«

Sie öffnete die Tür und stieg aus. Dann beugte sie sich noch mal zu mir herunter und lächelte. »*Feliz navidad, Señor Kumar!*«

»Frohe Weihnachten, Maria.«

Ich schaute ihr hinterher. Ihre Jungs verließen kurz darauf den Laden, stürzten in den Geländewagen und rauschten davon. Drin brach die Verkäuferin in Tränen aus, ihr Chef telefonierte und wedelte aufgeregt mit der freien Hand herum. Aus der Ferne waren bereits die Polizeisirenen zu hören.

Ich hatte gerade den Motor gestartet, als ich auf den Stufen zum Ladenlokal ein Glitzern bemerkte. Ein Armband, wie mir auffiel, als ich ausstieg und näher trat. Ich hatte keine Ahnung von solchen Dingen, aber ich vermutete, dass es mit Diamanten und Saphiren besetzt war. Marias Jungs mussten es auf der Flucht verloren haben. Verstohlen blickte ich durchs Schaufenster. Die Verkäuferin und ihr Chef besahen sich händeringend den Schaden. Rasch griff ich nach dem Schmuckstück und steckte es ein, dann schaute ich auf die Uhr. Es blieb gerade genug Zeit, um eine passende Verpackung zu finden. Meine Freundin würde außer sich sein vor Freude.

Michael Theurillat

Merry X-mas, Mr. Eschenbach

»Lässt du eigentlich auch einmal Gnade vor Recht ergehen?«

Was für eine Frage war das denn schon wieder! Kommissar Eschenbach, Leiter der Kriminalpolizei des Kantons Zürich, legte die Zeitung beiseite, atmete tief durch und sah seine Tochter von der Seite an. »Ich vermisse meinen Personalausweis«, sagte er. »Hast du den irgendwo gesehen?«

»Ist das jetzt ein Ablenkungsmanöver?«

Eschenbach schwieg und fuhr sich mit beiden Händen durch die Haare. Die vergangene Woche war ihm in die Knochen gefahren. Dabei hatte alles ganz harmlos angefangen, mit endlosen Sitzungen über Budgetkürzungen, Jahresendgesprächen und dergleichen. Doch dann passierte etwas – und alles lief aus dem Ruder. »Gnade vor Recht, ich hab's schon verstanden«, murmelte er und dachte an den Vorfall, der sich am Donnerstagabend in Albisrieden ereignet hatte:

Kurz vor halb sechs hatte ein besorgter Vater (zwei schulpflichtige Töchter) in der Polizeizentrale angerufen. Er berichtete über Schüsse, die ein wahrscheinlich albanischstämmiger Amokläufer in einer kinderfreundlichen Wohnsiedlung vermutlich mit einer Kalaschnikow abgegeben habe.

Es war die Kombination *albanisch – Kalaschnikow – Amok*, die in Verbindung mit *kinderfreundlich* und *Wohnsiedlung* von derartiger Sprengkraft war, dass man bei der Zürcher Polizei weder nachdachte noch zögerte. Sofort wurden Spezialeinheiten mobilisiert und losgeschickt.

Der Vierundachtzigjährige, der mit seinem Militärkarabiner (Baujahr 1931) auf Vogelhäuser geschossen hatte, stand salutierend auf dem Balkon, als die Kampftruppen in schwarzen Overalls das Gelände stürmten.

»Ich wollte mein Baby ja abgeben«, erklärte der Alte dem Einsatzleiter mit finsterer Miene. Die knochigen Finger, von Altersgicht verformt, strichen zärtlich über den Gewehrkolben. »Meine Tochter drängt mich schon seit Jahren dazu. Aber jetzt habe ich noch Munition gefunden, sehen Sie …« Ein letztes Mal feuerte der Mann ins Nirgendwo, bevor ihm ein nahkampferprobter Grenadier die Waffe aus den Händen riss.

Gnade vor Recht – so ein Scheiß! Der ganz normale Wahnsinn war es. Wie Tausende andere hatte sich Eschenbach den Bericht am Tag danach auf Tele Züri angesehen. Und wie alle anderen war auch er froh, dass nichts Schlimmes passiert war. Im Gegensatz zu den meisten anderen jedoch musste er für den »unverhältnismäßigen Blödsinn« (Wortlaut seiner Chefin) geradestehen und die »Sache« (seine eigenen Worte) im Rahmen eines *Debriefings* am Samstagmorgen mit seinen Leuten ausdiskutieren.

Nun war Sonntag, und der hatte eigentlich gut begonnen. Dicker Nebel hing draußen vor den Fenstern, es mochte weder schneien noch regnen. Gleich nach dem

Frühstück hatte sich Eschenbach mit Büchern und Zeitungen eingedeckt und es sich auf der Couch bequem gemacht. Er beabsichtigte, sich möglichst wenig zu bewegen und bis zum Abend genussvoll die Zeit zu vertrödeln.

»Gnade vor Recht war die Frage, Paps. Was meinst du?«

»Kann ich dir jetzt nicht sagen.«

»Warum nicht?« Kathrin ließ nicht locker. Mit einer Schale voller Erdnüsse in der Hand hatte sie sich neben Eschenbach auf die Couch gefläzt, in grauen, schlabbrigen Jogginghosen und hellblauem Sweater mit Kapuze. »Gnade ist in der christlichen Theologie ein zentraler Begriff. Muss man wissen, Paps. Eigentlich passt das doch perfekt zu Weihnachten.«

Eschenbach rollte mit den Augen. Im Kamin knackte es, und ein brennendes Stück Holz fiel mit einer halben Drehung zur Seite. Ein paar Funken stoben, dann war es wieder still. Eschenbach kam die Zeit in den Sinn, als er auf Kathrins Fragen immer eine Antwort gewusst hatte. Zack und hopp – ohne langes Studieren. Meist war es ein klares Ja gewesen – etwas seltener auch ein ebenso klares Nein. Damals waren ihm die Antworten einfach so zugeflogen. Und jetzt? Seit Kathrin Psychologie studierte, schien die Sache schwieriger geworden zu sein. Wenn er nicht aufpasste, erging es ihm wie einem Anfänger beim Schach: ein paar unbedarfte Züge, und schon steckte man in der Bredouille. »Gnade vor Recht«, begann er deshalb äußerst überlegt. »Diese erlassen kann in unserem Rechtssystem nur der Richter. Die Polizei hat da überhaupt nichts zu melden.«

»Und wenn du den vermeintlichen Täter gar nicht überführst?« Kathrin sah ihn fragend an. »Dann kommt der doch gar nicht vor den Richter. Es liegt erstinstanzlich also bei dir.«

»Wo kämen wir da hin?« Eschenbach sah in das Feuer im Kamin, das langsam auszugehen drohte. »Eine eigenmächtige Polizei ist der Anfang vom Ende …«

»Warum?«

»Weil das System dann korrumpiert«, erklärte Eschenbach leicht genervt. »Ist doch logisch. Schau dir mal die Staaten an, in denen die Trennung von Polizei und Rechtsprechung nicht funktioniert. Dort haben wir Willkür und Tyrannei. Als angehende Psychologin solltest du wieder einmal einen Blick in ein Geschichtsbuch …«

»Ich hab's verstanden, Paps«, unterbrach ihn Kathrin.

»Dann ist ja gut.« Eschenbach stand auf. »Ich geh jetzt in den Keller.«

»Um Gottes willen!«

Auf dem Weg zur Wohnungstüre lachte der Kommissar. Er drehte sich kurz um und rief durch den Flur: »Ich hole nur etwas Brennholz, keine Sorge … lauf dir schon nicht davon.«

»Bitte nicht«, sagte Kathrin leise. Langsam zog sie die Beine zu sich und schloss die Augen.

Eschenbach stand im Keller und traute seinen Augen nicht. Der kleine Raum war überfüllt mit Gegenständen, die er noch nie in seinem Leben gesehen hatte: zwei Paar Skier, ein halbes Dutzend Schuhe, Sakkos, Hosen und T-Shirts. Nachdem sich der Kommissar vom ersten Schock erholt hatte, sah er sich in Ruhe um. Sein schmuckloses Kellerabteil hatte sich in eine Schatzkammer verwandelt. Eine Metamorphose wie bei Raupe und Schmetterling. Die kniehohe Truhe aus Edelholz war bestimmt eine Louis irgendwas, vermutete der Kommissar, der sich bei Antiquitäten nicht so auskannte. Auch der alte Säbel, der mit zwei Dutzend Golfschlägern an der Wand stand, hatte Stil. An einer Ständerlampe hingen Halsketten aller Art, und ein Bergkristall stand auf dem Boden. In einem der Regale entdeckte Eschenbach diverse Uhren und eine Reihe teurer Füllfedern von Montblanc, Montegrappa und anderen Marken.

»Ach du liebe Scheiße«, stieß er fassungslos aus.

Auf den ersten Blick hatte es noch so ausgesehen, als hätte jemand die Sachen für den Flohmarkt bereitgestellt. Aber schon der zweite Blick sagte Eschenbach, dass es anders war. Um das zu erkennen, hätte er keine dreißig Jahre bei der Polizei verbringen müssen. Wie um alles in der Welt kamen die Dinge in seinen Keller? Diese Frage musste ihm Kathrin beantworten. Er hatte kein gutes Gefühl, als er die Treppe zu seiner Wohnung hochstieg. Auch kein Brennholz – das hatte er völlig vergessen.

»Papa, ich weiß …« Seine Tochter eilte ihm schon im Flur entgegen.

»Was weißt du?«

»Es sind die Sachen von Dick …«, stammelte sie. »Er hat sie bei uns untergestellt.«

»Bei uns?« Eschenbach wurde laut. »Es ist mein Keller … und überhaupt – wer zum Teufel ist Dick?«

»Ein Freund …«

»Ein oder dein Freund?!«

Kathrin hob die Schultern. »Wir kennen uns noch nicht so lange.«

Eschenbach schnaubte. »Ich will nicht, dass meine Tochter einen Freund hat, der kriminell ist und obendrein noch Dick heißt. Das ist einfach …«

»Scheiße«, beendete Kathrin den Satz. »Ich weiß, der Name ist nicht so der Burner. Er ist Amerikaner.«

»Das macht die Sache nicht besser.«

»Seit wann hast du etwas gegen die Amis?«

»Die haben Trump gewählt.«

»Dick nicht.«

»Logisch«, knurrte Eschenbach. »Trump will die Kriminellen ja auch loswerden. Vermutlich kommen sie dann zu uns, und dein Dick ist bereits ein Vorläufer.«

»Du bist gemein, Paps.«

»Bestimmt hat er sich auch meinen Ausweis geluchst …«

»Niemals!«

Es hatte keinen Sinn, weiter zu streiten, das wusste Eschenbach. Er liebte seine Tochter über alles. Und wenn sie in der Klemme saß, steckte auch er mit drin, was im vorliegenden Fall offenkundig war. »Hör mal, Liebes«, begann er, als sie fünf Minuten später am Küchentisch saßen und jeder eine Tasse Tee vor sich hatte. »Ich möchte, dass das Zeugs wegkommt, und zwar subito.«

»Dick lebt bei einer Gastfamilie, er kann das unmöglich …«

»Haben die keinen Keller?«

»Doch schon, aber der Doktor Huber … ich meine, sein Gastvater, der ist Präsident am Zürcher Obergericht!«

»Der Huber!« Eschenbach musste lachen. Er stellte sich vor, wie die richterliche Eminenz von Zürich und obendrein einer der blasiertesten Männer, die er kannte, in Handschellen abgeführt wurde, weil man bei ihm im Keller Diebesgut sichergestellt hatte.

»Du weißt doch sonst immer eine Lösung Paps«, kam es kleinlaut von Kathrin. »Dick ist kleptomanisch veranlagt ... aber das kann man therapieren. Er ist mein erster richtiger Fall.«

Die Sache war derart grotesk, dass Eschenbach nun erst recht in schallendes Gelächter verfiel. »Kath-rin ...«, japste er. Doch als er sich von seinem Anfall wieder erholt hatte, meinte er ernst: »Jetzt hör mir mal gut zu: Dein Dick wird das Zeugs zurückbringen – und zwar dorthin, wo er es gestohlen hat. Wie er das macht, ist mir egal. Und was dich angeht, du hältst dich da gefälligst raus. Therapie hin oder her.«

»Aber ...« Kathrin schluckte.

»Nichts aber. Wir beide erstellen jetzt eine Liste von den Sachen. Bis Weihachten habe ich die schriftliche Bestätigung, dass jedes einzelne Stück zurück an seinen rechtmäßigen Besitzer gegangen ist.«

»Und wenn's schiefgeht?«, wollte Kathrin wissen. »Ich meine, wenn man ihn verhaftet?«

»Dann umso besser«, brummte Eschenbach. »Und wenn er das Zeug bis zum Vierundzwanzigsten nicht zurückgebracht hat, werde ich ihn anzeigen. Höchstpersönlich und mit Vergnügen.«

»Okay, Paps«, seufzte Kathrin. »Aber bitte versprich mir, dass du stillhältst und mich nicht ständig damit piesackst.«

»Abgemacht.«

Im Kommissariat verliefen die restlichen zwei Wochen bis Weihnachten derart hektisch, dass Eschenbach die »Causa Dick« zwar nicht vergaß, sich deswegen aber fast ohne Ausnahme an das Stillhalteabkommen mit seiner Tochter hielt. Und wenn sie sich einmal trafen, beim Frühstück oder spätabends zu einem gemeinsamen Tee, reichte schon ein Blick von ihm …

»Es läuft alles prima, Paps. *No worries*«, sagte Kathrin dann beschwichtigend, und Eschenbach nickte nur.

Natürlich konnte es sich der Kommissar nicht verkneifen, hie und da einen Blick in seinen Keller zu werfen. Und tatsächlich: Dort entspannte sich die Lage zunehmend.

Der vierundzwanzigste Dezember kam wie jedes Jahr in einem Anflug überraschender Plötzlichkeit. Gegen Mittag, nachdem er sein Büro aufgeräumt hatte, setzte sich Eschenbach an den Schreibtisch und begann die Weihnachtspost zu öffnen. Es war ein mächtiger Stapel aus Briefen und Karten – deutlich mehr noch als im Vorjahr –, den Rosa Mazzoleni ihm hingelegt hatte. Der Kommissar mochte diese Form brieflicher Zuwendung. Und wie jedes Jahr wartete er bis zum Schluss, bis er sich derer annahm. Schon bei der dritten Karte (sie war besonders hübsch) stutzte er:

Lieber Herr Eschenbach,

normalerweise sind wir keine großen Freunde der Polizei. Sie wissen schon, die unnötigen Bußzettel, wenn wir unseren Wagen einmal in der Innenstadt parken. Als nun aber vor ein paar Tagen Ihr Assistent, Dick Handratty, bei uns vorbeikam und die kostbaren

Füllfedern zurückbrachte, waren wir überglücklich. Es wird ja so viel gestohlen heutzutage. Dank Ihren tüchtigen Leuten wurde der Dieb anscheinend gefasst. Dafür sind wir sehr dankbar.

Frohe Weihnachten wünscht Ihnen das Team von Landolt-Arbenz.

»Tüchtige Leute!«, rief Eschenbach und schlug sich mit der Hand gegen die Stirn. Eine Menge weiterer Briefe mit ähnlichem Wortlaut folgten.

Wir wollten schon Anzeige erstatten …, stand auf der Karte von Meridian. *Wie man uns sagt, sei der Dieb gefasst, und der Säbel steht wieder an seinem Ort. Ein fähiger Mann, dieser Dick Handratty. Bitte grüßen Sie ihn von uns – Frohe Weihnachten und herzlichen Dank!*

Es nahm kein Ende. Ochsner Sport bedankte sich für Skier und diverse Jacken, Bucherer sowie zwei weitere Juweliergeschäfte für Uhren, Halsketten und Armbänder. Auch Grieder les boutiques schrieb und sagte Danke schön für alles Mögliche. Sogar die Zürcher Kantonalbank hatte sich gemeldet. Sie hätten kürzlich den Verlust einiger Tablet Computer in der Kundenzone festgestellt, schrieb der Chef des Sicherheitsdienstes, der Eschenbach noch aus seiner Zeit als Mitarbeiter im Polizeicorps kannte. Sie hätten sich über deren überraschende Rückgabe sehr gefreut.

Als Eschenbach über eine Stunde später seine Wohnung betrat, war er in Gedanken noch immer bei den unzähligen Dankesworten und Lobeshymnen, mit denen Dick Handratty (im Besonderen) und die Zürcher Polizeibehörde (im Allgemeinen) überschüttet worden waren. Wann hatte es das schon einmal gegeben? Erst als Kathrin auf ihn zuflog, ihn umarmte und ihm den hübsch geschmückten Christbaum zeigte, merkte er, wie festlich alles hergerichtet war.

»Mama kommt heute Abend auch zum Essen.«

»Und Dick?«, fragte Eschenbach etwas irritiert.

»Ist gestern zurückgeflogen.« Kathrin hob die Schultern. »Ist, glaub ich, gut so. Und alles erledigt, wenn du das meinst.«

»Allerdings.«

»Er hat dir diese Karte geschrieben ... Und deinen Personalausweis hat er übrigens auch gefunden. Lag unter dem Sofa ...«

Eschenbach hatte das Kuvert bereits geöffnet und las die zwei Zeilen, die für ihn bestimmt waren:

You have a great daughter, Sir – and you are kind of cool, too. Merry X-mas, Mr. Eschenbach!

Benjamin Stückelberger

An Weihnachten ist alles anders

Noch war er nicht tot. Daran bestand kein Zweifel. Noch nicht! M. Petermann saß im Dunkeln in seinem Sessel und hielt einen Cognacschwenker in der Hand. Die andere Hand drückte er gegen seinen Magen. Langsam ließ der heftige Schmerz nach. »Noch nicht, du dreckiges Biest! Noch nicht!«, sagte er mit schmerzverzerrter Stimme zu dem Geschwür, das in seinem Innern wucherte.

Nirgends im Haus brannte Licht. Petermann saß im Salon, blickte durch das große Fenster auf den ebenfalls dunklen See und ließ von Zeit zu Zeit etwas Cognac über seine Zunge in den Gaumen und schließlich sanft die Kehle hinabgleiten.

Petermann wusste, dass dies seine letzten Weihnachten werden würden. Später würde er sich zur Christnachtfeier aufmachen. Schon unterwegs würden ihn die Menschen freundlich grüßen, weil am Weihnachtsabend alle Menschen freundlich gegrüßt wurden. Selbst er, M. Petermann. Die Menschen in seinem Dorf mochten ihn nicht. Und er mochte sie nicht. Aber an Weihnachten war alles anders. Da waren die Häuser und Herzen der Menschen mit so viel Freude erfüllt, dass selbst für ihn genug da war. Und dann gelang es auch ihm, einen Gruß freundlich zu erwidern. Deshalb ging er jedes Jahr in die Christnachtfeier.

Und so saß er nun im Dunkel seines Hauses und wartete auf den Moment, da er zur Kirche aufbrechen konnte, als er meinte, ein Geräusch gehört zu haben. Er lauschte aufmerksam in die Stille hinein. Es blieb still. Petermann entspannte sich. Doch gerade als er den Cognac wieder zum Mund führen wollte, hörte er erneut ein Geräusch. Diesmal krachte es deutlich lauter. Jemand musste das Fenster zur Küche auf der anderen Seite des Hauses aufgebrochen haben. Langsam stellte er sein Glas auf den Salontisch. Petermann hörte Stimmen. Offensichtlich waren es keine Profis, bei dem Lärm, den sie veranstalteten.

Langsam glitt Petermanns rechte Hand an der Armlehne entlang unter seinen Sessel. Kurz darauf hielt er eine Pistole in der Hand. Jahrzehnte hatte sie dort unten geschlummert. Nie hatte er sie gebraucht. Nun konnte er nur hoffen, dass sie funktionieren würde.

Jetzt stiegen die ungebetenen Gäste einigermaßen geräuschvoll die Treppe in den oberen Stock. Petermann stand auf und ging an die Rückwand des Raumes, wo sich die Lichtschalter befanden. Denen würde er es schon zeigen. Die sollten nicht ungeschoren davonkommen! Er hörte, wie die Einbrecher direkt über ihm durch seine Privatgemächer stolperten. Schließlich kamen sie wieder die Treppe hinunter. Und tatsächlich – sie steuerten auf den Salon zu. Vorsichtig wurde die Tür geöffnet. Nacheinander traten drei dunkle Gestalten in den Raum.

»Meinst du, da gibt es noch was zu holen?«

»Der hat doch bestimmt eine Schnapsbar.«

»Wow! Habt ihr die Aussicht gesehen?!« Die dritte Stimme gehörte einer Frau.

Mit einem lauten »Ha!« machte Petermann Licht und sah in die erschrockenen Gesichter von drei Halbwüchsigen. Er war perplex. Dilettanten hatte er erwartet. Aber Teenager? Seine Überraschung war seiner Stimme nicht anzuhören, als er fragte: »Was macht ihr hier?«

Der junge Mann, der als Letzter hereingekommen war, ließ die Schultern hängen und sagte: »Wir dachten, es sei niemand da.«

»Wie bitte?!«

»Wenn wir gewusst hätten, dass Sie da sind, wären wir bestimmt nicht gekommen. Lassen Sie doch in Zukunft einfach das Licht an«, meinte der mit den hängenden Schultern.

»Halt einfach die Schnauze!«, zischte die junge Frau. Der Anführer, der als Erster hereingekommen war und bestimmt einen Kopf größer als die anderen war, hatte sich am schnellsten wieder gefasst und sagte ruhig: »Kommt, wir gehen wieder.«

»Ihr geht nirgendwo hin!«, herrschte Petermann die Eindringlinge an. Doch die schienen ihn nicht zu hören und bewegten sich zur Tür. Da drückte Petermann ab, ein Schuss löste sich und schlug über den Köpfen der Teenager in die Decke, die zusammenzuckten und ihn fassungslos anstarrten.

»Das würde euch so passen. Einfach in ein Haus einbrechen und dann ungeschoren davonkommen! Ich ruf jetzt die Polizei, und ihr bleibt schön hier.« Petermann nahm den Hörer in die Hand, wählte den Polizeinotruf und meldete den Einbruch. Dann stellte er den Hörer wieder in die Ladestation zurück und sagte zu den immer noch erstarrten Jugendlichen: »Das kann einen Moment dauern. Ist eben auch für die Polizei Weihnachten.«

Nun fand die junge Frau ihre Sprache wieder. »Lassen Sie uns doch gehen. Bitte! Zoff mit den Bullen kann ich jetzt gar nicht gebrauchen.«

»Wer ein Verbrechen begeht, muss dafür bezahlen«, erwiderte Petermann ungerührt.

Er überlegte, was er mit den dreien machen sollte. Der große, lang gezogene Raum war gut hundert Jahre alt. Der Boden bestand aus schweren Holzdielen, an den Seitenwänden standen mächtige Bücherschränke, und an der Längswand gegenüber der breiten Fensterfront zum See hin befand sich die Hausbar. Links und rechts davon hing je ein altes Gemälde. Auf der einen Seite des Raumes stand Petermann. Auf der anderen Seite waren die drei Teenager hereingekommen. Dazwischen befand sich ein langer Esstisch, an dem Petermann seine Mahlzeiten einzunehmen pflegte. Alleine.

»Setzt euch!« Mit der Pistole winkte er die drei zum Tisch.

Nur langsam kam Bewegung in die Gruppe. Sie legten ihre Taschen mit dem Diebesgut aus der oberen Etage ab und machten sich daran, an der Längsseite des Tisches Platz zu nehmen.

»Nichts da!«, herrschte Petermann sie an. »Ihr setzt euch gefälligst ganz unten an den Tisch.« Sie taten, wie ihnen geheißen. Der Große setzte sich an das untere Ende. Die beiden anderen nahmen links und rechts von ihm Platz. Petermann setzte sich an das Kopfende. Die

Pistole blieb weiterhin auf sie gerichtet. Finster blickte er die drei Einbrecher an. »Wer seid ihr?«

»Wieso wollen Sie das wissen? Sie übergeben uns doch sowieso der Polizei«, sagte der Große.

»Habe ich gesagt, ihr sollt dumme Fragen stellen? Ich will wissen, wer ihr seid! Du«, sagte er zur jungen Frau, »was ist mit dir? Hast du keine Mutter?«

»Die hat einen Freund.«

»Sind deine Eltern geschieden?«

»Schon lange.«

»Und wo ist das Problem?«

»Früher hat sie mir immer den Rücken gekrault, bis ich eingeschlafen bin. Jetzt krault sie nur noch Adrians Rücken.«

»Und du?« Petermann wandte sich an den Großen.

»Meine Mutter ist gestorben.«

»Schon lange?«

»Vor vier Jahren. Hirnblutung. Ging ganz schnell.«

»Und was ist mit deinem Vater?«

»Der ist pleite. Vor einer Woche habe ich herausgefunden, dass unser Luxusleben ein einziger Fake war.«

»Scheißeltern. Man sollte das Kinderkriegen verbieten«, sagte Petermann.

Nun begann der mit den hängenden Schultern leise zu weinen.

»Du bist mir ein schöner Einbrecher! Hast keine Hemmungen, alte Menschen zu beklauen, aber wenn du erwischt wirst, flennst du wie ein kleines Kind.«

»Ich habe ein Kind«, brachte der junge Mann hervor. »Seit vier Monaten sind wir zu dritt. Diese Weihnachten sollten etwas Besonderes werden. Aber ich hab's vergeigt.«

»Ein Kind in deinem Alter?«

»Ich habe keinen Job. Ich kiffe einfach zu viel. Geld für Geschenke habe ich sowieso nicht.«

»Und dann bricht man einfach beim alten Petermann ein.«

»Na ja, Karsten«, sagte der Kleine und deutete auf den Großen, »er hat mich auf die Idee gebracht. Und da hab ich gedacht, vielleicht kann ich so Weihnachten noch retten und meiner Frau etwas Schönes nach Hause bringen.«

»Was bist du nur für ein rückgratloser Kerl. Du willst deine Frau mit Diebesgut beschenken!«

»Alle Frauen mögen Schmuck. Ist doch so, oder?«

Petermann wandte sich an die junge Frau: »Bist du auch wegen des Schmucks hier?«

»Mir war langweilig. Und da hat er gefragt: ›Willst du was erleben?‹«, auch sie deutete auf den Großen. »Das schien mir jedenfalls besser, als einfach rumzusitzen.«

»Aha! Du bist also der Rädelsführer«, sagte der Alte zum Großen.

»Ich habe wenigstens Ideen«, verteidigte sich Karsten.

»Wie heißt du?«, fragte Petermann die junge Frau. »Melanie.«

»Und du?« Der Kleine wischte sich die Tränen aus den Augen und sagte: »Alec.«

In diesem Moment klingelte es. »Das sind die Bullen«, sagte Karsten.

»Ihr wartet hier«, sagte Petermann drohend. Er dachte einen Moment nach. Dann ging er und öffnete die Haustür.

»Sie haben uns gerufen«, begann die Polizistin, die zusammen mit einem Kollegen vor seiner Türe stand.

Die Pistole hatte Petermann in die Hosentasche gesteckt. »Ja«, antwortete er, »tut mir leid, dass Sie vergebens gekommen sind. Es hat sich alles geregelt.«

»Wie meinen Sie das?«

»Ich dachte erst, es seien Einbrecher. Aber dann hat sich herausgestellt, dass es drei Freunde sind, die mich zu Weihnachten überraschen wollten.«

»Sind Sie sicher?«, meldete sich nun der Kollege zu Wort. »Sollen wir uns diese Freunde mal anschauen?«

»Ich werde doch wohl meine Freunde kennen!«, antwortete Petermann unfreundlich.

»Es ist nur so, dass wir selten einen Fehlalarm an Weihnachten haben«, setzte die Frau nach.

»Dann freuen Sie sich doch, dass Sie mein Problem nicht lösen müssen!«

»Wenn Sie meinen.« Leicht irritiert gab die Polizistin nach und wandte sich zum Gehen. »Dann noch schöne Weihnachten!«

»Schöne Weihnachten«, wünschte auch ihr Kollege. Sie trotteten davon. Petermann hörte noch, wie die Frau zu ihrem Kollegen sagte: »Ausgerechnet Petermann soll an Weihnachten Besuch von drei Freunden bekommen haben?«

»Muss ein Weihnachtswunder sein«, gab ihr Kollege zur Antwort. Sie stiegen ein, stellten das Blaulicht ab und fuhren davon. Petermann schloss die Tür und ging zurück in den Salon.

»Wo sind die Bullen?«, fragte Melanie.

Und Alec fragte hoffnungsvoll: »Können wir gehen?«

»Einen Scheiß könnt ihr«, knurrte Petermann und fügte mit einem bösen Lächeln an: »Nein, ich habe eine viel bessere Idee.« Er nahm das Telefon von der Station und wählte eine Nummer. »Ich habe überraschend Gäste bekommen. Kommen Sie her. Wir haben Hunger. Und beeilen Sie sich, bitte.«

Als er aufgelegt hatte, sahen ihn die drei fragend an.

»Was ist? Ihr alle habt nichts Besseres zu tun, und ich hatte schon seit Jahrzehnten keine Gäste mehr an Weihnachten. Jetzt feiern halt wir miteinander.«

»Ich habe aber keine Lust, mit ihnen zu feiern«, brummelte Melanie.

»Das hättest du dir früher überlegen müssen.«

»Meine Frau erwartet mich zu Hause«, wandte Alec ein.

»Die wartet auch noch länger.«

»Okay«, schaltete sich Karsten ein, »dann muss ich aber meinem Vater Bescheid geben.« Er nahm sein Handy hervor.

»Kommt nicht infrage!« Petermann schrie beinahe und hatte nun auch wieder seine Pistole auf die Jugendlichen gerichtet. »Alle Handys auf den Tisch. Aber sofort!« Zügig glitten die drei Smartphones über den Tisch. Petermann steckte sie ein. Dann öffnete sich die Tür, und ein hagerer hochgewachsener Mann, der nicht viel jünger als Petermann war, betrat den Raum. Er trug ein weißes Hemd mit Fliege und darüber eine schwarze Weste. Seine Hosen waren ebenfalls schwarz, und seine Schuhe glänzten makellos.

»Das ist James«, stellte Petermann den Mann vor. »Er wohnt in einem Häuschen auf der anderen Straßenseite.«

»Haben Sie in diesen Kleidern geschlafen, dass Sie so

schnell in diesem Aufzug hier sein konnten?«, fragte Karsten nicht wenig erstaunt.

»Es ist eine Frage der Ehre, jederzeit für Herrn Petermanns Wünsche bereitzustehen«, sagte James in der perfekten Haltung eines Butlers.

»Heißen Sie wirklich James?«, fragte Melanie.

»Mein richtiger Name ist Hermano Alejandro Alfonso Ricardo Rodríguez Silvano Ayurveda Perón de la Vega.«

»Im Ernst? Sie heißen Ricardo Rodríguez, wie der Fussballer?«, fragte Alec.

»Nein, verzeihen Sie«, setzte der Butler ein, »mein Name ist Hermano Alejandro Alfonso ...«

»Er heißt James«, unterbrach Petermann unwirsch.

»Mir gefällt Hermano besser«, hielt Melanie leise, aber hörbar fest.

»Wie auch immer, James«, den Namen betonte Petermann besonders und war gleichzeitig darum bemüht, ein freundliches Lächeln aufzusetzen, was seinem verhärmten Gesicht nicht wirklich gelingen wollte, »ich habe Gäste, und wir wollen Weihnachten feiern!«

»Das ist in der Tat außergewöhnlich.«

»Wieso?«, fragte Petermann. »Wir feiern doch jedes Jahr Weihnachten.«

»Ich dachte auch eher an die Gäste«, erwiderte James.

»Machen Sie uns bitte einen Weihnachtsbraten mit allem Drum und Dran.«

»Mit Verlaub, aber ein Braten könnte schwierig werden. Bis der aufgetaut ist, sind die jungen Menschen hier längst verhungert. Aber es sind noch Maispoulardenschnitzel im Kühler. Dazu gibts Reis und Gemüse.«

»Ja, schon gut«, unterbrach ihn Petermann wieder ungeduldig. »Hauptsache, es ist festlich!«

»Sekt oder Selters?«, fragte James.

»Wie bitte?«

»Sie wollen doch bestimmt etwas trinken, bevor ich das Essen serviere.«

»Sekt für mich. Und für diese drei natürlich Selters.«

»Was ist Selters?«, fragte Alec unsicher.

»Kohlensäurehaltiges Mineralwasser«, erklärte James.

»Dann nehme ich auch Sekt«, sagte Karsten schnell, und die anderen beiden stimmten ihm sogleich zu.

»Papperlapapp! Ihr seid noch zu jung für Alkohol. Ihr bekommt Wasser.«

»He, ich bin schon sechzehn!«, protestierte Melanie.

»Und ich bin achtzehn!«, fügte Karsten an.

Petermann beendete die jugendlichen Proteste, indem er entschieden verlauten ließ: »Ihr bekommt Wasser und damit basta! Als ich in eurem Alter war, haben wir mit zwanzig unser erstes Glas Wein bekommen. Überhaupt hatten wir viel mehr Disziplin. Da wurde gearbeitet und gelernt. Wir sind nicht einfach an Weihnachten bei fremden Menschen eingestiegen.«

»Und was ist dabei herausgekommen?«, murmelte Melanie.

»Was hast du gesagt?« Petermann hielt sich die Hand hinters Ohr.

James sprang ein: »Wir haben, glaube ich, noch Süßgetränke. Die passen vielleicht besser zu einer Weihnachtsfeier als Mineralwasser.«

»Von mir aus.« Petermann gab James mit einem Wink zu verstehen, dass er sich an die Arbeit machen solle.

»Haben Sie Coca-Cola?«, fragte Karsten schnell. Und Melanie ergänzte: »Oder Orangensaft?«

»Ich werde sehen, was ich machen kann«, antwortete James und war verschwunden.

»Wieso sind Sie nur so unfreundlich?«, fragte Melanie.

»Wer ist hier unfreundlich? Ihr seid doch eingebrochen!«

»Ich meine James. Was hat er getan, dass Sie ihn so schlecht behandeln?«

»Ach der«, sagte Petermann abschätzig, »der ist ein Versager. Ein Romantiker und ein Versager. Aus der Gosse habe ich ihn geholt. Hätte ich ihn nicht gerettet, würde er nun irgendwo im Dreck von Buenos Aires liegen.«

»Ein Romantiker? Was meinen Sie damit?«, fragte Karsten.

»Er liebte eine Frau! Er tat alles für sie. Er hat sie auf Händen getragen und in Champagner gebadet. In Champagner! Könnt ihr euch das vorstellen?«

Alec runzelte die Stirn: »Ist das nicht sehr teuer?«

»Schweineteuer ist das! Sein ganzes Geld hat er für diese Frau ausgegeben. Und als er keines mehr hatte, hat sie ihn verlassen.«

»Bitch!«, entfuhr es Melanie.

»James war einfach unsäglich dumm«, sagte Petermann.

»Wenigstens hat er geliebt«, murmelte Melanie.

In diesem Moment ging die Tür auf, und James trat mit einem Tablett in der einen und einem Kübel Eis in der anderen Hand herein. Letzteren stellte er in Petermanns Nähe. Danach servierte er den Jugendlichen ihre

Getränke und sagte dazu: »Glücklicherweise habe ich noch Coca-Cola und Orangensaft gefunden. Und für Sie«, er wandte sich an Alec, »habe ich ein Tonic Water. Sieht aus wie Wasser, hat aber mehr Geschmack.« Danach schenkte er Petermann den Champagner ein und wünschte schließlich: »*Salud!*«

»Zum Wohl!«, sagte auch Petermann und hob das Glas. Alle nahmen einen Schluck. Während Petermann genüsslich seufzte, runzelte Melanie die Stirn. Auch Karsten war kurz irritiert, sah dann aber mit einem Lächeln zu James, der ihm zuzwinkerte und verstohlen den Finger auf die Lippen hielt. Alec wollte gerade etwas wie »Da ist aber nicht nur Tonic Water drin!« sagen, als ihm Karsten unter dem Tisch einen Tritt versetzte.

»Haben Sie nicht noch ein Essen vorzubereiten, James?«, fragte Petermann.

»*Muy bien*«, antwortete dieser geflissentlich, und nach einer leichten Verbeugung verließ er den Salon.

»Und nun zu euch drei Gaunern. Was bringt die heutige Jugend dazu, am Weihnachtsabend einen Einbruch zu verüben?«

»Ach, ich bitte Sie«, meinte Melanie genervt, »können Sie nicht wieder die Polizei rufen? Die haben wenigstens nicht diesen moralinsauren Unterton.«

»Nun, im Moment seid ihr meine Gäste, ob ihr wollt oder nicht«, sagte Petermann maliziös, »daher müsst ihr mit meinen Fragen vorliebnehmen.« An Alec gerichtet fragte er: »Wie heißt du noch mal?«

»Alec.«

»Ist sein *Nickname*«, schaltete sich Karsten ein.

»Tatsächlich?« Petermann sah wieder Alec an.

»Wegen Alec Baldwin, dem Schauspieler.«

Und als der fragende Blick nicht von Petermanns Gesicht wich, erklärte Alec: »Eigentlich heiße ich Balduin. Ich weiß nicht, was meine Eltern geritten hat. Jedenfalls können Sie sich vorstellen, dass ich es mit diesem Namen nicht leicht hatte in der Schule. Irgendwann habe ich von einem Alec Baldwin gehört. Und da dachte ich mir, Baldwin klingt wie Balduin. Und wenn der ein Alec davor hat, kann ich das auch. Seither nenne ich mich Alec.«

James trat herein und brachte die Vorspeise. »Wir hatten noch Kürbissuppe. Etwas Pernod dazu, und einen Klacks Crème Fraîche obendrauf, und fertig war die Vorspeise.«

»Schenken Sie mir noch Champagner nach«, sagte Petermann, »ich sitze schon zu lange auf dem Trockenen.«

»*A su servicio*«, erwiderte James dienstfertig und goss dem alten Mann den Kelch voll, der ihn mit einem »Danke« direkt zum Mund führte.

»Könnte ich noch etwas von dieser ... Cola haben?«, fragte Karsten mit betont unschuldiger Miene.

James nahm das Glas, sagte »Ich bin gleich zurück« und verschwand. Petermann schlürfte seine Suppe, nahm einen weiteren kräftigen Schluck Champagner und meinte dann: »Ich weiß, wie das ist, wenn einem die Eltern einen unmöglichen Namen geben. An meinem Türschild steht Petermann. Aber eigentlich ist der Familienname schlicht Peter.«

»Daran ist doch nichts peinlich«, wandte Karsten ein.

»Richtig. Aber ihr wisst nicht, wofür das ›M.‹ steht.«

»Wofür steht es denn?«, fragte Melanie.

»Für Mies.«

Nun sahen die Teenager doch verwundert von ihrem Teller auf. »Mies?«, fragte Alec ungläubig. »Ist so was denn überhaupt erlaubt?«

»Meine Eltern liebten das Bauhaus, das war eine Kunstschule, die nach dem Ersten Weltkrieg für Furore sorgte. Einer der Architekten hieß Mies van der Rohe. Ein Holländer. Meine Eltern verehrten ihn. In den Ferien reisten wir zu einem Gutteil den Orten nach, an denen van der Rohe gebaut hat. Sie wussten alles über ihn und nannten ihren einzigen Sohn nach ihm.«

Karsten begriff als Erster und sagte laut vor sich hin: »Mies Peter, das hört sich an wie Miesepeter.«

»So will doch niemand heißen!«, rief Petermann aus.

»Ist aber gar nicht weit danebengegriffen«, sagte Melanie vorlaut. Die anderen sahen sie entgeistert an. »Ist doch wahr!«, meinte sie beharrlich, »jeder im Dorf würde bestätigen, dass er ein Miesepeter ist. Und das ist bestimmt nicht nur die Schuld der Eltern.«

»Ich war ein Kind! Und wenn ich mal am Strand eine Sandburg bauen wollte, leitete mich mein Vater an, eine Burg im Bauhausstil zu bauen. Er baute mit mir eine Sandburg à la Mies van der Rohe!« Petermann musste Luft holen. »Dabei wollte ich doch einfach spielen, wie die anderen Kinder am Strand!«

Hatte Petermann etwa Tränen in den Augen? Die Teenager löffelten verlegen ihre Suppe. So sahen sie nicht, wie Petermann seine Hand gegen den Magen presste und die Augen für eine ganze Weile schloss. Dann drückte er ärgerlich eine Klingel am Rand des Tischblattes. James erschien in der Tür.

»Sie haben gerufen?«

»Bringen Sie mir meine Tabletten! Bitte.«

»Das Magengeschwür?«, fragte James besorgt.

»Sie sollen mir meine Tabletten bringen und keine Fragen stellen!«, herrschte er seinen Diener an.

»Sehr wohl«, sagte James. *»A su servicio.«*

James verschwand und kam kurz danach mit einer Pillendose und einem Glas Wasser wieder.

»Was soll ich mit dem Wasser? Schenk mir lieber Champagner nach!«

Während sein Diener sich zurückzog, klaubte der alte Herr zwei Tabletten aus der Dose und spülte sie mit einem kräftigen Schluck Dom Pérignon hinunter.

»Ist es sehr schlimm?«, fragte Melanie ernsthaft besorgt.

»Was geht es dich an, ob ich daran verrecke oder nicht?« Petermanns Laune war auf dem Tiefpunkt.

Alec fand einen Weg, das Gespräch wieder in Gang zu bringen. »Haben Sie Geschwister?«, fragte er.

»Nein«, antwortete Petermann missmutig. »Meine Eltern haben wahrscheinlich auch nur das eine Mal gefickt, als ich entstand. Ich war vierzehn, als mein Vater uns verließ, um mit einem Kerl zusammenzuleben. Ich habe diese treulose Schwuchtel nie wiedergesehen.«

»Wenigstens stand er zu seiner Liebe«, meinte Melanie. Und Karsten fragte: »War Homosexualität damals nicht verboten?«

»Natürlich war sie verboten. Die beiden lebten offiziell auch in getrennten Wohnungen. Es gab aber eine Verbindungstür.« Petermann schwieg. Karsten hätte gerne gewusst, woher Petermann das alles über seinen Vater wusste, wenn er ihn doch nie mehr gesehen hatte, aber Alec kam ihm mit seiner Frage zuvor: »Haben Sie sich nie verliebt?«

Es entstand eine kurze Pause, dann sagte der alte Mann: »Weißt du, was mir gerade auffällt, Alec? Du heißt eigentlich Balduin. Mir gegenüber sitzt Karsten, und da links sitzt Melanie. Karsten, Melanie, Balduin – wenn das nicht wie Kaspar, Melchior und Balthasar klingt! Ihr seid meine Heiligen Drei Könige!«

Die drei sahen sich an. »Und wodurch zeichnen sich die drei Könige aus?«, fuhr Petermann fort.

»Sie haben Geschenke mitgebracht?«, antwortete Karsten nicht wissend, worauf Petermann hinauswollte.

»Genau!«, bestätigte der Alte. »Na also, was habt ihr mir mitgebracht?«

»Sie wissen schon, dass wir gekommen sind, um zu stehlen, und nicht, um zu bringen?«, fragte nun Melanie.

»Aber heute ist Weihnachten. Da ist alles anders.«

»Ist es das?«, fragte Melanie mit gerunzelter Stirn.

»Ja, ist es«, antwortete Petermann barsch und meinte schließlich: »Ihr habt doch sicher etwas dabei, das ihr mir geben könnt.«

»Ich habe nichts für Sie«, sagte Melanie empört. Und Alec meinte: »Ich habe noch nicht einmal etwas für meine Frau.«

»Ich bitte euch!«, sagte Petermann mit gekünsteltem Lächeln, »irgendetwas wird doch in euren Taschen stecken, das ihr mir geben könnt. Sagen wir als Dank dafür, dass ich euch nicht an die Bullen verraten habe.«

»Er hat recht«, schaltete sich nun Karsten ein. »Wir sollten uns erkenntlich zeigen.« Mit diesen Worten streifte Karsten einen schönen goldenen Ring von seinem Finger, stand auf und überreichte ihn dem alten Herrn.

Petermann erkannte den Ring sogleich. Er hatte ihn vor über fünfzig Jahren für seine große Liebe gekauft – und ihn dann nie überreicht. Karsten musste ihn im Sekretär oben in seinem Büro gefunden haben. Aber Petermann sagte nichts. Er lächelte vor sich hin, dankte und wandte sich an Melanie: »Und was hast du für mich?«

»Ich habe nichts!«

»Ach, komm schon«, sagte Karsten, »ist wirklich nichts in deiner Handtasche, das du entbehren könntest?«

Widerwillig schaute sie in ihre Tasche. Schließlich fand sie ein Parfumfläschchen. »Hab ich von meiner Mutter.«

»Auch gestohlen?«, fragte der Alte.

Aber Melanie meinte nur: »Dieses Damenparfum können Sie sowieso nicht gebrauchen.«

»Das Kind in der Krippe konnte mit der Myrrhe auch nichts anfangen«, sagte Petermann und streckte seine Hand aus. Also stand Melanie ebenfalls auf, ging zu dem Alten hin und übergab ihm das Fläschchen. Mit einem freundlichen »Danke!« nahm er das Geschenk entgegen. Nun wanderten alle Blicke zu Alec. Der griff verlegen in seine Hosentasche und holte einen kleinen Block Haschisch hervor. »Ich habe nur das«, kommentierte Alec seine Gabe. »Ich sollte sowieso weniger kiffen.«

»Oder ganz damit aufhören«, sagte Petermann bestimmt und hielt ihm seine Hand entgegen. Alec erhob sich, zögerte einen Moment, nahm dann das Haschisch und trug es zum Alten, der es mit einem Nicken entgegennahm. Petermann reihte die drei Gegenstände vor sich auf und betrachtete sie einen Moment. Dann sagte er mehr vor sich hin: »Solche Weihnachten habe ich noch nie gefeiert.« Und nach einer Pause deutlich lauter: »Darauf müssen wir anstoßen!« Wieder drückte er ungeduldig die Klingel, und als sein Diener hereintrat, sagte er: »James! Es ist Weihnachten. Und wir sitzen hier auf dem Trockenen.«

»*Muy bien*«, sagte James, verschwand in der Küche und kam nur wenig später mit einem Tablett voller Getränke zurück.

»Frohe Weihnachten!«, rief Petermann in den Raum und leerte sein Glas in einem Zug.

»Frohe Weihnachten«, ertönte es etwas zögerlicher vom anderen Ende der Tafel, aber auch die drei jugendlichen Einbrecher nahmen gern einen kräftigen Schluck von ihren besonders leckeren Getränken. Kurze Zeit später servierte James die Maispoularde mit Safranrisotto und geschmortem Gemüse.

Petermann, dessen Laune sich deutlich aufgehellt hatte, sagte: »Ach James! Holen Sie sich einen Teller und setzen Sie sich zu uns.« Als James mit seiner Poularde und einem Glas Champagner aus der Küche zurückkam, platzierte er sich in gleichem Abstand von seinem Herrn und den Gästen an der Längsseite des Tisches.

»Was ist, wenn ich fragen darf, gerade Gegenstand der Konversation?«, erkundigte er sich, während er ein Stück von seiner Maispoularde abschnitt.

»Wir haben Herrn Petermann gefragt, weshalb er Sie so schlecht behandelt«, antwortete Melanie. Und Karsten fügte an: »Und dabei erfahren, dass Sie Ihre Geliebte in Champagner gebadet haben.«

»Den haben Sie danach aber nicht auch noch getrunken, oder?«, fragte Alec ernsthaft.

»Wo denken Sie hin! Das wäre doch viel zu viel gewesen«, entgegnete James, und zu Melanie gewandt sagte er: »Ich muss Ihnen widersprechen. Herr Petermann behandelt mich sehr zuvorkommend.«

»Da habt ihr's!«, sagte Petermann triumphierend und auch schon leicht angesäuselt.

Melanie aber setzte nach: »Das ist jetzt nicht Ihr Ernst. Der Miesepeter hat noch nicht ein freundliches Wort zu Ihnen gesagt!«

»Mit Verlaub, junge Dame, Sie müssen genau hinhören. Herr Petermann hat immer ›Bitte‹ und ›Danke‹ gesagt.«

»Ich habe genau hingehört«, erwiderte Melanie, »und der Tonfall war verächtlich und herrisch.«

»Sie dürfen von niemandem Dinge erwarten, die er nicht liefern kann. Sehen Sie, ich bin zum Beispiel farbenblind. Ich könnte nicht beschreiben, welche Farben Ihre Kleider haben. Darum trage ich auch privat am liebsten Schwarz und Weiß.«

»Sie wollen sagen, Herr Petermann ist unfähig zu Höflichkeit und Anstand?«, fragte Karsten ungläubig.

»Ich fürchte ja«, bestätigte James. »Seine Eltern konnten ihm keine Nestwärme vermitteln, und später war es ihm nie vergönnt, Liebe zu finden. Da darf es sie nicht wundern, wenn er nach und nach bitter wurde.« James nahm einen Schluck vom Champagner. »Und dennoch hat er mir geholfen, als ich all mein Geld für diese Frau verprasst hatte.« Und als sähe er sie vor sich: »*Dios mío!* War das ein tolles Weib!«

Karsten hakte nach: »Er hatte eine schwierige Kindheit. Na und? Die haben wir auch. Aber ich habe nicht vor, so bitter zu werden wie dieser alte Herr da!«

»Dieser alte Herr heißt Herr Petermann«, insistierte James, »und ich wünsche Ihnen von Herzen, dass Sie nicht bitter werden. Aber wenn Ihre Seele nie gelernt hat, die unterschiedlichen Gefühlsfarben zu sehen, dann wissen Sie später auch nicht, wo Sie suchen sollen.«

Petermann hatte während des ganzen Gesprächs vor sich hin gestarrt. Nun hob er langsam den Kopf und sagte: »Das ist das Schönste, das ich jemals über mich hab sagen hören, James. Das war hart, aber schön. Danke, James.« Nach einem Moment der Stille fuhr er unvermittelt fort: »So, und jetzt ist es Zeit für die Bescherung!«

»Wofür?«, fragte Alec irritiert.

Aber Petermann ging nicht darauf ein, sondern wies auf die drei Gegenstände vor sich und sagte: »Sehen Sie nur, James, was diese drei merkwürdigen Könige mir mitgebracht haben!«

James besah sich die Gegenstände und meinte dann anerkennend: »In der Tat außerordentlich!«

»Nun ist es an mir, Geschenke zu machen. Aber womit kann ich euch eine Freude machen?«

»Wie wär's, wenn wir einfach unser Diebesgut mitnehmen könnten?«, fragte Karsten. »Das wäre ein großzügiges Geschenk!«

Aber Petermann schüttelte den Kopf. »Die Gefahr, dass ihr beim Verhökern der Ware erwischt werdet, ist viel zu groß. Ihr seid dafür zu dilettantisch.« Petermann dachte nach. »Nein, ich weiß etwas Besseres. Und etwas Schwierigeres zugleich.« Er stand auf und ging zu dem einen Bild, das neben der Bar an der Wand hing, bewegte es wie eine Tür in der Angel zur Seite und machte sich dahinter an einem Safe zu schaffen. Dann griff er hinein und brachte drei dicke Bündel an Geldscheinen hervor. »Das sind dreimal zehntausend Franken«, sagte er. »Ihr bekommt je ein solches Bündel.«

»Wow«, stieß Alec hervor. Und Melanie fragte argwöhnisch: »Und wo ist der Haken?«

Petermann ging zu den dreien und deponierte vor jedem ein Bündel. »Bargeld ist sicher besser für euch«, meinte Petermann, »denn so müsst ihr nicht erst auf den Schwarzmarkt.«

»Aber wo ist der Haken?«, fragte nun auch Karsten mit gerunzelter Stirn.

»Nun, wenn Teenager wie ihr plötzlich so viel Geld haben, wird es für euch eine Herausforderung sein, es so auszugeben, dass eure Eltern und Freunde nicht misstrauisch werden.«

»Wow!« Alec brachte noch immer nicht mehr heraus. Karsten jedoch meinte: »Diese Herausforderung nehme ich an!«

»Und Sie rufen nicht doch noch die Polizei?« Melanie traute der Sache noch immer nicht.

»Wenn ihr die Sache geheim halten könnt, wird niemand sonst davon erfahren«, bestätigte Petermann.

»Eine Bitte hätte ich noch«, sagte Alec, der nun wieder seinen Blick von dem Geld hatte lösen können. »Ich habe oben diese Kette gefunden.« Er zog eine schöne, schlichte Goldkette aus seiner Jackentasche. »Dürfte ich die auch noch mitnehmen? Meine Frau würde sich sehr darüber freuen.«

»Jetzt habe ich dir gerade zehntausend Franken geschenkt, und du fragst, ob du noch mehr haben darfst?« Petermann war sichtlich irritiert.

»Es ist irgendwie schöner, Schmuck unter den Christbaum zu legen als Bargeld«, verteidigte sich Alec.

»Das ist doch …« die Höhe, wollte Petermann sagen, aber James unterbrach ihn: »Ich finde, Alec hat recht. Und mit Verlaub, Herr Petermann«, dabei sah er den alten Herrn schmunzelnd an, »Sie haben die Kette noch nie getragen.«

Nun musste auch Petermann schmunzeln. »Also gut, junger Mann. Überrasch deine Frau mit einem besonderen Geschenk. Aber versprich mir, dass du dein Kind nie dazu zwingst, Sandburgen im Bauhausstil zu bauen!«

»Ich wüsste gar nicht, was ein Bauhaus ist«, erwiderte Alec ehrlich.

Zufrieden schaute Petermann in die Runde. Schließlich fielen ihm die leeren Gläser auf. »James!«, rief er gespielt vorwurfsvoll, »wieso haben wir nichts mehr zu trinken! Gießen Sie nach!«

»Disculpe, Señor, disculpe!« James huschte in die Küche und war kurze Zeit später zurück mit neuen Getränken für die drei beschenkten Einbrecher und mit einer neuerlichen Flasche Dom Pérignon für seinen Herrn.

Dann stand Petermann auf, hob das Glas und sagte: »Auf eine Weihnachtsfeier, die wir alle wohl nie vergessen werden!« Er leerte sein Glas in einem Zug und setzte sich mit einem tiefen Seufzer wieder hin. Nun entspann sich zwischen den Teenagern eine Plauderei, während sie das viele Geld bestaunten. Petermann schwieg und schien die Szenerie zu genießen, während

James diskret die Teller wegräumte. Als der Butler wieder zurückkam, meinte Petermann: »Ich danke euch, dass ihr bei mir eingebrochen seid. Ich hatte noch nie so schöne Weihnachten.« Die drei wussten nicht, was sie darauf antworten sollten. Schließlich versuchte es Karsten mit »Gern geschehen?«. Und Melanie meinte mit einem Lächeln: »Wir können es gerne bei anderer Gelegenheit wiederholen.«

»Das wird nicht nötig sein«, antwortete Petermann, »James wird euch in Zukunft jederzeit gerne die Tür öffnen. Nicht wahr, James?«

»Aber sicher«, bestätigte der Butler. *»A su servicio.«*

Es folgte ein verlegenes Schweigen, das Petermann beendete. »Alec, musst du nicht zu Frau und Kind? Etwas unter den Baum legen? Und ihr«, wandte er sich an die beiden anderen, »müsst doch sicher auch nach Hause oder zu euren Freunden oder vor den Fernseher.«

Karsten begriff als Erster und meinte: »Ja, ich denke, wir sollten aufbrechen. Danke für alles.« Melanie stand auf und sagte: »Das klingt jetzt vielleicht etwas eigenartig, aber ich bin froh, dass wir bei Ihnen eingebrochen sind. Und zwar nicht nur wegen des Geldes.«

»Stimmt«, pflichtete ihr Alec bei. »Tut uns leid wegen des kaputten Fensters.«

»Ja, ja. Da, nehmt eure Handys«, Petermann ließ die konfiszierten Smartphones über den Tisch zurückgleiten. Die drei Einbrecherkönige nahmen sie dankend entgegen. »Nun aber fort mit euch«, sagte Petermann und versuchte, dabei mürrisch auszusehen. »Die Heiligen Drei Könige sind ja auch wieder abgezogen. Und schaut zu, dass ihr dem Herodes nicht begegnet!«

»Herodes? Wer ist Herodes?«, fragte Alec beim Hinausgehen.

»Erklär ich dir später«, antwortete Karsten. James begleitete sie zur Tür. Als er zurückkam, stand Petermann mitten im Salon. »James«, sagte er, »Sie sind der Einzige, der heute Abend noch kein Geschenk erhalten hat.« Sein Diener wollte etwas erwidern, aber Petermann unterbrach ihn. »Ich will Ihnen heute geben, was Sie demnächst sowieso bekommen werden.«

»Ich versteh nicht, *Señor*«, meinte James unsicher.

»Wie Sie wissen, wird es für mich keine weiteren Weihnachten mehr geben. Darum habe ich vor einigen Wochen verfügt, dass Sie mein Alleinerbe sein werden.«

»*Señor ...!*«

»Mein Anwalt ist über alles informiert. Nur davon weiß er nichts«, sagte Petermann und lenkte James' Blick auf den immer noch offenstehenden Safe. »Und am besten erzählen Sie auch der Steuer nichts davon. Zusammen mit dem Geld im Safe hinter dem anderen Bild sind es eine Million. Abzüglich der Dreißigtausend natürlich, die die drei Könige mitgenommen haben. Das wird Ihnen gelegentlich schöne Ferien ermöglichen. Zum Beispiel in Argentinien.«

»*Señor ...*« James brachte einfach nicht mehr heraus.

»Sie heißen eigentlich Hermano, nicht wahr?«

»*Si, Señor.*«

»Seit wann arbeiten Sie nun für mich, Hermano?«

»Seit zweiundfünfzig Jahren, *Señor*«, antwortete James.

»Sehen Sie, und etwa eine Woche weniger bin ich im Besitz dieses Rings.« Petermann griff nach dem Ring, den ihm Karsten zuvor »geschenkt« hatte. »Er war immer für Sie bestimmt, nur ... ich ... Ach, nehmen Sie ihn endlich!«

»Der ist wunderschön, *Señor*. Ich wusste ja nicht ...«

»Ja, jetzt wissen Sie's«, unterbrach ihn Petermann und meinte dann: »Und nun wird getanzt! Ich habe extra argentinische Musik ausgesucht.« Tatsächlich hatte er auf seinem alten Plattenspieler *Feliz Navidad* aufgelegt. Das war nicht wirklich ein argentinisches Lied, aber es wurde damals, als sie sich kennengelernt hatten, in den Radios rauf und runter gespielt. »Tanzen Sie, Hermano, tanzen Sie!« Und James tanzte! Geschmeidig bewegte er sich zu den Latino-Rhythmen, als wäre er ein junger Mann. Auch Petermann hob mal das eine Bein, mal das andere Bein zur Musik, soweit es sein gebrechlicher Körper eben zuließ. Und immer stimmten sie gemeinsam in den Refrain ein: *»Feliz navidad, feliz navidad, feliz navidad, próspero año y felicidad.«* Noch zweimal hob Petermann die Nadel an den Beginn des Liedes. Dann aber ging er zu James und sagte: »Ich bin müde und will noch einen Moment alleine sein.«

»Por supuesto, Señor«, antwortete James, der nahtlos in die Rolle des Buttlers zurückfand. »Es war zweifellos ein ganz besonderes Weihnachtsfest«, fügte er an.

»Was bedeutet eigentlich Ihr Name?«, fragte Petermann.

»Hermano ist spanisch für Bruder, *Señor*.«

Petermann nickte nachdenklich und sagte schließlich: »Danke, Hermano. Danke!«

James machte eine leichte Verbeugung und verließ den Salon.

Petermann ging zum Schalter und löschte die Lichter. Da überfiel ihn wieder eine Schmerzattacke. Diesmal war sie heftiger als alle zuvor. Nur mit Mühe konnte er einen Schrei unterdrücken. »Ja, ja, du Scheißbiest. Ich habe verstanden.« Petermann atmete schwer, als er sich in seinen Sessel setzte. Auf dem Salontisch stand noch immer sein Cognac. Er nippte daran, spürte dem edlen Tropfen noch eine Weile nach und stellte schließlich das Glas zurück. Aus der Ferne hörte er die Kirchenglocken, die zur Christnachtfeier einluden. Petermann lehnte sich in seinen Sessel zurück und ließ seine Augen über den dunklen See gleiten. »Das waren frohe Weihnachten«, sagte er leise vor sich hin. Er war müde. Sehr müde. Langsam fielen seine Augen zu. Petermann atmete ruhig und immer ruhiger. Bis er schließlich ganz damit aufhörte.

Jetzt, erst jetzt war Petermann tot.

Gabriela Kasperski

Engel ohne Flügel

Eine weihnachtliche Schauergeschichte

In einer Stunde würden wir unsere Verlobung feiern, und ich hatte kein Geschenk. Als ich von der Tramhaltestelle nach Hause lief, wehte ein Windstoß die letzten Blätter von den Kastanienbäumen, die Bäckerei schloss gerade, der Kiosk ebenso, nur die Kneipe hatte offen, vierundzwanzig sieben, so kam es mir vor. Drinnen war es düsterer als draußen. Ich bestellte einen Espresso, einen zweiten, schließlich Champagner als Take Away.

»Gibt's nich bei uns. Zürichbier kannste haben.«

Ich lehnte ab. Den Kopf gesenkt, die Laptoptasche an mich gepresst, tat ich die paar Schritte bis zum Altbau. Im zweiten Stock befand sich die Wohnung, die ich in meinen Anfängen als Germanistikstudent von meinem Vater geerbt hatte. Aus einem offenen Fenster drang Zigarettenrauch und gepflegtes Gelächter. Einige Gäste waren früher gekommen, unter ihnen und lautstark meine Mutter, am Ziel ihrer Träume. »Der Junge ist Mitte dreißig, es ist an der Zeit«, so und ähnlich hatten sich ihre Bridge-Freundinnen geäußert. Mit dem Eintritt Amys in mein Leben hatte sich der Druck gesteigert. Darum die Verlobung.

Noch einmal um den Block gehen. Ich bog in eine

Gasse ein, in die nächste, eine weitere, drang in unbekanntes Territorium vor. Ein Laden fiel mir auf, von einer armseligen Lichterkette beleuchtet stand *Malories Antiquitäten* auf einem Schild im vollgestopften Schaufenster.

Ich schüttelte den Regenschirm aus und schrak zusammen, weil die Klingel so laut war. Kaum stand ich im Innern, spürte ich ein Kitzeln in der Nase.

»Gesundheit«, sagte eine Stimme. Sie gehörte der Besitzerin, die mir ein Taschentuch reichte, es war aus Stoff, weiß mit einem roten Rand. »Es muss der Staub sein. Sie dürfen es behalten.«

Ich bedankte mich.

»Ein Verlobungsgeschenk, sagen Sie?« Mein Anliegen schien sie zu amüsieren. »Da würde ich einen Ring vorschlagen.« Sie zeigte auf eine Vitrine. »Wir haben eine ganze Sammlung.«

Lila, kristallen und giftgrün funkelten die Steine. »Hätten Sie etwas anderes, etwas … Besonderes?«

»Etwas Besonderes?« Die Besitzerin überlegte. »Alles hier ist besonders. Es hängt von den Vorlieben Ihrer Verlobten ab.«

Was sollte ich erzählen? Dass Amy nach einem Anlass auf dem Opernhausplatz bei mir gestrandet war, dass sie mich kritisierte, wenn ich die Hausaufsätze der Schüler über meine Freizeit stellte. Dass sie nach endlosen Affären und Dates die erste Frau war, die mir etwas bedeutete.

»Sie mag Gegenstände mit Patina.«

»Dann ist mein Laden wie geschaffen für sie.«

Die Besitzerin schlug mir dieses vor, jenes, strich einer

Lampe über den gläsernen Schirm. »Ein Klassiker. Passt auf jeden Schreibtisch.«

»Da findet man Amy selten. Sie segelt mehr so durch die Welt.« Ich stellte die Laptoptasche hin, öffnete den Mantel, es war stickig hier drin.

»So, mobil ist sie? Passt das zu einer Verlobung?«

Mit der Frage rührte sie an meiner Angst, dass der Anlass für Amy bloss eine Spielerei war.

Irgendwo schlug eine Uhr halb. Nun wären alle Gäste da.

»Wir bekommen ein Baby. Vielleicht. Wir wissen es nicht genau. Noch nicht«

»Ein Baby? Dann ist alles in Butter. Besser kann man eine Frau nicht an sich binden.«

Bevor ich nach einer Entgegnung suchen konnte, blieb die Besitzerin vor einem Regal stehen. Es war voller Spielzeug, ich bemerkte ein Blechauto, ein Schaukelpferd, eine Musikdose. »La-Le-Lu, nur der Mann im Mond schaut zu, wenn die kleinen Babys schlafen, drum schlaf auch du.« Die Besitzerin hatte mitgesummt, nun zeigte sie auf eine hölzerne Ente, orangegelb, mit zwei Rädern anstelle der Füße und einem Wackelkopf. »Perfekt für Mädchen oder Jungs.«

Ich war drauf und dran, einen der Ringe zu nehmen – irgendwie würde ich mich bei Amy rausreden können –, als ich ein seltsames Gefühl verspürte, eine Art Anziehung, einen Zwang beinahe. Es kam von ganz oben, von einer Puppe aus Porzellan, mit gekringelten Locken und einem glitzernden Sternenkleid. Das Auffälligste an ihr waren die Augen. Große, glänzende Augen.

»Eine Engelspuppe. Teil eines Paars, sie stammen

aus einem Nachlass.« Vorsichtig hob die Besitzerin die Puppe herunter. »Eigentlich wollte ich sie für die Weihnachtsdekoration nehmen.« Sie deutete auf den herunterhängenden Arm. »Aber zuerst muss sie zum Puppendoktor.«

»Sie ist wirklich besonders«, sagte ich.

Die Augendeckel klappten zu. Dann öffneten sie sich wieder. Etwas lag in ihrem Blick. »Ich nehme sie.«

An der Tür kämpfte ich mit dem bunten Luftballon, den die Besitzerin an der Schleife befestigt hatte. Dabei fiel ein Zettel von der Pinnwand, mit den Quartieranzeigen neben der Tür. *Villa Seeburg – ein stilvolles Wohneigentumsprojekt im Herzen Zürichs, für solvente Interessenten. Kinder willkommen. Erstbesichtigung am 6. Dezember.*

*

Ein Gewühl von Passagieren stieg aus der Tram, Amy war die Letzte. Sie kam auf mich zu, während die Leute in alle Richtungen auseinanderströmten, auf dem Weg zu einem Glas Wein und einem friedlichen Feierabend.

»Wir sind ein Team. Du, ich und die Kaulquappe.«

Amys Mitteilung traf mich wie ein Faustschlag. Obwohl ich damit herumgespielt hatte, in dem Moment fand ich den Gedanken an ein Kind monströs. Wir waren doch erst so kurz zusammen. Autos fuhren vorbei, eine Tram, noch eine.

»Keine Freude?«

»Doch, doch. Natürlich.« Ich nahm das rot-weiße Taschentuch heraus, um mich zu schnäuzen.

»Du bist unverbesserlich. Ein Lehrer halt. Zum Glück kenne ich deine andere Seite.« Sie küsste mich. »Und jetzt auf zur Überraschung.«

Mein Last-Minute-Verlobungsgeschenk war ein Erfolg gewesen. Nicht wegen der Engelspuppe, die tief unten in meiner Laptoptasche lagerte, sondern wegen des handgeschriebenen Zettels.

Gutschein für eine wunderbare Überraschung,
vor Weihnachten auszuliefern.

Das hatte Amys Augen zum Leuchten gebracht und meinen Ehrgeiz angestachelt, die Wohnung, die mir über die Pinnwand-Anzeige im Antiquitätenladen vor die Füße gefallen war, zu erstehen. Mit dem Projektleiter, einem bärtigen Hünen namens Steve, hatte ich mich gleich am nächsten Morgen getroffen, das Verkaufsprozedere war angeschoben.

»Auf geht's«, sagte ich und führte Amy am Brunnen der Quartierwache vorbei bis zur Ecke Mühlebachstrasse. Sie musterte das moderne Gebäude direkt neben dem Park. »Gehen wir zu einer Ausstellung?«

Ich sah ihr die Enttäuschung an.

»Sherlock, Fuß!« Eine alte Dame mit dunkel getönten Brillengläsern versuchte, ihren Hund zu bändigen, der eine Gruppe Jugendlicher anbellte. Sie hatten sich neben dem Parkeingang versammelt, einige trugen Skateboards, andere bauchfrei, trotz der Minustemperaturen.

»Geht nach Hause, Kinder. Hier ist es nachts gefährlich. Die Frau in Weiß kennt kein Pardon.«

Die Jugendlichen ignorierten die Alte und den Hund.

»Bitte eintreten, Ma'm«, sagte ich zu Amy und deutete eine Verbeugung an, »ins Land der Wünsche.«

Der Himmel war im Osten von schwarzem Blau, ein Stern funkelte, mit jedem Schritt verschwand der Stadtlärm, dafür raschelten die Blätter des großen Blutahorns, an dessen Stamm gelehnt der Spaten stand, den ich am Nachmittag hatte stehen lassen. Beim Rosenlabyrinth tollte der Hund Sherlock über die Wiese, und um die Säulen einer Pergola waberte abendlicher Nebel.

Amy war irritiert, als ich das Taschentuch herausnahm, um ihr die Augen damit zu verbinden.

»Vertrau mir.« Ich schlang meine eiskalten Finger um ihre Hand und führte sie den Hügel hinauf, zu der kleinen Plattform am höchsten Punkt, wo ich einen kleinen Scheinwerfer installiert hatte. »In einem Jahr steht hier ein Haus.« Ich nahm ihr die Binde ab und deutete auf die kunstvollen Rillen im Kiesboden. »Stell dir vor, es wären Wände, und Böden, da ist dein Zimmer, dort meins. Und Malorie …« Ich fasste in die Tasche, zog die Engelspuppe heraus und legte sie auf das kleinste der Vierecke. »… bekommt das Kinderzimmer.«

Amy erstarrte. »Was soll das, Fabio?« Ihre Stimme klang gepresst.

»Ein Traum. Und er gehört uns.« Ich erzählte vom Flyer im Antiquitätenladen, wie ich Steve getroffen hatte, wie wir uns sofort einig gewesen waren, kam vom Hundertsten ins Tausendste, nur um endlich, endlich eine Reaktion von ihr zu bekommen. »Die erste Anzahlung habe ich bereits überwiesen. Für die nächste Stufe braucht es deine Unterschrift.« Ich zeigte ihr das

Dossier, in der Hoffnung, dass der Hochglanzprospekt sie überzeugen würde.

»Du meinst das ernst, nicht wahr?« Alles Liebenswürdige war aus Amys Gesicht gewichen. »Das geht nicht, Fabio. Du kannst nicht einfach eine Wohnung kaufen, ohne mir Bescheid zu geben. Und unsere Tochter heißt sicher nicht Malorie. Was ist das denn für ein Name?«

Mit einem Tritt beförderte sie die Engelspuppe ins Gebüsch, und ging eilends davon. Als ich ihr folgen wollte, verfiel sie ins Rennen. »*Fuck off*, Fabio!«

Nach einer Weile setzte ich mich auf die Bank unter der Pergola, nahm das Handy heraus und hinterließ ihr eine Sprachnachricht.

»Es tut mir leid.«

In dem Moment ging das Licht aus. Ich wartete ab, bis sich meine Augen an die Dunkelheit gewöhnt hatten, um das Dossier einzupacken, den Scheinwerfer zusammenzuklappen und schließlich nach der Puppe zu suchen. Sie war nicht mehr im Gebüsch. Hatte der kleine Hund sie geschnappt? Ich ging einige Schritte, fasste in die Pflanzen, wollte Malorie unbedingt wiederfinden. Plötzlich sah ich eine Frau. Sie trug einen weiten hellen Mantel, auf dem Kopf eine Haube, und sah in meine Richtung.

»Hallo?« Sie rührte sich nicht. Konnte es die Alte mit dem Hund sein? Die sich eine Mütze aufgesetzt hatte, weil es so kalt geworden war? In mir breitete sich ein eigenartiges Gefühl aus, schläfrig und gleichzeitig so wach wie nie. Irgendwo raschelte es. Die Frau trat einen Schritt zurück. Noch einen. Ihr Gang hatte etwas Schwebendes. Jetzt bemerkte ich, dass sie Malorie trug.

Das Sternenkleid leuchtete, beide Arme hingen schlaff hinunter, Amys Tritt hatte sie offenbar noch mehr beschädigt. Ich schloss die Augen. Als ich sie wieder öffnete, war sie weg. Und auf dem Weg lag Malorie.

Die Jugendlichen, die beim oberen Tor lümmelten, verstanden nicht, warum ich nach einer Frau mit Hund fragte. Eines der Mädchen ließ sich zu einer Antwort herab. »Ein Hund? Hier war kein Hund.«

*

Amy und ich hatten uns versöhnt. Sie machte die Hormone für ihre Reaktion verantwortlich. Als Steve uns zu einem kleinen Adventsfest im Park einlud, willigte sie ein, mich zu begleiten. Es war ein klarer Morgen, der Himmel von stählernem Blau, die Luft eisig und frisch. Der nächtliche Schneefall versprach weiße Weihnachten, die Menschen wirkten beschwingt. Wir waren etwas zu früh, ich mit einem doppelten Espresso to go in der Hand, Amy mit einem Ananas-Kokos-Smoothie.

Die Ruhe im Park wurde unterbrochen von den vergnügten Schreien eines kleinen Jungen, der mit seinem Bobschlitten den Hügel hinunterglitt und direkt vor unseren Füßen landete. »Komm, ich ziehe dich wieder hoch«, sagte Amy.

»Ist das eine gute Idee?«, fragte ich mit Blick auf ihren Bauch.

»Fabio, echt!« Sie zeigte zur Hügelspitze, wo ein breitschultriger Mann in unsere Richtung winkte. »Das sind vermutlich unsere künftigen Nachbarn.«

Ich blieb stehen, erschlagen von ihrer Art mit dem

Jungen zu plaudern, als würden sie sich schon lange kennen. Bald würden wir zusammen hier wohnen. Nach der gemeinsamen Unterschrift würden wir die große Anzahlung tätigen. Die Bank war informiert und wartete auf meine Autorisierung. Sie fand den Schritt gut. Meine Mutter fand ihn auch gut. Sie hatte sogar angeboten, uns unter die Arme zu greifen.

»Sherlock, Fuß!« Die alte Hundebesitzerin schritt auf ihren Gehstock gestützt vom Rosenlabyrinth her in meine Richtung. Sie trug wieder die Sonnenbrille mit winzigen Gläsern und dazu eine Mütze. Seit der Begegnung vor einigen Wochen hatte ich mir den Kopf zermartert, ob ich einer optischen Täuschung aufgesessen war. Ich hatte sogar von ihr geträumt. Nun war ich erleichtert. Die Frau existierte, ich war nicht verrückt.

»Fuß, habe ich gesagt.«

Auch diesmal gehorchte der Hund namens Sherlock nicht, er verschwand pfeilschnell im Gebüsch, hinter dem Blutahorn. Die Alte suchte vergeblich nach ihrer Hundepfeife. »Zu Hause vergessen, das blöde Ding.« Sie richtete die verspiegelten Brillengläser auf mich.

»Können Sie ihn suchen? Es gibt hier giftige Gewächse, und Sherlock frisst alles.«

Ich zögerte. »Wohnen Sie in der Nähe?«

Sie machte eine vage Handbewegung. »Angrenzend an den Park.«

Ich erreichte die Pergola von der Rückseite, dabei bemerkte ich eine alte Treppe, die in die Tiefe führe. »Sherlock, bist du da unten?«

Es musste der letzte Überrest der alten Villa Seeburg sein. Ich rief mir Steves Erzählung in Erinnerung. Die

Villa sei ein klassizistischer Bau vom Feinsten gewesen, der in den Siebzigerjahren wegen einer Auseinandersetzung zwischen der Besitzerfamilie und der Stadt abgerissen worden war, eine »städtebauliche Todsünde«. Übrig geblieben seien lediglich einige Kellerräume, die nun Steves Bauvorhaben weichen mussten.

Als ich die Treppe hinabstieg, wäre ich fast auf dem feuchten Laub ausgerutscht; unten zeugten Graffiti und Zigarettenstummel von nächtlichen Aktivitäten. Die Tür, robust, mit Eisenbeschlägen, stand ein Stück offen, gerade so weit, dass Sherlock sich hätte durchdrücken können. Ich spähte hinein, vor mir Steinplatten und ein leerer Gang, der sich im Dunkeln verlor.

»Fabio?« Von weither hatte ich Amys Rufe gehört. Gleich darauf summte das Handy. *Wo bleibst du? Du benimmst dich kindisch.*

Als ich in der Laptoptasche nach der Taschenlampe suchte, spürte ich Malorie, die Engelspuppe. »Hilfst du mir bei der Suche nach Sherlock?«

Der erste Keller war leer, der zweite ebenso. Ich rief mir Steves Plan in Erinnerung. Irgendwo müsste eine weitere Tür sein, durch die man in ein noch größeres Kellergewölbe gelangen würde. Steve glaubte, es stimme nicht, den Raum gäbe es nicht, der Bagger würde seine Theorie beweisen. Ich tastete über die Wände, bis ich von einem Geräusch überrascht wurde, es war ein Winseln. Vor Schreck ließ ich die Lampe fallen. Das Licht ging aus. Ich stand im Dunkeln.

»Sherlock?«

Ich hatte keine Ahnung, woher der Hund so unvermittelt kam. Auf jeden Fall sprang er an mir hoch, als ob er wochenlang auf mich gewartet hätte, zusammen gingen wir hinaus. »Lauf zu deiner Herrin.«

Ich beobachtete, wie er unter dem Zaun hinter dem Rosenlabyrinth durchschlüpfte und im angrenzenden Gebäude verschwand. Danach kehrte ich zu den anderen zurück. Der Vater des Jungen stellte sich als Mike vor, er war von holzfällerhaftem Charme. Mittlerweile war Steve angekommen, die druckfrischen Verträge in der Mappe, einige weitere Käuferfamilien im Schlepptau. Er schenkte Tee aus einer Thermosflasche aus, jemand reichte Zimtschnecken herum – ein kleines improvisiertes Fest.

»Wo warst du so lange?«, sagte Amy.

»Ich habe einem Hund das Leben gerettet.«

»Einem Hund? Ich habe keinen gesehen.«

»Er heißt Sherlock.«

Sie lachte. »Sherlock ist gut. Du wirst hier noch zum Schriftsteller.«

*

Heiligabend war gekommen. Amy und ich besuchten mit meiner Mutter den Familiengottesdienst, wir saßen im überfüllten Kirchenschiff, die beiden flüsterten angeregt.

»Er war schon früher so«, meinte Mutter gerade. »Ein Eigenbrötler. Ich bin froh, dass du es mit ihm aushältst.«

Die Veranstaltung dauerte quälend lang, Kinder brüllten, unbeirrt kämpfte sich die Pfarrerin durch ihre Predigt zum Thema Nächstenliebe, bis alle das Lied *Stille Nacht* anstimmten.

Amys Augen strahlten, als sie Mike, den Schlittenvater, entdeckte. Er und sie hatten sich vernetzt, seine Kinder waren Fan von Amy, auch meine Mutter schien angetan.

Ich ließ mich in Richtung Ausgang treiben. Draußen hatte es zu schneien begonnen. Im Licht der Straßenlampe tanzten feine Flocken, auf der Wiese und auf dem Bürgersteig lag bereits eine dünne Schicht. Als ich nach meinen Zigaretten suchte, fiel mir Malorie in die Hände. Mehrere Antiquitätenhändler hatten sie abgelehnt. Einmal hatte ich sie in den Müll geschmissen, doch eine Nachbarin hatte sie wieder hochgebracht. Ich trat zu zwei kleinen Mädchen, die versuchten, einen Schneeball zu formen. »Darf ich euch ein Geschenk machen?«

Bei meinem Anblick begann die eine zu weinen. Da hörte ich ein mir vertrautes Bellen.

»Sherlock?« Ich ging um die Kirche herum auf die Rückseite, wo es menschenleer war. Bis auf die Hundebesitzerin, die sich auch als Kirchgängerin entpuppte. Ich begrüßte sie wie eine alte Bekannte.

»Heute wurde das Gelände ausgesteckt«, sagte sie. Als sie die Sonnenbrille anhob, schauten mich milchige Augen an. War sie blind? Das würde den Stock erklären, ihre Art zu gehen, ihre Art, den Kopf leicht schräg zu halten.

»Packen Sie Ihre Frau, ihr ungeborenes Kind und gehen Sie weg, weit weg.«

Damit verschwand sie im Schneegestöber. Als Sherlock seine kleinen Pfötchen in den Boden stemmte und zu mir zurückblickte, zog sie ihn mit sich.

Ich überwand den Schock und lief hinter ihr her. »Wie kommen Sie darauf? So warten Sie doch!«

Ich musste herausfinden, was sie gemeint hatte, warum sie von Amys Schwangerschaft wusste, ob auch sie eine Erscheinung in Weiß gesehen hatte. Wobei das an der Sachlage nichts ändern würde, zu weit waren wir im Verkaufsprozess vorangeschritten. Steve hatte eine Klausel eingebaut, die ich im ersten euphorischen Durchlesen des Vertrags übersehen hatte. Es gab kein Zurück mehr. Außerdem musste es für alles eine rationale Erklärung geben. Malorie zwinkerte, weil ihre Lider beweglich waren, dass ich von einer weißen Frau träumte, hatte mit meinen Ängsten als werdender Vater zu tun.

»Wohnt hier eine Frau mit Hund?«

Im Haus neben dem Park sah mich der Bewohner des Erdgeschosses an, als wäre ich ein Penner, bevor er mir die Türe vor der Nase zuschlug. Auch im zweiten Stock bekam ich keine Antwort. Im obersten Stock gab es bei einer Tür weder Klingel noch Namensschild. Auf mein Klopfen ging die Tür gegenüber auf, ein alter Mann, kahl, und mit wachen Augen.

»Da wohnt niemand mehr, seit Frau Brunner verstorben ist.«

»Und Sherlock?«, fragte ich.

»Sherlock Nummer sechs, meinen Sie?« Der Mann lachte wehmütig. »Frau Brunner hatte ihre Hunde durchnummeriert. Nummer sechs war wilder als seine Vorgänger. Sie ist auf der Treppe im Seeburgpark ausgerutscht und hat den Hund dabei aus Versehen stranguliert. Beide starben. Es dürfte ein Jahr her sein.« Sein Blick war neugierig. »Warum wollten Sie zu ihr?«

Ich versuchte, mich zu fassen. »Im Krippenspiel in der

Quartierkirche ist der Hirtenhund ausgefallen. Jemand meinte, Sherlock wäre eine Traumbesetzung.«

Der andere ging wieder hinein, während ich beim unteren Treppenabsatz stehen blieb, abwartete. Kein Laut war zu hören. Erneut stieg ich nach oben. Ich wollte wissen, was in der Wohnung war, um jeden Preis. Die Tür stand ein wenig offen, genau wie der Eingang zum Keller im Park. Ich trat ein. Die Luft fühlte sich staubig an, und ich fasste nach dem Taschentuch. Langsam ging ich durch die Räume. Da war kein einziges Möbel, noch nicht mal ein verlorenes Buch oder ein übrig gebliebener Schuh. Trotzdem war mir, als ob ich die Präsenz der alten Frau spürte, ich meinte Sherlock bellen zu hören. Das Küchenfenster ging auf den Park hinaus, mit einem phantastischen Ausblick. Ich sah die verschneite Bank, wo wir Tee getrunken hatten, das Rosenlabyrinth, die Pergola. Und dann sah ich sie. Sie stand an eine der Säulen gelehnt, im Schneegestöber waren Mantel und Haube kaum zu erkennen. Als sie die Hand hob, spürte ich in meinem Rucksack eine Bewegung.

»Du musst drinbleiben«, flüsterte ich. Aber Malories kleine Füßchen hörten nicht auf, mir in den Rücken zu treten, während ich das Haus verließ. Anstatt zur Kirche zurückzugehen, benutzte ich den Seiteneingang zum Park.

Der Schnee lag nun fingerdick, es gab keine Unterschiede mehr zwischen Weg und Wiese, auch die Frau in Weiß war verschwunden, eins geworden mit der Natur. Bei der Pergola pfiff ich leise. Hoffte auf einen Begleiter. Aber Sherlock ließ mich im Stich. Ich stieg die Treppe hinunter, betrat den Keller, den Gang, das erste Zimmer, das zweite, wo meine Taschenlampe am Boden lag. Da, wo ich mit den Fingern über die Wand gefahren war, stand eine Tür offen. Dahinter schimmerte es silbern. Ein Tappen, ein Hecheln. Fast hätte ich geweint, als Sherlock an mir hochsprang. »Guter Hund, du kannst nicht tot sein, ich wusste es. Komm, wir müssen da rein.«

Genau wie beim letzten Mal knurrte er. Ich hob ihn hoch wie ein Baby, trat über die Schwelle, Schritt für Schritt. Je weiter ich in den Raum vordrang, desto größer wurde die Leere, die ich verspürte. Als wäre ich der einzige Mensch auf der Welt. Schließlich blieb ich stehen. Ich bemerkte drei Betten, ein großes und zwei kleine, einander zugeneigt. Dazu ein Schrank, ein Tisch, ein Waschbecken. Eine Toilette, durch einen Schirm vor Blicken geschützt, hätten nicht Motten oder ähnliches Getier Löcher in den Stoff gefressen. Die Frau in Weiß stand in der Mitte. Sie zeigte zum einen der kleinen Betten. Da lag eine Puppe. Sie zwinkerte mir zu und streckte die Ärmchen aus. Es war Malorie und doch nicht Malorie. Die Frau in Weiß verzog den Mund. Aus ihren blicklosen Augen tropften Tränen.

»Nimm sie mit. Sie gehören zusammen.«

Mit zwei Schritten war ich beim Bett und fasste die Engelspuppe an einem Ärmchen. Gefolgt von Sherlock, drehte ich mich um und rannte hinaus, durch die beiden Zimmer, den Flur, die Treppe hoch, den ganzen Weg zurück bis zum Blutahorn. Mein Spaten war noch da. Mit ungeahnten Kräften schaufelte ich ein Loch in den vereisten Boden. Als es tief genug war, legte ich beide Puppenkörper hinein, die nun die Augen geschlossen hatten. Sie sahen friedlich aus. Ich begrub sie, der Schnee würde das Übrige tun. Sherlock schnüffelte ein letztes Mal an meinem Bein, dann ging auch er.

Bei der Kirche standen die Menschen in Gruppen. Der Umtrunk war zu Ende, man ging nach Hause, um die Kerzen anzuzünden und das Festmahl zu verspeisen, und schließlich ... die Bescherung. Ich trat zu Amy. »Es tut mir leid, ich kann dich nicht heiraten. Die Wohnung werden wir nicht kaufen. Es ist mir egal, wenn ich das Geld verliere.«

*

Es war Frühling, und mein Zug fuhr in weniger als einer Stunde. Zum ersten Mal in meinem Leben würde ich allein ins Unbekannte fahren, aber davor hatte ich eine Verabredung. Schon von Weitem sah ich Amy und ihren Bauch. Sie und Mike saßen in der Kneipe vor meiner alten Wohnung und erzählten nur, dass sie in ein Haus auf dem Land ziehen würden, eine Gelegenheit, wie es sie nur selten gab und die sie beim Schopf gepackt hatten. Die Kaulquappe würde es guthaben. Wenn ich von meiner Reise zurückkehrte, würde ich sie besuchen. Bevor ich ging, hielt Amy meine Hand fest.

»Fabio ... Es tut mir leid.«

Auf Drängen meiner Mutter hatte sie noch an Heiligabend in einer psychiatrischen Klinik angerufen, und als ich aus dem Park zurückkehrte, warteten sie bereits auf mich. Amys Behauptung über mein zunehmend verstörendes Verhalten wurde ergänzt durch die Aussagen der Jugendlichen, der Bewohner des Gartenhauses und der Mädchen vor der Kirche. Nach einem dreitägigen Aufenthalt in der geschlossenen Abteilung durfte ich wieder gehen. Die Ärzte diagnostizierten eine Überforderung, ansonsten sei alles in Ordnung. Von der Frau in Weiß hatte ich niemandem erzählt.

Als Erstes hatte ich danach den Antiquitätenladen aufgesucht. Ich erfuhr, dass die Besitzerin namens Malorie verstorben war, sie lag auf dem Friedhof Enzenbühl, unweit von Frau Brunner, der Hundebesitzerin, in deren Grab sich auch die Asche von Sherlock Nummer sechs befand. Steve hatte sich als Betrüger entpuppt, er war mit unseren geleisteten Anzahlungen verschwunden. Eine Baubewilligung für den Park gab es so wenig wie ein Projekt. Mein Trost war, dass ihm noch vier weitere Familien auf den Leim gegangen waren. Ich kam mir weniger dumm vor.

Danach war ich der Sache mit der Villa Seeburg nachgegangen. Offenbar hatte man vergessen, vor dem Abbruch noch mal alle Räumlichkeiten zu durchsuchen; die beiden kleinen Töchter einer Angestellten hatten sich in ein Kellerzimmer geschlichen und dort gespielt. Die Abrissbirne war schon sehr weit, als die Mutter dazukam. In den Trümmern fand sich die Leiche eines der Kinder, vom anderen fehlte jede Spur. Die Mutter hatte sich später umgebracht.

»Auf Wiedersehen«, sagte ich zu Amy.

Dann drehte ich mich um. Meine Finger schlossen sich um das Taschentuch in meiner Jackentasche. Ich zog es heraus. Es war weiß, mit einem roten Rand. Es war da, es war jetzt und es hatte Malorie gehört. Beim Seeburgpark blieb ich stehen. Einen Moment lang war es mir, als ob ich eine Frau sähe. Sie trug einen hellen Mantel und eine Haube und stand beim Blutahorn, neben dem Grab ihrer Töchter. Ich trat zu ihr und holte etwas aus meiner Laptoptasche. Ich hatte sie bei einem Steinmetz anfertigen lassen. Zwei kleine steinerne Engel ohne Flügel.

Nachweis

Christine Brand
Tod am Napf. Copyright © 2022 by Christine Brand. Abdruck mit freundlicher Genehmigung der Autorin und der Literarischen Agentur Kossack, Hamburg. Im Atlantis Verlag sind von Christine Brand zwei Fälle für Milla Nova erschienen, *Kalte Seelen* und *Stiller Hass*. Im Frühjahr 2023 erscheint der dritte Fall *Das Geheimnis der Söhne*. Im Kampa Verlag ist ihr True-Crime-Roman *Bis er gesteht* erschienen.

Christof Gasser
Keine Weihnacht für Santa Klaus. Originalbeitrag für diese Anthologie. Copyright © 2022 by Christof Gasser. Abdruck mit freundlicher Genehmigung des Autors und der Agentur Editio Dialog, Lille. Von Christof Gasser erschien zuletzt der Kriminalroman *Solothurn blickt in den Abgrund* im Emons Verlag, Köln.

Silvia Götschi
Racheengel. Originalbeitrag für diese Anthologie. Copyright © 2022 by Silvia Götschi. Abdruck mit freundlicher Genehmigung der Autorin. Von Silvia Götschi erschien zuletzt der Kriminalroman *Kaltbad* im Emons Verlag, Köln.

Philipp Gurt
Weihnachtliches Quartett. Originalbeitrag für diese Anthologie. Copyright © 2022 by Atlantis Verlag in der Kampa Verlag AG, Zürich. Im Kampa Verlag sind von Philipp Gurt zwei Fälle für Landjäger Caminada erschienen, *Graubündner Schreie* und *Graubündner Finsternis*, sowie *Bündner Abendrot*, ein Fall für Giulia de Medici. Im Atlantis Verlag sind der historische Roman *Katharina. Die Tochter des Scharfrichters* sowie das Kinderbuch *Linard. Der Murmelibuab* erschienen. 2023 erscheinen im Kampa Verlag drei Romane von Philipp Gurt: im Frühjahr *Bündner Sturm*, ein Fall für Giulia de Medici, im Sommer *Mord im Bernina Express* und im Herbst ein neuer Fall für Landjäger Caminada.

Gabriela Kasperski
Engel ohne Flügel. Eine weihnachtliche Schauergeschichte. Originalbeitrag für diese Anthologie. Copyright © 2022 by Atlantis Verlag in der Kampa Verlag AG, Zürich. Im Atlantis Verlag ist von Gabriela Kasperski *Eiskalter Greifensee. Der erste Fall für Schnyder & Meier* erschienen. Im Frühjahr 2023 erscheint der erste Band einer neuen Krimireihe.

Sunil Mann
Feliz Navidad, Señor Kumar! Copyright © 2022 by Atlantis Verlag in der Kampa Verlag AG, Zürich. Abdruck mit freundlicher Genehmigung des Autors.

Stephan Pörtner
Ein geschenkter Fall. Originalbeitrag für diese Anthologie. Copyright © 2022 by Atlantis Verlag in der Kampa Verlag AG, Zürich. Im Atlantis Verlag sind 2023 Neuausgaben von Stephan Pörtners Köbi-Kriminalromanen geplant, außerdem erscheint im Frühjahr der erste Band einer neuen Krimireihe.

Benjamin Stückelberger
An Weihnachten ist alles anders. Originalbeitrag für diese Anthologie. Copyright © 2022 by Atlantis Verlag in der Kampa Verlag AG, Zürich. Im Atlantis Verlag ist von Benjamin Stückelberger *Auf der Kanzel* erschienen, der erste Fall für Pfarrer Gabathuler. Ein zweiter Fall ist für Herbst 2023 in Vorbereitung.

Michael Theurillat
Merry X-Mas, Mr. Eschenbach. Aus: Michael Theurillat: *Merry X-Mas, Mr. Eschenbach. Drei Weihnachtsgeschichten.* Kleiner Mond Verlag, Siebnen. Copyright © 2017 by Michael Theurillat. Abdruck mit freundlicher Genehmigung des Autors.

Peter Weingartner
Mitternachtsmesse. Originalbeitrag für diese Anthologie. Copyright © 2022 by Peter Weingartner. Im Atlantis Verlag ist 2022 von Peter Weingartner *Derniere* erschienen, der erste Fall für Hauptkommissar Anselm Anderhub; der zweite, *Gansabhauet*, folgt im Herbst 2023. Zuletzt erschien der vierte Fall, *Vollmondhonig*, im Verlag Edition 8, Zürich.

Kaspar Wolfensberger
Gommer Weihnachten »Goggovää«. Originalbeitrag für diese Anthologie. Copyright © 2022 by Atlantis Verlag in der Kampa Verlag AG, Zürich. Im Kampa Verlag sind die ersten drei Fälle für Kauz erschienen: *Gommer Sommer*, *Gommer Winter* und *Gommer Herbst.* Im bilgerverlag erschien zuletzt der Roman *Die Brahmskommode*.

Tom Zürcher
Unter dem Weihnachtsbaum. Originalbeitrag für diese Anthologie. Copyright © 2022 by Tom Zürcher. Abdruck mit freundlicher Genehmigung des Autors. Zuletzt erschien von Tom Zürcher der Roman *Mobbing Dick* im Salis Verlag, Zürich.

Bitte beachten Sie auch die folgenden Seiten.

GABRIELA KASPERSKI
IM ATLANTIS VERLAG

Eiskalter Greifensee
Der erste Fall für Schnyder & Meier
Kriminalroman

Am Morgen des dritten Advents wird am verschneiten Ufer des Greifensees die Geigenlehrerin Isadora Heller tot aufgefunden, seltsam herausgeputzt mit Hut und silbernem Schal, aber mit Wanderschuhen an den Füßen. Werner Meier von der Kantonspolizei Uster verdächtigt ihre Schwiegertochter Jane: Ein Motiv hatte sie – Zeugen berichten von einem Streit –, und am Tatort ist sie auch gewesen, denn sie war es, die die Leiche beim Joggen entdeckte. Janes Freundin, die Psychologiestudentin Zita Schnyder, ist von ihrer Unschuld überzeugt und beginnt Nachforschungen anzustellen. Dann gibt es eine zweite Tote.
Meier und Schnyder stoßen auf eine verwirrende Geschichte, die weit in die Vergangenheit reicht. Meier recherchiert intuitiv, Schnyder hält sich an Fakten – und sie verlieben sich ineinander. Doch dann gerät Zita in die Hände des Mörders …

BENJAMIN STÜCKELBERGER
IM ATLANTIS VERLAG

Auf der Kanzel
Pfarrer Gabathuler räumt auf

Kriminalroman

Zwölf Jahre lang bekämpfte Roger Gabathuler bei der Kantonspolizei Zürich Frauenhandel und organisierte Kriminalität. Bis zu jenem Einsatz, der ihn vordergründig zum Helden machte, letztlich aber das Ende seiner Karriere bedeutete. Auf der Suche nach neuen Herausforderungen stößt Gabathuler auf ein Programm für Quereinsteiger bei der reformierten Kirche. Er beschließt, Theologie zu studieren, und wird Pfarrer in Winterthur-Ganterwald. Bei der Besichtigung des Pfarrhauses, das zwischenzeitlich einem Asylbewerber zur Verfügung gestellt wurde, erkennt Gabathuler in dem Mann jenen russischen Mafiaboss, den er als Polizist nie dingfest machen konnte. Dass Jakovlev immer noch frei herumläuft und ihm außerdem direkt vor der Nase sitzt, frustriert Gabathuler. Er räumt auf. Und trotzdem kehrt keine Ruhe ein: Neue Falltüren öffnen sich, und für Gabathuler beginnt eine Reise in die Vergangenheit – seine eigene und die seiner Familie. Gleichzeitig fängt ein junger Polizist an, unangenehme Fragen zu stellen, und die russische Mafia ist Gabathuler auf den Fersen. Und dann muss auch noch seine Einsetzung als Pfarrer vorbereitet werden …

PETER WEINGARTNER
IM ATLANTIS VERLAG

Derniere
Ein Fall für Hauptkommissar
Anselm Anderhub

Kriminalroman

Derniere. Die letzte Aufführung der Saison. Dieses Jahr hat der Theaterverein in einer Tenne in einem Weiler oberhalb des Dorfes gespielt. Der Vorhang ist gefallen. Die Gäste warten gespannt auf den Hauptdarsteller. Rindsbraten und Rebensaft halten die Ungeduldigen bei Laune, ohnehin weiß jeder, dass Viktor Habermacher sich nach seinen Auftritten erst mal etwas sammeln muss. Doch dieses Mal wird der Schauspieler nicht zurück ins Leben finden. Melchior, der Mann für alles beim Theaterverein, kommt in die Beiz gestürmt: »Der Viktor hat sich erschossen.« Alle sind daran interessiert, die Sache schnell abzuhaken, auch die Polizei, zumal selbst die Eltern des Verstorbenen nicht überrascht sind über das Ableben ihres Sohnes. Einzig Anselm Anderhub, Kriminalpolizist der Luzerner Polizei, beginnt Fragen zu stellen und stößt auf so manche Ungereimtheit. Bald schon zieht der Fall Kreise weit über Luzern hinaus – und Habermacher bleibt nicht die einzige Leiche.

»Was für eine Entdeckung.«
Peer Teuwsen / NZZ am Sonntag

CHRISTINE BRAND
IM ATLANTIS VERLAG

Milla Nova ermittelt

Kalte Seelen

Milla Nova lässt sich für eine Reportage eine Woche lang ins Frauengefängnis Hindelbank im Emmental einsperren. Hinter Gittern erfährt die TV-Journalistin unglaubliche Gerüchte. Sie beginnt zu recherchieren– und blickt plötzlich in die Abgründe ihrer eigenen Vergangenheit.

Stiller Hass

Ein Politiker, der im Bundeshaus auf einer Bombe sitzt. Eine Kommissarin, die alles verliert. Und eine Rechtsmedizinerin in einem unlösbaren Dilemma … Milla Nova recherchiert für ihre neueste Reportage auf höchster Ebene der Schweizer Politik – und stößt dabei auf tiefste Abgründe.

True Crime

Bis er gesteht

Ausgerechnet an Weihnachten, um genau 3:31 Uhr, geht bei der Polizei ein Notruf ein: Am Apparat ein verzweifelter Vater, der den Tod seiner beiden Kinder meldet. Was ist passiert?

GIAN MARIA CALONDER
IM KAMPA VERLAG

Engadiner Abgründe

Kaum im Engadin angekommen, muss Massimo Capaul zu seinem ersten Einsatz: In Zuoz brennt eine Scheune, und nur wenig später stirbt ihr Besitzer.

Endstation Engadin

Bei einem Ausflug mit der Rhätischen Bahn will der vom Dienst suspendierte Capaul auf andere Gedanken kommen, dann verhindert ein Unfall im Albulatunnel die Weiterfahrt … Wirklich ein Unfall?

Engadiner Hochjagd

Statt Uniform trägt Capaul Geländetenue und Bergschuhe, denn am Linard Pitschen hat es einen Felssturz gegeben, und Capaul muss in der Dienststelle in Zernez aushelfen.

Engadiner Bescherung

Capaul wird an die Gemeindepolizei St. Moritz ausgeliehen. Er soll in der Weihnachtszeit Präsenz zeigen und den vermögenden Besuchern ein Gefühl von Sicherheit vermitteln.

Engadiner Herzrasen

Herzrasen im Engadin, aber nicht die Höhenluft ist schuld. Massimo Capaul ermittelt in einem Beziehungsdrama, das ihm gefährlich nahegeht.

Engadiner Knochenbruch

Bei einem Skiausflug will Massimo Capauls sechsjährige Ziehtochter Lisa im Schnee eine Höhle graben – und findet eine Hand. Ex-Polizist Capaul will sich gar nicht ausmalen, was der Schnee noch alles verborgen hält …

PHILIPP GURT
IM KAMPA VERLAG

Landjäger Caminada ermittelt

Graubündner Schreie

Graubünden, 1952: Rätselhafte Morde im beschaulichen Chur – wer hier am Werk war, muss ein großer Künstler sein.

Graubündner Finsternis

Das entlegene Valser Tal, ein schrecklicher Mord, ein unerhörter Verdacht

Giulia de Medici ermittelt

Bündner Abendrot

Ein blutiges Messer, eine verstörte Frau – Täterin oder Opfer?

Bündner Sturm

Eine Gletscherleiche, dunkle Geheimnisse, eine aufreibende Jagd

KASPAR WOLFENSBERGER
IM KAMPA VERLAG

Kauz ermittelt

Gommer Sommer

Eine wunderschöne Berglandschaft, zwei abscheuliche Morde. Und ein Polizist a. D., den man liebend gern bei seinen Wanderungen und Ermittlungen begleitet.

Gommer Winter

Ein eingeschneites Dorf im Wallis – aber die Idylle trügt. Es droht Lawinengefahr, und im Tal versteckt sich ein Serienmörder

Gommer Herbst

Ein vermeintlicher Jagdunfall in der Walliser Bergidylle wird zur Mörderjagd in hochgefährlichem Gelände.